U0810890

Nation and Female

民族与女性

印度尼西亚现代长篇小说女性形象研究

Research on Female Characters in the Modern Indonesian Novels

张 燕 / 著

人民东方出版传媒
東方出版社

图书在版编目（CIP）数据

民族与女性：印度尼西亚现代长篇小说女性形象研究 / 张燕著. -- 北京：东方出版社，2021.7
ISBN 978-7-5207-2248-3

Ⅰ.①民… Ⅱ.①张… Ⅲ.①女性—人物形象—小说研究—印度尼西亚 Ⅳ.①I342.074

中国版本图书馆CIP数据核字（2021）第116103号

民族与女性：印度尼西亚现代长篇小说女性形象研究
（MINZU YU NVXING: YINDUNIXIYA XIANDAI CHANGPIAN XIAOSHUO NVXING XINGXIANG YANJIU）

责任编辑： 张晓雪　李小娜
出　　版： 东方出版社
发　　行： 人民东方出版传媒有限公司
地　　址： 北京市西城区北三环中路6号
邮　　编： 100120
印　　刷： 华睿林（天津）印刷有限公司
版　　次： 2021年7月第1版
印　　次： 2021年7月第1次印刷
开　　本： 787毫米×1092毫米　1/16
印　　张： 19
字　　数： 235千字
书　　号： ISBN 978-7-5207-2248-3
定　　价： 78.00元
发行电话：（010）85924641　85924738

版权所有，违者必究
如有印装质量问题，我社负责调换，请拨打电话：（010）85924738

序 言

我和张燕博士相识是在2018年底，在广东外语外贸大学主办的一次国际学术研讨会期间。会期只有两天，可她竟给了我三个意外：第一，她是大会主旨发言的学者中唯一没有高级职称的，而且是最年轻的女老师。第二，她用英语发言，而其他参会的中国学者都是用汉语或印度尼西亚语。第三，会前，她带着两个她设计好的课题论证报告来见我，要我给她提意见。那两个课题从选题意义、研究方法，到研究路径，都论证得相当出色。半年后，她告知我，其中的一个课题成功获批国家社科基金项目。

近日，作者发来这部即将付梓的书稿。我读了一遍，顿有不同凡响之感。作者没有一仍旧贯，沿袭传统的纯文学研究方法，而是选择了一个比较宏大的论题，紧紧围绕印度尼西亚民族觉醒和民族独立斗争时期殖民地人民最为关切的民族认同问题，以民族为视角观照十二部长篇小说中的女性形象，从而揭示印度尼西亚民族在抉择现代化道路的过程中所经受的困惑与焦虑，进而展现这个民族的文化价值和精神世界。具体而言，我认为，这部论著的特点可以用“选题精当”“阐释精到”“学理融通”十二个字来概括。

先说选题精当。选题是否精当，首先表现在论著的名称上。《民族与女性：印度尼西亚现代长篇小说女性形象研究》，其中四个关键词“民族”“女性”“现代长篇小说”“女性形象”，不但可以使读者一目了然地领悟全书的主题，而且其间的内在关系也很有讲究。正如作者在“前言”中所说：在现代语境下，性别可以成为界定民族身份的重要切入点。相比之下，文学叙事中的女性形象呈现出层次更为丰富、命运更加多变的样貌，不仅能够烘托、反衬或强化用于投射民族的男性形象，或者成为民族建构过程中的意识形态表征，还能通过窥探新生民族内部性别秩序被想象的方式，根据性别规范的动态变化，把握民族权力关系的基础。于是，看似极为普通的女性形象，便同建构民族身份的时代发生了必然的联系。此外，选题精当还表现在全书的另一个关键词“现代民族认同”。众所周知，在20世纪上半叶，在争取民族独立和建构现代民族国家过程中，现代民族认同对于拥有数百个族群、数百种语言、数千个甚至上万个岛屿的努山塔拉，显得尤其重要，尤其艰难。因而荷属东印度殖民地人民在现代化进程开始以后，最核心的关切就是建构民族认同，建立现代民族国家。而印度尼西亚现代文学作为民族文化变革的重要组成部分，作为建构民族意识形态和民族文化身份最为有效的途径之一，便必然具有确立现代价值、改造国民精神和建构民族认同的历史功能。

再说阐释精到。阐释精到，主要表现在文本细读、研究视角和阐述结构上。文学是隐喻的、象征的，而形象又是感情和思想的混合物，因此文学研究应该以文学文本为基础，同时结合作品的社会语境和作者的思想经历等外部因素，来深入挖掘形象背后的情感和价值走向。二者结合才能客观地揭示文本内在的文化含义。读者会发现，作者在研究中特别注重文本细读，为了分析十二部长篇小说中的十二个女性形象，作者从这些小说文本中引用了四百多条直接引语，平均每部小说被征引近四十条。作者正是通过对文本自身进行条分缕析，破解每个形象的隐喻和象征，从而探究其深层的文化意蕴。阐释精到的第二个表现是作者独特的研究视角：从民族视域观照女性形象。作者认为，以民族视角解读女性形象，可以避免性别本质主义思维，避免由于单纯关注文学维度和审美维度而对形象建构内部动因挖掘不足的缺陷。作者主要以民族社会学观点和方法对印度尼西亚独立前诸多经典文学作品进行重新解读，开发出更具学术价值和现实意义的文化资源，为同行学者提供颇有启发的研究思路。阐释精到的第三个表现是，全书的阐释结构具有历时与共时相结合的特点，即以现代民族认同为第一条纵线（分觉醒期、探索期和抉择期三个历史阶段），并以传统和现代、本土和西方的冲突与融合为第二条纵线，而所选的十二部长篇小说则成为全书阐释结构的十二条横线。这样全书的叙事便呈现出纵横交错的多层网络。

最后谈学理融通。学理融通指的是研究理论和方法的多元性和汇通性。作者在书中引入了多学科、跨学科理论和方法，如文学批评、文化批评、后殖民批评、女性批评、民族社会学等。读者会感觉到，作者运用这些相关理论和方法不是在贴标签，摆样子；也不是为了赶时髦，吓唬人，而是在深入理解和领悟的基础上，自然地、灵活地将其融通在字里行间，因而没有生搬硬套和“两张皮”的感觉。可以说，这是人文学科和社会学科研究方法相结合的一次很好的尝试。人类的思想道德、哲学、宗教、文学艺术等都属于精神文化层面，在现实的社会生活中总是通过民族性格、社会心理、信仰习俗和社会行为表现出来的，其社会功能也必然通过社会生活实践来检验。因而，人文学科和社会学科相融通的多学科、跨学科的综合研究，不仅反映了人文学科学术研究的发展趋势，而且尤其是文学艺术研究发展的一个正确方向。

当然，百密一疏，总有缺憾之处。也许是作者手中资料有限的缘故，在印度尼西亚独立前出版的现代长篇小说中，我认为还有相对更为典型的女性作家所创作的长篇小说未能进入作者的视野。此外，上述十二部长篇小说中女性形象所蕴含的印度尼西亚民族的文化基因还有待进一步探究和总结。

祝贺张燕老师的大作问世。期待她以后多出新作，让我和同行们常有意外和惊喜。

张玉安

2020 年 7 月 28 日于北大燕园

目录

contents

前 言

印度尼西亚地处亚洲和澳洲、印度洋和太平洋的枢纽地带，是东南亚地区最大的国家和世界第四大人口国。印尼群岛作为人类最早的定居地和人类文明的重要发祥地之一，曾经受到世界各大轴心文明的融合影响，呈现出历史悠久且丰富多元的文化形态，为世界文明发展史增添了独具特色的瑰丽篇章。

印度尼西亚与中国人民间的友好交流源远流长。在历史长河中，往来于热带群岛与神州大地的帝王使节、佛学高僧和商贾走卒不断加深着两个民族的相互了解和信任。华侨华人们栉风沐雨、筚路蓝缕，为当地发展作出了不可磨灭的贡献。进入21世纪后，中印尼两国的外交关系快速升温，不仅进一步深化了政治、经济和文化领域的交流，建立了全面战略伙伴关系，还积极对接两国“21世纪海上丝绸之路”倡议和“世界海洋轴心”战略，使印尼在“一带一路”沿线国家中的重要地位日益凸显。当前，我国奉行亲诚惠容的外交理念，将周边外交置于外交全局的首要位置。为夯实共建亚洲命运共同体乃至人类命运共同体的人文基础，我们需要进一步加深对印度尼西亚等其他亚洲文明的认知，加强文明对话和交流互鉴。

独立前的印度尼西亚作为第三世界前殖民地国家，与中国具有相似的独立理想和发展诉求。现代性进程开始以后，荷属东印度殖民地人民的核心关切就是建构现代民族认同、建立现代民族国家。印度尼西亚现代文学受到社会变革的深刻制约，与社会、历史和文化紧密相连，通过“民族寓言”的形式发挥建构现代民族认同的文化功能。在这一过程中，印度尼西亚现代文学需要面对第三世界后发现代性国家普遍面临的双重文化矛盾：一方面是对“西方”既追求又反思的焦虑，另一方面是对“本土”既批判又留恋的情怀，“现代”和“传统”共同构成其内部复杂的张力。这种内在矛盾深刻影响了长篇小说叙事以及女性形象塑造，使其同样面对“西方”与“本土”的二元对立矛盾。

通过解读印度尼西亚民族认同觉醒期（1920—1928）、民族认同探索期（1928—1942）和民族认同抉择期（1942—1950）出版的十二部代表性长篇小说中的女性形象，从民族视域观照女性形象的深层文化内涵和形成机制，分析印尼现代性进程中的意识形态建构与文学话语场域之间发生的深层联系，以及民族认同话语与女性形象塑造之间存在的内在逻辑，可以发现在建设民族国家的现代性目标统摄下，女性形象成为西方理念与本土传统相互博弈的话语场域，被“现代”与“传统”召唤、规训和征用，呈现出多元变化的样貌，成为投射印尼现代社会变革的隐喻。印尼民族的文化身份想象就在文学文本叙事和人物形象塑造的过程中徐徐展开，生动体现出现代印尼民族的价值追求和精神世界。

因此，从民族视域解读印尼现代长篇小说中的女性形象，能够深入观察现代印尼文化的思维模式和价值观念，为中国人民搭建深入了解和认知印尼文化的价值框架，并在共情的基础上切实反对文化霸权论，尊重文化多样性，消除文明间的隔膜与偏见，让中国人民更深地理解印尼人民，使两国文化交流走向深远。

2020 年 9 月 17 日于古都洛阳

·绪论·

想象建构的民族与浮出地表的女性

若想一窥近两世纪以降的地球历史，则非从“民族”（nation）以及衍生自民族的种种概念入手不可。①

——埃里克·霍布斯鲍姆

经历了三百多年的荷兰殖民后，横亘于赤道的努山塔拉群岛在本土知识精英的引领下逐渐觉醒，开始步入现代社会。在民族主义诞生与帝国主义消亡势不可当的时刻，国家独立成为殖民地人民的必然选择和最高信仰，激励着热血青年们前赴后继、英勇抗争。源于西方的现代性为群岛人民提供了构建现代民族国家的愿景。然而，这个地理破碎的殖民地版图不仅产生了丰富的多样性，还造就了巨大的差异性。怎样以缺乏共同起源神话的荷属东印度殖民地为基础，将努山塔拉统一为独立的现代民族国家？怎样才能将遍布群岛且互不关联的人们整合成为忠于同一个民族国家的印尼民族？这些问题，无一不是摆在刚

① ［英］埃里克·霍布斯鲍姆：《民族与民族主义》，李金梅译，上海人民出版社2000年版，第1页。

刚开眼看世界的先行者面前亟须回答的难题。

在《想象的共同体》一书中，本尼迪克特·安德森（Benedict Richard O'Gorman Anderson）根据印尼研究个案得出了民族的定义，即在本质上有限并享有主权的“想象的共同体”。这种共同体的基础与其真实或虚假无关，只是取决于被想象的方式。对于印尼而言，这种想象的驱动力是“印度尼西亚民族主义”，想象的目标就是“现代印度尼西亚民族”，而不断演变的想象的内容，则可被视作“印度尼西亚民族认同”，其具体内容也可被称为“印度尼西亚民族性”，被想象为印尼民族的固有特质。

由民族主义想象驱动的变革发生在群岛社会的各个领域。在文化领域中，文学的变革尤为突出。文学叙事是人类最主要的话语表达方式之一，也是建构意识形态和文化身份最为便捷有效的途径之一。第三世界国家的文学文本能够突破孤立的文学性和审美性，成为相关历史文化语境的组成部分，服务于文化变革的重大思想命题。美国批评家弗雷德里克·詹明信（Fredric Jameson）提出：“第三世界的文本，甚至那些看起来好像是关于个人和利比多趋力的文本，总是以民族寓言（National Allegory）的形式来投射一种政治：关于个人命运的故事包含着第三世界的大众文化和社会受到冲击的寓言。”[①] 因此，印尼现代文学作为文化变革的重要组成部分，与社会历史发展的重大思想命题息息相关，“为‘再现’民族这种想象的共同体，提供了技术上的手

① ［美］詹明信：《晚期资本主义的文化逻辑》，张旭东编，陈清侨等译，生活·读书·新知三联书店 1997 年版，第 523 页。

段”[①]，具有确立现代价值、改造国民精神和建构民族认同的历史功能。

在文学叙事中，用个人投射民族的方式多种多样，性别书写尤为引人注目。凯特·米丽特（Kate Millet）认为，“性政治在历史上发挥了作为所有其他社会、政治和经济结构的基础作用”[②]，“它仍然保持着也许是我们文化的最广泛的意识形态，也提供了最基本的权力观念”[③]。因此，在现代语境下，性别可以成为界定民族身份的重要切入点，“因为成为一个男人意味着什么和成为一个女人意味着什么从来就不是固定的”[④]。相比之下，文学叙事中的女性形象呈现出层次更为丰富、命运更加多变的样貌，能够烘托、反衬或强化用于投射民族的男性形象，或者成为民族建构过程中的意识形态表征。解构新生民族内部性别秩序被想象的方式，能够根据性别规范的动态变化窥探民族权力关系的底层逻辑。因此，印尼现代长篇小说中的女性形象开始打破窠臼、浮出地表，参与到建构民族身份的时代洪流之中。

目前，学术界对于印尼现代文学的研究都在不同程度上联系了广阔的时代背景和历史潮流，这样的研究思路是值得参考和借鉴的。然而，这些与社会历史相联系的文学研究主要局限于文学“再现说”，即强调外部世界与作品的对应关系，认为文学作品是对世界的模仿或再

---

① ［美］本尼迪克特·安德森：《想象的共同体：民族主义的起源与散布》，吴叡人译，上海世纪出版集团 2011 年版，第 23 页。
② ［美］凯特·米利特：《性的政治》，钟良明译，社会科学文献出版社 1999 年版，第 183 页。
③ ［美］凯特·米利特：《性的政治》，钟良明译，社会科学文献出版社 1999 年版，第 25 页。
④ ［英］阿雷恩·鲍尔德温：《文化研究导论》，陶东风等译，高等教育出版社 2004 年版，第 19 页。

现。这种文学批评方法将文学外部世界视作客观的和本质的，忽略了文化和文学的建构性、变化性和意识形态性，没有进一步挖掘文本叙事和形象塑造的深层文化内涵。而且，学界对于印尼现代文学的社会历史性虽然有过不少研究，但对于女性形象的分析尚且不足，尤其是对“女性”与“民族”的复杂关系更加缺乏关注。笔者认为，文学作品中的女性形象是文学想象和再造的结果，是在特定的社会历史文化背景下，作者根据自己的体验、理解和欲求创造出来并经由作者意识形态[①]加工后的产物。通过解读印尼现代长篇小说中的女性形象，能够揭示出印尼社会现代性变革对于民族和女性的总体规划趋势和动态要求，反映出现代民族认同与女性形象生成的内在文化逻辑，也体现出文学作为建构文化身份的重要话语场域，响应印尼现代性要求，宣传民族国家理念，建构理想民族认同，成为影响社会变革的话语工具和社会政治运动的组成力量。

有意识地将文化批评、后殖民批评和女性批评方法引入印尼现代文学研究，立足断代，关注文本细读，分析与现代性具有紧密关联的长篇小说，从建构现代印尼民族认同、建设现代印尼民族国家的重大思想命题角度解读女性形象，能够顺应国际文学批评发展潮流、拓展“历史 / 审美”的文学研究格局和“内部研究 / 外部研究”的文学批评视野。同时，从文化角度上对经典作品进行重新解读，以民族视角解

① 根据葛兰西（Antonio Gramsci）的理论，意识形态分为三种类型：第一是被认为理所当然、作为常识的意识形态（common-sense ideology），第二种是指由社会特定群体提出的、作为一种特定哲学的意识形态，第三种是作为占统治地位的或霸权的意识形态。在文化研究实践中这三种意识形态常常结合在一起。

读女性形象，可以避免性别本质主义思维，避免由于单纯关注文学维度和审美维度而对形象建构内部动因挖掘不足的缺陷，为印尼现代文学研究作出补充。而通过观察历史演进背景下民族认同建构对于女性形象塑造产生的多元曲折影响，探讨现代印尼民族国家对于性别规范重建的整体要求和设想，可以为多角度审视文学话语场域的深刻文化内涵提供有益的借鉴。

一　进入现代的荷属东印度殖民地

荷属东印度人民在遭受西方殖民的历史进程中，通过反殖民和民族解放运动构筑起独立主权国家的前景，在斗争中进入现代。现代性成为书写群岛命运的关键因素。“现代性”（modernity）是与“古代性”相对应的概念。按照彼得·奥斯本（Peter Osborne）的观点，现代性包含“作为‘历史分期范畴’的现代性观念、作为一种现代‘社会体验之品质’的现代性观念、作为一项尚未完成的设计的现代性观念”[①]的融合。刘小枫认为现代性包含三个层次：“现代化——政治经济制度的转型；现代主义——知识和感受之理念体系的变调和重构；现代性——个体—群体心性结构和文化制度之质态和形态的变化。”[②]

① ［英］彼得·奥斯本：《现代性是一个性质的而非编年史的范畴：有关不同历史时期之辩证法的笔记》，转引自汪民安主编：《现代性基本读本》上册，河南大学出版社 2005 年版，第 282 页。

② 刘小枫：《现代性社会理论绪论》，上海三联书店 1998 年版，第 3 页。

从广义上看，“在某种意义上说，现代性涉及到以下四种历史进程之间复杂的互动关系：政治的、经济的、社会的和文化的过程。世俗政治权利的确立和合法化，现代民族国家的建立，市场经济的形成和工业化过程，传统社会秩序的衰落和社会的分化与分工，以及宗教的衰微与世俗文化兴起，这些进程深刻地反映了现代社会的形成”①。总体而言，现代性代表着物质文化、制度文化和精神文化的深刻转型。“现代性是我们这个时代占霸权地位的意识形态和主导话语，是现代人生成命运和现代社会基本构架最为重大的塑造力量”②，是人文学科的关键性问题。

现代性包含多元形态，大致包括“启蒙现代性、反抗（先锋）的现代性、市民或大众的现代性和第三世界现代性”③。启蒙现代性是由西方发明、西方设计的西方特有的意识形态，是 18 世纪启蒙运动以后西方“现代”文化的基本特征。启蒙现代性主要包括工具理性和个人权利两种全新的核心价值。工具理性是指终极关怀（例如对上帝的信仰）与理性（ratio）表现出二元分裂的状态，个人权利为正当性的最终根据。两者相互结合，成为现代价值的表征。④随着资本主义的全球性扩张，西方国家不仅采用殖民手段瓦解、征服前现代部落氏族和王朝帝国，还把启蒙现代性作为一种普世价值和进步文明向全世界推广。西

① 周宪等：《现代性研究译丛·总序》，载［德］阿尔布莱希特·维尔默：《论现代和后现代的辩证法》，钦文译，商务印书馆 2003 年版，第 3 页。

② 徐贵权：《价值世界的哲学追问与沉思》，中国社会科学出版社 2012 年版，第 243 页。

③ 牛宏宝：《现代性 / 后现代性研究：现状与问题》，《人文杂志》2007 年第 4 期。

④ 金观涛：《历史的巨镜》，法律出版社 2015 年版，第 31 页。

方国家殖民化的过程，就是把被殖民国家强行纳入资本主义市场经济体系中，并同时推行其价值观念和社会制度的过程。相对而言，以进化论和线性时间观为基础的启蒙现代性在历史时间意义上具有先进性和优越性，拥有强大的话语优势，不仅将西方定义为先进和开放的中心区域，还矮化非西方，将其定义为劣等和落后的边缘部分。

殖民地区域的文化意识是在与西方的遭遇中被模塑的，文化身份的断裂和重构导致殖民地区域的现代性意识始终在“西方”和“本土”之间审视、评价和选择，从而产生了受动于启蒙现代性又经历了本土化调试的第三世界现代性。第三世界现代性的产生使现代性从一个纯粹的西方命题转变为世界史核心命题，也就是说，“现代性既是西方世界的现代命题，也是非西方世界的现代命题”①。自从荷属东印度殖民地开始现代性进程后，就一直在探索具有本土特色的第三世界现代性，也可称为印尼现代性。这种现代性受动于启蒙现代性，也借鉴于启蒙现代性，但拥有与启蒙现代性不同的、包含印尼本土性的独特内涵，在不同时期里呈现出不同的特点。印尼现代性中最为重要的命题就是建构现代民族和建设现代国家。先行者亟须在意识形态层面设计现代民族认同，完成在观念上“再造”印尼的历史使命。所以，印尼现代文学从诞生开始就以“民族寓言”的形式与社会重大历史事件和思想命题发生深刻关联，自觉参与到民族意识的建构过程中。

① 牛宏宝：《现代性 / 后现代性研究：现状与问题》，《人文杂志》2007 年第 4 期。

二　想象建构的印度尼西亚民族

印度尼西亚民族是一个现代概念，由民族主义所激发，由民族性所规定。“民族性”可以被视作“民族”的特性，属于界定民族身份的范畴。对于“民族”的概念，围绕生物形态和文化特征产生了很多定义。斯大林认为，民族是人们在历史上形成的有共同语言、共同地域、共同经济生活以及表现于共同的民族文化特点上的共同心理素质这四个基本特征的稳定的共同体[①]，民族不是普通的历史范畴，而是一定时代即资本主义上升时代的历史范畴[②]。这种类型的定义偏重于可以直接观察的客观属性。然而，对于印尼这样具有“破碎地带”[③]地理特征的多文化、多民族的被殖民国家而言，显然不具备“共同语言、共同地域、共同经济生活以及表现于共同的民族文化特点上的共同心理素质”这样的民族生成条件。

现代印尼民族的形成虽然基于某些客观历史原因，但主观心理认同也是重要因素，即民族成员具有某种源于被殖民的、相同或相似的遭遇、情感、诉求或命运，感到自己与外来者之间存在显著差异。“‘共同命运’是民族构建的一个极为重要的元素，它指向未来，而不只是指向过去。它不只可以解释，为什么在特定的民族中个人和集体会发生同化作用，还可以解释，为什么在殖民地社会和后殖民国家中，

① 《斯大林全集》第 11 卷，人民出版社 1955 年版，第 286 页。
② 《斯大林选集》(上)，人民出版社 1979 年版，第 69 页。
③ ［英］埃里克·霍布斯鲍姆:《民族与民族主义》，李金梅译，上海人民出版社 2000 年版，第 104 页。

尽管没有共同起源的神话，人们在主观上仍忠于自己的集体和民族。”[①] 从研究印尼殖民地民族国家个案出发，本尼迪克特·安德森认为“民族”是“一种想象的政治共同体——并且，它是被想象为本质上有限的，同时也享有主权的共同体”[②]。“区别不同共同体的基础，并非他们的虚假/真实性，而是他们被想象的方式。”[③]

在对印尼民族进行“想象”的过程中，民族主义起到非常重要的作用。在这里，“民族主义”是经过“想象”过程起源的“特殊的文化的人造物”[④]，是“对于民族的不同表述之间进行斗争和协商的场所”[⑤]，是把存在社会交往障碍的不同人类群体维系在一起的关于民族的群体认同意识。有学者认为，现代民族主义从《旧约》中吸取了三种观念：“(上帝)选民的思想，对遥远过去共同种族记忆和对未来希望的强调，最后是民族救世的乌托邦思想。”[⑥] 霍布斯鲍姆认为：“民族主义早于民族的建立，并不是民族创造了国家和民族主义，而是国家和民族主义创造了民族。”[⑦]

“民族主义”对于“民族”的界定是通过“民族身份/认同”

① 陈顺馨：《妇女、民族与女性主义》，中央编译出版社 2004 年版，第 30 页。

② [美]本尼迪克特·安德森：《想象的共同体：民族主义的起源与散布》，吴叡人译，上海世纪出版集团 2011 年版，第 5 页。

③ [美]本尼迪克特·安德森：《想象的共同体：民族主义的起源与散布》，吴叡人译，上海世纪出版集团 2011 年版，第 6 页。

④ [美]本尼迪克特·安德森：《想象的共同体：民族主义的起源与散布》，吴叡人译，上海世纪出版集团 2011 年版，第 4 页。

⑤ [英]杜赞奇：《从民族国家拯救历史：民族主义话语与中国现代史研究》，王宪明等译，中国社会科学文献出版社 2003 年版，第 6 页。

⑥ 石海军：《从民族主义到后殖民主义》，《文艺研究》2004 年第 3 期。

⑦ [英]埃里克·霍布斯鲍姆：《民族与民族主义》，李金梅译，上海人民出版社 2000 年版，第 10 页。

（national identity）进行的，“民族身份/认同”被想象为民族的固有特质，其具体内容也可被称为“民族性”。由此可见，“将‘民族’视为是天生的、是上帝对人类的分类，这样的说法实则是民族主义神话。民族主义时而把文化传统作为凝聚民族的手段，时而因成立新民族的需要而将文化传统加以革新，甚至造成传统文化的失调——这乃是不可否认的历史事实”[①]。从主流观点上看，民族主义通常被认为是现代性的组成部分。但是，如果从民族的视角观照印尼现代性，也可以认为民族主义对于印尼现代性中的制度和文化产生了主导性影响。民族主义促使旧秩序转变为新社会，是影响现代性走向的决定性力量。

由于安德森的“民族”定义是在现代性的语境下展开的，属于抽象范畴，相应地，用于描述民族身份特性的“民族性”在现代视角下可以理解为双重含义。一方面，广义民族性可以指代现代“民族身份/认同”的具体内容，是具有现代意义的动态话语建构；另一方面，狭义民族性也可以指代从前现代期就已经存在的群体对某些遥远过去、故土家园、习俗传统的记忆、传承和依赖，反映了“共同的历史体验和共有的文化代码，在真实历史的不断更替和变迁中，具有稳定、不变、持续的含义”[②]。这种意义的“民族性”并非效忠作为整体的现代民族国家，而是指向前现代的社会文化形态，也可被称为“族群性”。由

① Ernest Gellner, *Nations and Nationalism*, New York: Cornell University Press, 1983, pp. 48-49.

② Stuart Hall, "Cultural Identity and Diaspora", in *Identity: Community, Culture and Difference*, Jonathan Rutherford (eds.), London: Lawrence and Wishart, 1990, p. 223.

此可见，“民族性”既存在于现代性之中，是现代性的组成部分，又对立于现代性。

由于“印度尼西亚民族”的“民族性”是在民族主义的驱动下想象性建构的，既属于印尼现代性的重要组成部分，又深刻地制约印尼现代性的走向，呈现出多元变化的样貌，所以，为了避免概念上的混淆，我们所说的“民族认同”用于指代广义民族性，指代民族主义驱动下印尼民族群体用于确证其在文化上明确的、“具有显著特征的依据或尺度”的、“追寻、确证自己在文化上的‘身份’”的动态过程。相应地，“传统性”和“本土性”用于指代传承自前现代时期的“共同历史体验和共有文化代码”，属于狭义民族性的范畴。

三　文化身份的解构和重构

在现代性的观照下，民族、性别等文化身份都经历了解构和重构的过程。用于解构和重构文化身份的现代理论之一是文化研究。当代文化研究（Cultural Studies）是传统文化格局遭受深度冲击、现代社会文化症候层出不穷时期的产物，与现代性密切相关。文化研究以一切文化现象为研究对象。在人类历史演进过程中，“文化”具有多种内涵。文化研究的理论先驱之一雷蒙德·威廉斯（Raymond Williams）对于“文化”进行了具有现代意义的梳理，即除自然科学外，“文化”这一术语主要在三个相对独特的意义上使用：艺术及艺术活动（文化意义之一）；习得的、首先是一种特殊生活方式的符号的特质（文化意义之二）；作为发展过程的文化（文化意义之三）。[①] 文化意义之一被描述为“音乐、文学、绘画和雕塑、戏剧、电影”，通常是人文学者研究的领域；文化意义之二是指在人文科学中，“使一种特定的生活方式显得与众不同”的符号（symbols）的创造与使用，通常是人类学家和社会学家考察的对象；文化意义之三可以适用于描述对人的心智的培养，是普遍的、社会的及历史的过程，主要是历史学家的关注领域。[②] 由此可见，“文化”有着整个社会生活的广阔基础，不是孤立悬浮的，不仅包含精神、知识或经典，还包含风俗习惯和日常生活方式。围绕“文化”这一主题的不同学科的整合，构成了文化研究的内容和方法。文化研究以西方马克思主义哲学和后现代主义哲学为主要理论基础，承袭马克思哲学的批判精神和后现代主义颠覆霸权的主张，吸收人类学、社会学、结构主义、女性主义、后殖民主义等学术思潮，借用阿尔都塞的意识形态理论、葛兰西的文化霸权理论、德里达的解构主义理论、福柯的话语权力理论等资源，关注的焦点包括大众文化、种族问题、性别政治、身份政治等内容，具有突出的政治学旨趣、跨学科方法、实践性品格、边缘化立场与批判精神。

“文化批评（Cultural Criticism）可以被认为是文化研究的这些特征

---

① ［英］阿雷恩·鲍尔德温：《文化研究导论》，陶东风等译，高等教育出版社 2004 年版，第 4 页。

② Raymond Williams, *Keywords: A Vocabulary of Culture and Society*, London: Fontana, 1983, pp. 90-91.

在文学研究领域的体现。”[①] 文化批评是一种文学批评方法。在中国学术界，文化批评可以等同于狭义的文化研究（Culture Studies），是被限定在文学范围内，“以文化学角度观察、分析和阐释文学文本的批评方式，以此拓展固有的文学批评（Literary Criticism）模式”[②]。文化批评作为“多学科（multidisciplinary）、跨学科（interdisciplinary）、泛学科（pandisciplinary）或元学科（metadisciplinary）的研究方式”[③]，认为文学属于“文化再现”（cultural representation）的重要形式，是社会历史进程中的文化表征，并非完全中立。文化批评倾向于将文学置于整个历史文化过程中，关注文学的历史参与性，使文学研究重新获得历史维度。文化批评将作者视作代表一种组织话语的原则，将文学文本视作一种生产对于世界看法的话语表征方式，关注重点是文本背后的观念支撑方式，批判锋芒直接指向文本背后的观念系统，具有强烈的政治性旨趣。

文化批评虽然基于文本，却不以揭示文学的“文学性”为目的，而是走向更为广阔的社会历史语境，重视对文本构成性要素的文化层面的分析，“试图通过文本的生产至接受的历史性过程透视出当代文化的生成性问题”[④]。换句话说，文化批评注重“文本的外部生产、传播、接受过程、文化要素和文本环境，其分析的方式不单单针对文本构成性要素，而主要是融入了社会学和政治学的视角，将文本与文本

① 陶东风：《试论文化批评与文学批评的关系》，《南京大学学报》2004 年第 6 期。

② 王晓路：《西方文论关键词——文化批评》，《外国文学》2014 年第 3 期。

③ Arthur Berger, *Cultural Criticism: A Primer of Key Concepts,* London: SAGE, 1994, p. 2.

④ 王晓路：《西方文论关键词——文化批评》，《外国文学》2014 年第 3 期。

环境、生产体制，以及由意识形态的支撑作为一种动态的关联方式，即采纳了平面、静态文本（纸质、文字符号为主的）和立体、动态文本（视觉、社会事件与现象为主的）相结合的方式，从而颠覆了传统文本的中心地位，并扩展了依据传统文本的内部—外部基于社会文化的批评方式。其着力点是，透过对文化表征的分析，见出文化、知识与权力之间的关系”①。通过文化批评解读印尼现代小说，能够将文学文本与历史维度和社会语境联系起来，不再局限于文学再现说，而是关注文本背后的观念系统和生成要素，分析文本的深层文化生成机制。

从特定角度看，“文化研究是关于意识或主体性的历史形态的，或者是我们借以生存的主体形态”②。所谓“主体性的历史形态”就是指由社会和文化建构并在历史过程中不断变化的主体性的独特形态。在这里，“主体”可以被认为“存在着一个自我或内核，像灵魂或本质一样一出生就存在，虽然最终会有不同的可能发展，但在人的一生中会保持不变，由此生发出连续感和自我认知”③。在这种意义上，文化研究可以用来解构性别、民族、阶级、种族等动态变化的文化主体性的话语生成机制和文化建构机制，解构文学文本中的民族、性别、族群、种族、阶级等文化“Identity”，对现代工业文明和工具理性背景下的人

① 王晓路：《文化批评：为何与何为》，《文艺理论研究》2011 年第 3 期。

② ［英］理查德·约翰生：《究竟什么是文化研究》，载罗钢等主编：《文化研究读本》，中国社会科学出版社 2000 年版，第 10 页。

③ ［英］乔治·拉伦：《意识形态与文化身份：现代性和第三世界的在场》，戴从容译，上海教育出版社 2005 年版，第 196 页。

类文化秩序作出较为透彻的解读。在这里，“Identity”可以被翻译成“身份”或者“认同”。“身份”倾向于指某个个人或群体据以确认自己在一个社会里之地位的某些明确的、具有显著特征的依据或尺度，如性别、阶级、种族等；“认同”倾向于指某个人或群体试图追寻、确证自己在文化上的“身份”的过程。[①]

在当代文化研究视角下，文化身份的“能指与所指之间的关系是人为的，是惯例，或者依据文化研究所突出的，是政治问题”[②]，能够实现某些特定的目的和利益。“社会集团、身份和立场——比如阶级、性别、种族和性征——并不是先在的，也不能以某种方式决定自己和他者的文化意义。它们是在话语（discourse）内部被生产出来的，话语决定它们是什么和怎样运作。”[③]在这里，“话语”是与社会权力关系相互缠绕的具体言语方式，是蕴含复杂权力运作关系的交流场域，是除“语言”和“言语”外的第三者。“话语本身既是权力的产物，也是权力的组成部分。权力的施展，一方面不断创造新的话语；另一方面这些新话语也会导致、加固某种权力，或者削弱、对抗这种权力。”[④]对于权力的研究，贡献最大的是法国哲学家米歇尔·福柯（Michel Foucault）。他认为“权力无所不在；不是因为它包含一切事物，而是

---

① 汪民安主编：《文化研究关键词》，江苏人民出版社 2007 年版，第 283 页。

② Paula Saukko, *Doing Research in Cultural Studies: An Introduction to Classical and New Methodological Approaches*, London: Sage Publications, 2003, p. 100.

③ ［英］阿雷恩·鲍尔德温：《文化研究导论》，陶东风等译，高等教育出版社 2004 年版，第 31 页。

④ 黄华：《权力，身体与自我——福柯与女性主义文学批评》，北京大学出版社 2005 年版，第 42 页。

因为它来自所有地方”[①]。“权力”首先是一种关系，它存在于话语、制度、客体以及身份的创造之中。一切与通过一种特定的方式创造和再造世界相关的东西都是权力。[②]

被创造的文化身份总是“受到极端历史化的影响，总是处于变动和转化的过程中”[③]，“文化身份既是‘成为’（becoming），也是‘存在’（being），既属于过去，也属于未来”。“它们并不永远地固定在某种本质化的过去，而要受到历史、文化和权力不断的‘戏弄’。”[④]所以，文化身份是“一个建构，一个永远也没有完成的过程，总是‘在过程中’”[⑤]。总体而言，在荷属东印度殖民地社会的现代性进程中，民族、种族、性别等各种文化身份受到历史、文化和权力的综合影响，无法保持本质化的固定属性，出现变动和断裂。为了解决身份危机问题，人们需要不断进行文化身份重构。

---

① Michel Foucault, *The History of Sexuality* (Vol 1), Harmondsworth: Penguin, 1984, p. 93.

② ［英］阿雷恩·鲍尔德温：《文化研究导论》，陶东风等译，高等教育出版社 2004 年版，第 97 页。

③ Stuart Hall, “Who Needs ‘Identity’?”, in *Questions of Cultural Identity*, Stuart Hall, Paul du Gay (eds.), London: Sage, 1996, p. 4.

④ Stuart Hall, “Cultural Identity and Diaspora”, in *Identity: Community, Culture and Difference*, Jonathan Rutherford (ed.), London: Lawrence and Wishart, 1990, p. 225.

⑤ Stuart Hall, “Who Needs ‘Identity’?”, in *Questions of Cultural Identity*, Stuart Hall, Paul du Gay (eds.), London: Sage, 1996, pp. 1-17.

四　东西方文化交叠之处

印尼现代民族认同需要面对的时代命题是如何在东方（本土）和西方文化交叠之处进行想象，这也是所有第三世界殖民地国家所面临的文化核心命题。总体而言，殖民主义（Colonialism）是指资本主义殖民宗主国在政治和军事上对殖民地进行压迫、统治、奴役和剥削，剥夺殖民地的政治和经济独立的历史阶段。在殖民化的过程中，宗主国不仅控制殖民地的政治生活和经济命脉，还刻意塑造殖民地文化意识，建构起二元对立的知识话语体系：一方面是对殖民地文化进行西化渗透，将西方预设为先进的、理性的、成熟的；另一方面是歪曲和丑化殖民地传统，将当地定义为落后的、非理性的、幼稚的。“殖民主义刻意寻求的就是向本土人的头脑中塞进一种认识：如果这些殖民者撤离了，他们就会立即重新落入野蛮、低级和兽化。”①

第二次世界大战后，殖民地国家纷纷独立。然而，殖民制度的终结，并不意味着殖民主义的消亡。在非殖民化潮流中，前殖民地知识分子开始思考殖民主义给殖民地造成的文化遗留问题，从而产生了后殖民主义（Postcolonialism）。弗朗兹·法农（Frants Fanon）是后殖民理论早期代表人物，他在《黑皮肤、白面具》（*Black Skin, White Masks*，1952）和《地球上受苦的人》（*The Wretched of the Earth*，1961）中对于殖民地人民精神上的殖民状态进行了深

---

① ［法］弗朗兹·法农：《论民族文化》，载［英］巴特·穆尔 - 吉尔伯特等编：《后殖民批评》，杨乃乔等译，北京大学出版社 2001 年版，第 162 页。

入探讨。此后，爱德华·W. 萨义德（Edward W. Said）在《东方学》（*Orientalism*）中把“殖民话语”作为研究对象，批判了帝国主义、种族主义、殖民地统治，分析了殖民话语对于殖民地区进行的知识编码和文化建构。萨义德提出：“东方学归根到底是一种强加于东方之上的政治学说，因为与西方相比东方总是处于弱势，于是人们就用其弱代替其异。”[①] 批评家加亚特里·斯皮瓦克（Gayatri C. Spivak）是将女性主义理念渗透到后殖民批评中的第一人，她在《属下能说话吗？》（*Can the Subaltern Speak?*，1988）中批判了替代下层民众发声的西方“先进”知识分子，揭示了下层民众真实声音被遮蔽的事实。

后殖民主义在不同领域内拥有不同的内涵。后殖民批评（Postcolonial Criticism）是建立在后殖民主义理论基础上的一种批评方法，可被视作是后殖民主义理论在文学领域的实践。当后殖民理论用作文学批评方法时，批评视野就不再局限于文学文本中的文学性，而是“侧重于分析新形势下的帝国主义文化侵略、宗主国与殖民地的关系、第三世界的精英知识分子的文化角色和政治参与、关于种族/文化/历史的‘他者’的表述，揭露西方形而上学话语的局限性”[②]。萨义德认为，“忽视或低估西方人与东方人历史的重叠之处，忽视或低估殖民者和被殖民者通过附和或对立的地理、叙述或历史，在文化领域中并存或争斗的互相依赖性，就等于忽视了过去一个世纪世界的核心

① ［美］爱德华·W. 萨义德：《东方学》，王宇根译，生活·读书·新知三联书店 2007 年版，第 260 页。

② 张京媛主编：《后殖民理论与文化批评》，北京大学出版社 1999 年版，第 5 页。

问题"[①]。

文化身份问题是后殖民理论的重要内容。在后殖民视域中，身份是社会、政治和文化共同作用的结果。后殖民主体面临不断的重新定位，种族、阶级、性别身份的内容都不是本质的，而是在话语和权力生产运作过程中被不断定义的。从这种意义上看，"印度尼西亚民族"这一"想象的共同体"所蕴含的"印尼性"的意义并非与生俱来、一成不变的，而是建构产生的，既包含殖民者的西化渗透和文化输入，又包含本土的历史体验和文化代码；既存在殖民地民众看待自身文化现象时不自觉套用殖民者的标准和态度，导致的"文化原质失真"，又出现殖民地精英对于西方文化的抵制和反思，呈现出矛盾含混的动态变化。

后殖民批评的另一个重要关注点是民族主义。民族主义是某一共同体培养集体意识的必要手段。斯皮瓦克提出，民族主义是帝国主义的产物，民族主义的叙事是帝国主义文化的产物。[②]霍米·巴巴（Homi K. Bhabha）认为，民族主义与殖民统治形影相随，充满对立矛盾和交融渗透。民族主义使殖民者认为自己是至高无上的民族，催生了西方殖民主义，又号召被殖民者一面反抗殖民统治，摧毁西方殖民主义，一面不断模仿西方，建构自身民族认同。这种模仿并不是全盘照搬西方文化，而是基于本土现实、融入本土传承的复杂动态过程。根据印

① ［美］爱德华·W. 萨义德：《文化与帝国主义》，李琨译，生活·读书·新知三联书店 2003 年版，第 15 页。

② 张京媛主编：《后殖民理论与文化批评》，北京大学出版社 1999 年版，第 8 页。

度历史学家查特吉（Partha Chatterjee）的观点，反殖民主义的民族主义不仅仅是对西方民族主义的模仿，而且也是对西方自由、平等和人的尊严等等观念的利用和修正。①

大体而言，殖民地民族主义致力于现代民族身份的创造，一方面从西方文化中吸收先进思想，另一方面在历史多样性中进行有目的的选择，使“过去”成为有用的“现在”。这种观点也可以用来分析荷属东印度殖民地区域文化意识的形成。印尼群岛区域不仅在物质和制度领域遭到殖民统治，在精神领域也受到浓厚的殖民影响。民族观念伴随西方文化传入印尼后，印尼人民在民族主义驱动下，在扬弃东西方意识的矛盾中开展反殖斗争，对于现代民族的文化身份展开想象。旨在进行民族认同建构的文本性别书写就是在西方殖民者生产、传播和推广殖民意识形态的背景下，印尼民族主义者在东西方文化交叠之处作出的动态抉择。

五　浮出历史地表的女性

在印尼现代文学书写中，由文化形成的性别关系模式受到现代性的促动，发生了具有象征意义的演变。用文化研究和女性主义理论解读印尼现代长篇小说，能够提供一种全新的观照视角和批评方法，剖

① Ania Loomba, *Colonialism/Postcolonialism*, London & New York: Routledge, 1998, pp. 190-191，转引自石海军：《从民族主义到后殖民主义》，《文艺研究》2004 年第 3 期。

析和考察在现代性的引导下，性别意识与现代民族想象发生了怎样的迁移和互构。

女性主义经历了不同的发展阶段。在18世纪末到20世纪20年代女性主义第一波浪潮中，女权主义者认为女性的屈从地位植根于一整套社会习惯和法律限制，必须制定公平的游戏规则以保障女性的权利。所以，女性要求获得选举权、受教育权和就业权。这一时期出现的女权经典包括《女权宣言》（*the Declaration of the Rights of Woman and the Female Citizen*，Olympe de Gouges，1791）、《女权辩护》（*A Vindication of the Rights of Woman*，Mary Wollstonecraft，1792）、《一间自己的房子》（*A Room of One s Own*，Virginia Woolf，1928）等。在始于20世纪60年代的女性主义第二波浪潮中，女性主义者开始审视“西方知识传统”，解构性别本质。建立在生物学基础上的男女两性差别一直被视作人类的本质属性。从父系氏族社会至今，男性与女性之间一直都体现出控制与被控制、征服与被征服、支配与被支配的秩序。被视为客观真理的“性别本质论”为支撑男尊女卑的男性霸权话语提供了哲学基础，导致形成一系列具有二元对立性质的“男性气质”和“女性气质”性别概念。与男性气质相关联的通常是主动、勇敢、理性、科学、事业，与女性气质相关联的则表现为被动、软弱、感性、自然、家庭。

女性主义者认为，传统性别神话是男权中心意识形态的建构产物和维持基础。法国著名作家西蒙娜·德·波伏娃（Simone de Beauvoir）在《第二性》（*Le Deuxième Sexe*，1949）中提出，女性不是天生的，而是后天形成的。男性为了将自身建构为自由和超越的“自我”，女性“他者”必须被视作劣等和被奴役的。此后出现的社会性别差异理论认为，自然性别（Sex）是“在男性或者女性的特有的形体禀赋中先天带来的”，“是人类无法逃脱的限制”；社会性别（Gender）“需要后天发展”，“起源于社会、文化、家庭对两性的不同期待”。[①] 美国思想家朱迪斯·巴特勒（Judith Butler）更为深刻地解构了性别身份，她认为，性别身份是对性进行界定的话语的产物，我们根据已经被书写为我们社会文化传统的那个剧本底稿来表演男性气质与女性气质、同性恋与异性恋。[②] 由此可见，性别身份同样属于文化建构范畴。由于“性别的定义在许多社会中是斗争的焦点，因为成为一个男人意味着什么和成为一个女人意味着什么从来就不是固定的”[③]，所以在现实社会中，男性身份和女性身份在历史潮流演进的影响下，必须适应社会文化命题的总体要求而作出相应调整，从而产生性别特征和性别规范的动态变化。

由文化形成的具有等级秩序的性别关系模式已经成为社会权力关系最为基础的部分。“人类所有不平等机制都源于男性的优越和女人的服从，而性政治在历史上则发挥了作为所有其他社会、政治和经济结

---

① ［美］波利·扬·艾森卓：《性别与欲望：不受诅咒的潘多拉》，杨广学译，中国社会科学出版社 2003 年版，第 37—38 页。

② 都岚岚：《论朱迪斯·巴特勒性别理论的动态发展》，《妇女研究论丛》2010 年第 6 期。

③ ［英］阿雷恩·鲍尔德温：《文化研究导论》，陶东风等译，高等教育出版社 2004 年版，第 19 页。

构的基础作用。”[①] 为了表述这种源于性别的不平等，美国作家凯特·米丽特（Kate Millet）在《性政治》（*Sexual Politics*，1970）中第一次采用了“父权制”（patriarchy）概念。父权制是人类社会最普遍的现象，“最初是一个描述一个社会系统的人类学术语，在这个社会系统中，权威被赋给了家庭成员中男性头领（父权）以及亲属关系群体中的男性年长者。年长的男性被赋予了社会所认可的、统治其他家庭和亲属群体的成员、包括女性和年轻的男性的权威”[②]。这是一种家庭、社会、意识形态和政治的有机体系，在其中，男性通过仪式、传统、习俗、法律、教育、劳动等直接或间接方式决定女性的身份和地位，将女性置于男性统辖之下。现代女性主义者认为，我们所了解的大部分社会都是父权制社会，父权制的本质特征是男性中心主义，是贬低女性的经验与地位的、以男权为中心的世界观，即男权制意识形态。在这种意义上，男权制是比父权制涵盖范围更广的霸权。父权制和男权制既可指称形成性别差异的社会体制，也可指代产生一切不平等现象的根源，渗透在所有的观念、制度和行为中，是文化中最普遍的权力概念。“无论性统治现在呈现出怎样缄默的形态，它仍然保持着也许是我们文化的最广泛的意识形态，也提供了最基本的权力观念。”[③] 父权制和男权制压迫是对女性最基本的压迫机制，其他形式的压迫，如种族主义、阶级压迫等，全部都与父权和男权

---

① ［美］凯特·米利特：《性的政治》，钟良明译，社会科学文献出版社 1999 年版，第 183 页。

② ［英］阿雷恩·鲍尔德温：《文化研究导论》，陶东风等译，高等教育出版社 2004 年版，第 28 页。

③ ［美］凯特·米利特：《性政治》，宋文伟译，江苏人民出版社 2000 年版，第 25 页。

压迫有关。

近年来，女性主义的发展趋势之一是与后殖民主义相碰撞，产生后殖民女性主义。在文学领域内，后殖民女性主义不仅超越单一的女性主义分析视野，还溢出单一的后殖民理论视角，将性别问题与民族问题交织结合起来，关注处于种族、阶级、性别互动下的女性生存状况，致力于反抗殖民主义和男性霸权。“种族、性别和阶级并不是相互分离的领域，并不是彼此隔离的，它们的存在是以相互间的关系为前提的，即便是它们之间的关系是相互抵抗或冲突的。”①从殖民和后殖民角度看，印尼殖民地女性所遭受的剥削压迫不能只归咎于性别因素，还与殖民架构具有密切关联，她们处于民族、种族、性别、阶级等多种压迫之中。“男性主导的殖民文化与男性主导的本土精英文化，互相争论哪种文化更优，却忽视了他们都毫无例外地将后殖民女人列为了二等公民。”②

总体而言，殖民文化中的父权制压迫，本土习俗传统和民族解放运动中的父权制压迫，来自各族群、各阶层男性的男权制压迫是殖民地女性所遭遇的主要压迫。本土习俗传统中的父权制压迫表现为家族和部族传统中年长者通过文化习俗对于女性施加的权威和控制。民

① Anne McClintlock, *Imperial Leather: Race, Gender and Sexuality in the Colonial Context*, Routledge, 1995, p.5，转引自肖丽华：《后殖民女性主义文学批评研究》，浙江大学出版社2013年版，第14页。

② Una Naraya, *Dislocating Culture/Identities, Traditions, and Third-world Feminism*, Routledge, 1997, p.18，转引自肖丽华：《后殖民女性主义文学批评研究》，浙江大学出版社2013年版，第54页。

族解放运动中的父权制压迫主要指民族主义作为反殖斗争的重要驱动性力量，虽然为女性解放提供契机，但在某种程度上与女性利益背道而驰。在印尼历史发展进程中，民族运动统摄妇女运动，把对女性的控制力从亲族转移到民族。本土男性精英为了缓解自身面对殖民者的自卑心态，重构男性主导的家国神话，借用女性压迫隐喻家国危难，将女性解放与民族救亡并置。女性通过生育能力扮演繁衍种族的角色，参与民族话语制造，受到民族话语控制。除生育意义外，民族话语还为女性设置公私界限，根据需要鼓励女性走出私人领域，参与反殖斗争，或者迫使女性退出公共空间，履行家庭职责。所以，荷属东印度殖民地女性面对的逻格斯中心主义，不仅有男权中心主义，还包括以男权和父权为基础的习俗传统和民族话语对于女性主体性的宰制。

六　历史话语中的群岛女性形象

印尼学界对于文学史的研究成果较为丰富，但各个学者对于印尼文学基本概念的界定存在分歧。由于“印度尼西亚”一词出现在20世纪民族觉醒和民族运动过程中，是有别于过去各自独立的王朝部族的新词语，所以学者们对于“印度尼西亚文学”的范畴提出了不同的观点。20世纪30年代东西方文化论战期间，阿里夏巴纳认为“印度尼西亚精神”是20世纪的产物，此前都是史前时代，不能把印度尼西亚时代视为之前时代的延续和继承，印度尼西亚文化也不是爪哇、巽达、马来文化的延续。[①]所以，印度尼西亚文学是20世纪后出现的历史产物。[②]阿育普·罗希迪认为使用努山塔拉（Nusantara）方言创作的文学作品属于努山塔拉文学，印度尼西亚文学只是用印度尼西亚语创作的文学。[③]这些观点获得大部分印尼学者的支持。此外，对于印尼文学史的界定，围绕客观历史发展和文学现象演进产生了“派”（angkatan）、“代”（generasi）、“潮流”（aliran）、“时期”（periodisasi）等不同标准。更有甚者反对将印尼文学史进行分期，也反对将作家划分至特定派别中。相应地，印尼部分著名作家也拒绝将自己划归某派，为自己贴上标签。所以，各种具有一定权威性的印尼文学史研究著作中不仅存在概念标准的分歧，在术语命名的规定上也多有不同。

北京大学梁立基教授编写的《印度尼西亚文学史》（上下册，2003）从历史唯物主义角度出发，将“印度尼西亚文学”定义为“产生于印尼群岛领域内从古至今的所有文学，是由过去的各族语文学（其中以爪哇古典文学和马来古典文学最发达和最有代表性）和现代的印尼语文学所组成，是从长期分散的各族语文学于20世纪民族觉醒后

① Sutan Takdir Alisyahbana, “Menuju Masyarakat dan Kebudayaan Baru”, in *Polemik Kebudayaan*, Achdiat Kartamihardja (ed.), Jakarta: Balai Pustaka, 2008, pp. 12-26.

② Sutan Takdir Alisyahbana, *Puisi Lama*, Jakarta: P.T. Pustaka Rakyat, 1961, p. 2.

③ Ajip Rosidi, *Ichtisar Sejarah Sastra Indonesia* (*Cetakan 1*), Bandung: Penerbit Binacipta, 1969, p. 11.

走向统一民族语的文学”[①]。梁教授根据发展的历史主义观点将文学史纳入历史视野，以历史演进为基础进行文学史脉络梳理，构筑了具有连续性的文学史发展体系，将印尼文学划分为古代口头文学、封建社会前期文学、封建社会后期文学、近代过渡时期文学、荷兰殖民统治时期的现代文学、日本占领时期的现代文学、独立后的当代文学。根据梁立基教授的观点，前现代文学也属于印尼文学的范畴，前现代文学和现代文学[②]中的女性形象存在截然不同的特点。

在印尼前现代文学中，女性形象总体局限在青春貌美、温柔多情、顺从忍耐的传统性别规范框架内。在原始氏族社会时期产生的神话传说和民间故事中，女性不仅能够担任一家之主，还可以创造宇宙万物。在封建社会时期文学（以爪哇古典文学和马来古典文学为代表）里，男性成为建构两性身份和两性关系的主角。受到印度两大史诗《摩诃婆罗多》和《罗摩衍那》的影响，在梵体诗格卡温中出现了肩负色诱任务的美丽仙女、沦为男性战利品的绝色公主，以及可悲的痴情者和可敬的殉情者。取材于爪哇王朝历史及民族传奇的吉冬诗体和班基故事在一定程度上体现出女性地位的回升，但并没有颠覆夫唱妇随的传统性别秩序。

---

① 梁立基：《印度尼西亚文学史》，昆仑出版社 2003 年版，第 51 页。

② 根据北京大学梁立基教授在《印度尼西亚文学史》中阐述的观点，从 1920 年开始，印尼进入现代文学阶段。本论文以梁教授的观点为基础，结合印尼现代化进程内涵，将 1920 年前的印尼文学定义为前现代文学。梁教授认为，1920—1945 年为现代文学，1945 年以后为当代文学。从社会背景和文学表现看，1945—1949 年是印尼“八月革命”时期，与 1942—1945 年日本占领时期同属战争时期，在文学表现上主要是战争文学。1950 年移交主权后，印尼才开始步入国家建设轨道。所以，在本书中将 1945—1950 年的文学也列为现代文学的延续范畴以内。

伊斯兰文化进入印尼后对马来古典文学产生了直接影响。其中，王朝兴衰史再现了男性建功立业和抗击殖民者的历史，传奇故事讲述的多为天上人间王子公主的悲欢离合，虽然出现个别女扮男装的巾帼英雄和独掌大权的精明公主，但更多的女性形象依然是男性欲望的对象、家族传宗的工具和政治斗争的筹码，在客观上起到宣扬伊斯兰教义、巩固男性地位的作用。

在 19 世纪下半叶到 20 世纪初叶的过渡性文学中，殖民地作家开始突破古典文学旧传统，以近代殖民地社会现实为创作题材，艺术再现了一批以“姨娘”[①]为代表的生动鲜活的女性形象。文学作品中的“姨娘”人格扭曲，是满足权势男人声色欲望的工具，被视为玩世不恭、放纵堕落的荡妇。这类被侮辱和异化的女性人物形象真实地再现了种族歧视和传统意识共同作用下底层原住民女性的悲惨生活状态。

七　印度尼西亚现代叙事中的女性形象

伴随印尼现代性出现的印尼现代文学在体裁上突破古典文学旧传统，题材多取自社会现实，通过“民族寓言”的形式发挥建构现代民族认同的文化功能，属于文化变革的重要组成部分。在这一过程中，

① “姨娘”是当时给外族人（主要是欧洲人和华人）或本族封建贵族官僚当侍妾或姘妇的土著女人，一般年轻貌美、出身贫寒、无权无势、任人欺压。

印尼现代文学在民族话语的约束下，在“现代”与“传统”二元对立命题之间进行选择研判，深刻影响了长篇小说女性形象的塑造，使其不再局限于公主仙女的浪漫叙事，更多关注普通女性的日常生活现实，呈现出不同于传统女性身份规定的、多元变化的现代女性生成特色。在印尼现代文学中，大部分女性形象具有较强的社会现实性，这是与印尼社会现代性进程息息相关的。

印尼现代性的重要内容是文化变革，现代文学作为文化变革的组成部分，虽然具有自身独立的价值，但并不是孤立的文学现象。它的发生、发展与印尼（主要指殖民地核心区域）从“半殖民地的近代资本主义殖民地社会”①逐渐成长为独立民族国家的现代性进程具有深刻的逻辑关联，是它所置身的历史语境中社会运动与时代精神的组成部分。在这一时期内，殖民地经济结构、政治组成和社会文化发生巨大的现代性变化。“在相对独立、繁荣和稳定的环境里，通常不会产生文化身份的问题。身份成为问题，需要有个动荡和危机的时期，既有的方式受到威胁。这种动荡和危机的产生源于其他文化的形成，或与其他文化有关时，更加如此。”②从前现代进入现代的殖民地区域，往往面临建立以“民族”为单位的“民族国家”统一体的重大挑战。所以，印尼各地区、各部族人民在意识到遭受荷兰殖民的共同命运后，产生了建构崭新“印度尼西亚民族”、成立独立“印度尼西亚”国家的愿

---

① 梁立基：《印度尼西亚文学史》，昆仑出版社 2003 年版，第 317 页。

② ［英］乔治·拉伦：《意识形态与文化身份：现代性和第三世界的在场》，戴从容译，上海教育出版社 2005 年版，第 195 页。

望。“在现代，对主体的形成影响最大的文化身份是民族身份。”[①] 所以，文化变革肩负着在思想文化领域创造现代印尼理念、建构现代民族认同的使命。印尼民族是以建立民族主权国家为目标、由民族主义驱动、由知识分子主导、由印尼境内各部族凝聚形成、为实现身份认同需要而自觉“创造”出来的具有政治意义的共同体，是在“西方”和“本土”之间进行权衡取舍的现代性命题，在很大程度上定义着现代印尼民族和国家的性质。印尼现代文学受到文化语境的影响和制约，在建构民族认同的过程中始终面对“西方”与“本土”二元对立命题以及“现代”与“传统”、“西方”与“东方”等子命题。在各种文学体裁中，小说与现代性具有紧密关联。印尼现代长篇小说无法脱离文化变革的影响，同样在西方文化和本土传承之间进行取舍，参与到建构民族认同的过程之中。长篇小说中塑造的女性形象围绕文本叙事核心，受到现代与传统的征用和规训，呈现出与前现代文学作品中女性形象迥然相异、多元变化的样貌。

在印尼民族认同觉醒期（1908—1928）里，传统家族主义和部族主义成为个人加入现代民族的重要障碍。在民族主义驱动下，民族觉醒与个人启蒙同向发展，民族与个人共谋，将个人从家族和部族中解救出来，构成现代民族。在这一时期的长篇小说中，启蒙现代性调和本土传统性，在批判封建传统的同时发扬本土哲学理念和信仰传承，追求现代个人权利，塑造了具有现代品质的启蒙形象。由于女性发挥

① 曾军主编：《文化批评教程》，上海大学出版社 2008 年版，第 299 页。

着民族生物性和文化性再生产者的作用，苦难深重的女性形象成为积贫积弱的民族的隐喻。先进男性拯救女性命运、引领女性启蒙成为激发民族意识、呼唤民族觉醒的象征。女性启蒙伴随着个人反封建话语展开，反对传统束缚，追求教育权利，倡导婚恋自由。在长篇小说中，出现了初步觉醒的玛丽雅敏（《多灾多难》）、勇于抗争的西蒂·努尔巴雅（《西蒂·努尔巴雅》）、接受启蒙的阿斯娜（《错误的选择》）和主动反思的拉比娅（《错误的教育》）。

在印尼民族认同探索期（1928—1942）里，知识分子在民族主义驱动下为现代民族的建设方向提出种种设想，主导了“东西方文化论战”。在论战中不仅出现了“印（尼）学为体，西学为用”的调和理想，还出现“全盘西化”的激进观点。在长篇小说中，现代启蒙思想的影响扩大至精神领域，本土传统的神秘主义哲学受到批判。从封建传统中挣脱出来的个人顺应现代潮流、积极步入社会，成为民族解放深入发展的象征，也成为这一时期现代女性形象生成的重要逻辑。这些女性形象的解放力度不断增强，从家庭内部空间步入社会外部空间，成为职业女性，获得经济独立，争取个人权利，倡导男女平等。女性作家的出现与女性性别体验的抒写，既自觉加入时代共鸣，又展示女性的创作个性，与压抑女性声音的前现代语境产生巨大反差，有助于提升女性的主体意识。在长篇小说中，出现了经济独立的拉斯玛妮（《时运不济》）、引领解放的哈密达（《失去珍宝》）、投身事业的杜蒂（《扬帆》）和舍弃家庭的蒂妮（《枷锁》）。

在印尼民族认同抉择期（1942—1950）里，印尼经历了日本占领、宣布独立、“八月革命”、移交主权等一波三折的历史进程。在独立成为必然、民族主义高涨的背景下，西方中心话语遭到批判，民族救亡成为统摄一切的霸权话语。在长篇小说中，为了重树民族文化自信心，西方现代思潮受到批判，本土文化中的优良传统重获新生。在危机时期里，女性形象认同民族理想，放弃个人利益，回归本土传统。女性作家更加关注女性性别体验，主动向女性生存本相靠近，女性意识进一步觉醒。在长篇小说中，出现了舍己为国的阿斯蒂娅（《热爱祖国》）、迷途知返的卡尔蒂妮（《无神论者》）、为国牺牲的萨拉玛（《游击队之家》）和回归家庭的苏希（《失落的心》）。

总而言之，由于三个时期内的历史发展和社会变革存在差异，文学叙事各有侧重又相互联系。民族认同觉醒期主要突出“反封建”的价值诉求，启蒙现代性的物质理性和个人权利与本土精神传统相互调和；民族认同探索期主要偏重“新文化”的价值塑造，现代启蒙思想的影响上升到精神层面，本土精神传统和宗教信仰受到批判；民族认同抉择期主要呈现“求独立”的价值目标，西方现代思潮受到质疑，本土传统精髓被重塑为新生民族的本质属性。女性形象全程参与这三个阶段，在民族主义的驱动下，接受“西方”与“本土”不同程度的召唤、规训和征用：在引进西方文化、促进民族觉醒时，女性形象挣脱传统束缚，获得主体自由；在规划文化发展、追求民族解放时，女性形象离开家庭内部，走向外部社会；在经历社会危机、重塑民族信心时，女性形象服从民族事业、回归传统职责。为了符合民族建设发展的需求，女性形象既需要具备某些西方品质，又需要保留某些本土传承，呈现出多元变化的样貌，侧面印证了性别身份的文化建构性和动态变化性，体现出民族认同建构和女性形象塑造的互构。

·第一章·

印度尼西亚
民族认同觉醒期的女性形象

从标志着民族觉醒的1908年印尼第一个政治组织“至善社”[①]的宣告成立到1928年青年大会的召开，属于印尼民族认同觉醒期。在这一时期内，建构崭新印尼民族、建立独立印尼国家的民族意识开始觉醒。殖民地的本土精英在社会经济结构和政治组成面临巨大变化的背景下，寻求“器物”“制度”和“文化”层面的现代性变革。印尼妇女成为民族解放、国家独立的重要力量，被民族主义者整合吸收进入民族运动之中，在民族解放的大框架下争取女性群体的解放。萌发并成长壮大于20世纪20年代的印尼现代文学为时代潮流所激励，与时代和政治的关系空前强化，以前所未有的姿态加入印尼现代历史进程，成为社会运动和时代精神的重要组成部分。印尼现代文学自觉响应民族主义要求，依靠文学叙事建构民族认同。在长篇小说里，启蒙现代性调和本土传统性，民族觉醒与个人启蒙同向发展。启蒙个人反抗封建束缚，

① 至善社（Budi Utomo）是一个由巴达维亚的医学学生成立的非政治性组织，其最初宗旨是促进教育和社会文化的发展。由于其领袖和成员多数来自官绅阶层、殖民官员和宫廷贵族，属于受到爪哇传统文化价值观和西方文化影响的封建贵族阶层，秉承调和与改良主义。

追求个人权利，保有本土信仰。在民族觉醒力量的驱动下，遭受传统父权压迫的女性形象接受现代启蒙，反抗封建传统，追求个人权利，发挥民族再生产作用，成为民族国家觉醒的隐喻，体现出民族觉醒的目标对于女性启蒙的要求。

第一节
现代性发端期的民族意识萌发

印度尼西亚是具有典型“破碎地带”地理特征的多文化、多民族的东南亚国家。在前现代时期，这里属于充满巨大差异性的殖民地版图，与现代以“民族”为单位的“民族国家”统一体有着巨大的差别。印尼的被殖民史开始于16世纪，荷兰等西方殖民者使用武力和诡计陆续攻占印尼群岛后，逐步将这里变成西方国家的廉价工业原料产地、劳动力供应地以及商品倾销市场。殖民者入侵印尼群岛时，当地处于中央集权化程度较低、地区发展很不平衡的状态，存在多种社会形态和意识形态，最大的政治结构是幅员有限的伊斯兰苏丹国，在偏远内陆地区还存在不少原始部落。伴随殖民化的深入，伊斯兰教“被当地人认为是一种能抗衡西方征服者对东南亚海岛主要部分的无情侵略的强大精神力量”[①]和“维护马来民族文化的盾牌，用来抵御西方文化的侵蚀”[②]而迅速发展起来，在现代民族觉醒前，成为反抗西方殖民者的主要思想武器。然而，渐进的殖民过程深刻加剧了印尼各地的不平衡性，印尼人民“仍然彼此分裂，他们不仅被相对小的殖民军队所屈服，而且彼此积极地帮助荷兰人实现这种征服……印度尼西亚认同感或同目标感根本就尚未存在”[③]，盛行于群岛地区的主要意识形态是部族[④]和家族意识。

荷兰殖民政府在后期实行强迫种植制[⑤]，导致经济畸形发展、社会民不聊生，时常引发印尼人民轰轰烈烈的反荷斗争。19世纪70年代起，荷兰殖民政府开始实施“自由主义”新殖民政策[⑥]，导致“旧封建割据的殖民地社会逐步过渡到半封建的近代资本主义殖民地社会”[⑦]。20世纪初，荷兰殖民政府开始实施以兴办教育、兴修水利、实行移民为主要内容的“道义政策”[⑧]，导致西方文明对印尼政治、经济和文化的影

---

① ［新］尼古拉斯·塔林：《剑桥东南亚史》，贺圣达等译，云南人民出版社2003年版，第276页。

② 梁志明等：《古代东南亚历史与文化研究》，昆仑出版社2006年版，第200页。

③ ［澳］梅·加·李克莱弗斯：《印度尼西亚历史》，周南京译，商务印书馆1993年版，第203页。

④ 部族（Tribe）是民族的前身，一般是指民族共同体发展中的一种历史类型，是在氏族和部落之后、现代民族以前的处于奴隶社会和封建社会时期的民族共同体。印尼比较重要的部族包括爪哇岛的爪哇族和巽他族，苏门答腊岛的巴达克族、米南加保族，加里曼丹岛的达雅克族等。

⑤ 强迫种植制即采取严厉管制的方法强制农民耕种特殊农业经济作物，以牟取暴利。

⑥ “自由主义”新殖民政策以1870年《糖业法》和《土地法》的颁布为开端，规定取消甘蔗强迫种植制度，允许租赁土地给私人资本。

⑦ 梁立基：《印度尼西亚文学史》，昆仑出版社2003年版，第317页。

⑧ “道义政策”的主要内容是因为荷兰对印度尼西亚殖民地负有道义上的债务，所以荷兰政府必须拨出款项为殖民地人民谋福利。

响进一步加深。“自由主义”新殖民政策和“道义政策”的实施，开启了印尼的现代性进程。印尼现代性成为以“觉醒”“启蒙”“民族”等关键词为主题的文化变革的深层发生机理。其中，“意识形态尤其是政治意识形态上民族主义成为对于广大居民阶层最有吸引力和最有影响的思想”①。

这种现代性变革受益于殖民政府的资本主义殖民政策。“自由主义”殖民政策加快了资本主义经济发展，在深层次上促进了社会转型。“道义政策”所倡导的兴办教育、兴修水利和组织移民在主观上为殖民政府服务，在客观上全都起到联系分散地区和人群、形成统一行政体系的作用，有助于建构现代民族国家想象。20 世纪初到第二次世界大战前，殖民地教育体系得以快速发展，遍布乡村的印尼语学校和体系完备的荷兰语学校输入了西方文化，造就了本土现代知识阶层，对于印尼现代文化的塑造和民族主义的兴起具有重要意义。在更大范围内，殖民地以国家形式存在的司法、制度、教育和经济框架都帮助赋予殖民地一个关于特定领土的想象，因为“由殖民政府及行政管理所造就的一致性，有时反而会使当地人民产生一种民族感”②。出身优越、接受西方教育、能够“开眼看世界”的本土精英接受民族主义思想，成为引领民族觉醒的先锋力量。他们认为，现代民族国家需要建立在殖民政权创造出来的基础上，因为这是“未来国家唯一的共通性和民族特

① 贺圣达：《东南亚文化发展史》，云南人民出版社 1996 年版，第 412 页。

② ［英］埃里克·霍布斯鲍姆：《民族与民族主义》，李金梅译，上海人民出版社 2000 年版，第 165 页。

性”[①]，民族身份问题和“共同体意识”成为建设民族国家的重要现代性关切。所以，“它是民族主义存在所必须的共同体意识，这是殖民国家在接受西方教育的年轻一代印度尼西亚人当中不经意间创造的东西，这代年轻的印度尼西亚人接下来便把思想传播到大众当中”[②]。

在民族主义感召下，印尼民族开始觉醒，其标志就是1908年印尼第一个政治组织“至善社”的宣告成立。在民族觉醒意识的激励下，印尼社会所有的政治集团都参与到建构现代民族的社会实践中，在不同意识形态框架下实践民族主义，尝试不同的现代化道路和价值思想体系。总体看来，印尼的民族主义具有如下特点：“一是……具有更为激进和革命的性质。二是早期或者说20世纪初的印尼民族主义的主流，是伊斯兰教与民族主义的结合。三是20年代中叶以后，苏加诺的民族主义即以民族主义为核心而竭力把民族主义与伊斯兰和马克思主义相调和的思想，在印尼民族主义思潮的发展中，占有突出的地位。”[③]

具体而言，印尼的伊斯兰教于20世纪初在伊斯兰现代主义影响下开始宗教改革运动，主张利用启蒙思想发展伊斯兰教，借助伊斯兰教推动现代民族主义，具有较为显著的政治号召作用。由于内部出现分裂，伊斯兰教力量丧失了民族运动的领导地位。印尼的无产阶级采用马克思主义作为反对帝国主义和殖民统治的思想纲领，领导了1927年

---

① ［英］埃里克·霍布斯鲍姆：《民族与民族主义》，李金梅译，上海人民出版社2000年版，第165页。

② ［澳］史蒂文·德拉克雷：《印度尼西亚史》，郭子林译，商务印书馆2014年版，第64页。

③ 贺圣达：《东南亚文化发展史》，云南人民出版社1996年版，第422页。

大革命。革命失败后印尼共产党和社会主义思想遭到重大打击，影响力大为减弱。印尼民族资产阶级自从诞生开始，就在西方资产阶级和侨民资本的夹缝中生存，力量弱小，其中“大多数不是从事具有资本主义性质的经营活动，而主要是由领取薪金的雇员所组成”①，即小资产阶级。民族资产阶级主张发展西式教育，接纳西方文化，建设现代印尼民族。在伊斯兰民族主义和马克思主义大为削弱之时，以苏加诺为代表的民族资产阶级设想了一种调和伊斯兰思想和马克思主义的民族主义，对印尼民族运动产生巨大影响。值得注意的是，由于“到二次世界大战前夕，印度尼西亚的文盲仍占97%”②，所以激发民族意识、塑造民族形象的使命主要掌握在知识分子手中。

印尼现代性进程对于女性生存状态的影响也非常深远。在多元文化交织影响的背景下，印尼女性的生存状态比较复杂。西方学者认为，古代东南亚文化具有“妇女及母系传宗的重要性”③，“在历史上，印度尼西亚妇女通常具有十分多样的社会和经济职能，包括在农业和贸易中的职能，从而享有很高地位”④。随着伊斯兰教影响的扩大和西方殖民者的入侵，男女分工逐渐固定化和模式化，女性成为被局限在家庭中的男性的附加劳动力。在荷属东印度，女性遭受不同层次的压迫，其直接原因就是封建制度和殖民主义。20世纪初荷兰殖民政府对爪哇人

---

① 姜余翔：《试析苏加诺纳沙贡思想的形成》，《史学月刊》1987年第2期。

② 梁立基：《印度尼西亚文学史》，昆仑出版社2003年版，第387页。

③ ［英］丹·乔·艾·霍尔：《东南亚史》（古代部分），赵嘉文译，云南省历史研究所1979年版，第10页。

④ ［澳］史蒂文·德拉克雷：《印度尼西亚史》，郭子林译，商务印书馆2014年版，第127页。

民福利水平进行过调查，情况恶劣的社会状况多涉及女性：1. 妇女教育；2. 婚姻改革；3. 童婚；4. 卖淫；5. 妇女缺乏公共领域工作机会；6. 性教育；7. 同工同酬；8. 农民的恶劣生存环境；9. 女性农民缺乏教育。①

社会现代性进程开始后，印尼民族主义兼妇女运动先驱卡尔蒂妮②（R.A.Kartini）在书信集《黑暗过去，光明到来》（*Habis Gelap Terbitlah Terang*）中，表达了反对包办婚姻、一夫多妻和童婚制度的诉求，呼吁妇女接受教育，强调通过斗争实现男女平等。她认为改善妇女生存状况最重要的手段是妇女接受教育和重新解释宗教性别规范：接受教育的目的是胜任相夫教子的职责；重新解释宗教性别规范是用来颠覆一夫多妻制度的合法性。在个别通信中，她也表露出妇女接受教育是为了摆脱男性而独立的理想。③ 卡尔蒂妮反殖民反封建的早期民族主义思想不断影响和激励着印尼民族运动和妇女运动，成为印尼妇女运动乃至民族运动的基本原则之一。④

正如“许多曾受制于帝国主义的第三世界国家，女权主义都是与

---

① Wieringa, Saskia, *Kuntilanak Wangi: Organisasi-Organisasi Perempuan Indonesia sesudah 1950*, Jakarta: Kalyanamitra, Pusat Komuniasi dan Informasi Perempuan, 1990, p. 77.

② 卡尔蒂妮（1879—1904）出生于查帕拉县县长家，由于她的父亲曾接受过荷兰教育，她也被送进荷兰学校。在校期间，她受到西方启蒙思想和人文思想的深刻影响。在接受少女幽禁期间，她坚持学习西方理念，坚持与开明的殖民地官员联系，促使他们正视爪哇妇女的生存现状，激发他们对爪哇妇女的同情。虽然卡尔蒂妮很早就死于难产，但她的思想极大地影响了印尼妇女运动。

③ Tita Marlita, E. Kristi Poerwandari, “Pergerakan Perempuan Indonesia 1928-1965”, in *Perempuan Indonesia dalam Masyarakat yang Tengah Berubah*, Jakarta: Program Studi Kajian Wanita Program Pascasarjana Universitas Indonesia, 2000, p. 84.

④ Sukanti Suryochondro, *Potret Pergerakan Perempuan di Indonesia*, Jakarta: C.V. Rajawali bekerja sama dengan Yayasan Ilmu-Ilmu Sosial, 1984, p. 82.

反帝的民族主义运动紧密结合在一起的”[①]，以女性知识分子阶层为中坚力量的印尼妇女运动也被整合进入民族运动之中。印尼第一个妇女组织“独立之女”（Poetri Mardika）就是至善社于1912年设立的，其主要目标是推动民族主义运动和抵制童婚。在初期妇女运动中，女权诉求不多，因为妇女运动最初就是以民族独立斗争为基础的，并协助政府进行建设。[②]随着民族运动的不断推进，女性受教育权、废除一夫多妻、童婚、包办婚姻、纳妾、随意离婚和买卖妇女等诉求逐渐成为印尼妇女运动的重要议题。由此可见，印尼女性解放是受到民族解放话语推动并在民族解放框架内进行的，民族主义是女性解放的主要动力。

总而言之，在分散的地理和经济基础上形成的家族主义和部族主义被统合进入更高层次的现代民族主义中，逐渐形成了民族自我身份的意识形态表达——“印度尼西亚民族”。现代印尼民族是在印尼现代性中人为创造出来的共同体，印尼民族认同、民族品格和民族精神都是在被殖民的历史进程中被动态定义的，建构现代民族认同是确立现代印尼民族主体性工程的重要部分。现代意义的印尼民族身份由印尼现代性催生，决定印尼现代性的走向，除涵盖不同种族、不同部族的特殊品格外，从发生起就被置于东西古今比较和选择的语境中，主

① 陈顺馨等选编：《妇女、民族与女性主义》，中央编译出版社2004年版，第74页。

② Ani Soetjipto, “Pengaruh Konperensi Internasional PBB tentang Perempuan pada kebijakan Pemerintah untuk Pemajuan Perempuan di Indonesia”, in *Perempuan Indonesia dalam Masyarakat yang Tengah Berubah: 10 Tahun Program Studi Kajian Wanita*, E. Kristi Poerwandari dan Rahayu Surtiati Hidayat(eds),Jakarta: Program Studi Kajian Wanita, Program Pascasarjana Universitas Indonesia, 2000, p. 69.

要通过在启蒙现代性和本土传统性之间审视选择建构而成，为民族觉醒提供强大的思想动力。在自由资本主义阶段，西方中心论使“东方从属于西方”，印尼民族主动取法西方现代价值观，缩小与西方民族的差距；在垄断资本主义阶段，特别是在两次世界大战的影响下，争取民族解放和国家独立的呼声日益强劲，印尼民族的主要诉求是摆脱殖民奴役，塑造具有本土特色的民族主体。值得注意的是，印尼的现代民族认同经历了动态建构的过程，在印尼民族国家建立之时，“其民族整合过程远未完成，并未形成兼具民族性与公民性的民族意识”[①]。

① 陈衍德：《从民族解放运动到民族分离浪潮——20世纪东南亚民族主义的角色转换》，《东南学术》2003年第5期。

第二节
现代文学发生期的民族认同变迁

在前现代的群岛地区，爪哇族、巽他族、布吉斯族、巴厘族、巴达克族等部族都拥有自己的语言和文学。在“道义政策”的规划下，印刷术由荷兰传入印尼，带动产生了丰富的荷兰语和多种部族方言印刷品，并引进了小说、诗歌、戏剧等西方文学形式，为印尼现代文学的萌发创造了必要的先决条件。萌发初期，印尼现代文学主要依托荷兰殖民政府设立的“图书编译局”①进行发展。图书编译局是当时印尼最大的集印刷、出版和发行于一体的垄断性官方图书出版机构，其主要职责是在为土著人民提供有限教育的同时努力把一切可能破坏殖民政权的元素排除掉，“使民众远离损害政府权威和国家平稳的所有影

① “图书编译局”（Balai Pustaka）的前身是 1908 年荷兰殖民政府成立的“土著学校和民间读物管理委员会”（Commissie voor de Inlandsche Schooll en Volkslectuur）。该委员会作为官方图书出版管理机构，主要目的和任务是：第一，收集或记录流传下来的印度尼西亚民间故事和神话故事，予以出版；第二，翻译或改写欧洲文学作品，予以出版；第三，设法出版有益于提高民众智力的作品。见梁立基：《印度尼西亚文学史》，昆仑出版社 2003 年版，第 472 页。

响”[①]。在图书编译局中，“第一批用马来语写作、由图书编译局发行的作者几乎都来自苏门答腊，主要包括马拉利·西里格尔（Merari Siregar）、玛拉·鲁斯利（Marah Rusli）、阿卜杜·慕伊斯（Abdul Muis）、达克迪尔·阿里夏巴纳（St.Takdir Alisyahbana）、伊斯坎达（N.St.Iskandar）、扎努丁（H.M.Zainuddin）、阿迪纳格罗（Adinegoro）、杜利斯·萨迪（Tulis St.Sati）、苏曼（Suman Hs.）和卡西姆（M.Kasim）”[②]。在苏门答腊马来作家和马来文字编辑的共同努力下，形成了著名的“图书编译局语言风格”。这种语言风格不仅为印尼现代文学提供了合适的语言载体，还同时推动了现代民族共同语——“印度尼西亚语”的建设发展。图书编译局具有双面性质：一方面大力扶持印尼现代语言和文学的发展，功不可没；另一方面依据主流意识形态筛选文本，损害了文学多样性。在图书编译局之外还存在着相当数量的民间发行机构，以出版发行华裔“低级马来语”文学作品为主，作品以印尼华裔社群为背景，以反殖民和反封建为主题，反映了某些重大社会题材，同样具有重要的文学和社会学价值。然而，由于印尼民族主义“自萌发之日就本能地具有一种‘原住民主义’的倾向”，即“印尼民族只能由原住民各种族构成；华人不论其‘土生化’程度如何，均为外来民族，没有资格或尚未有资格成为印尼民族

① Sapardi Djoko Damono, *Novel Sastra Indonesia Sebelum Perang*, Jakarta: Pusat Pembinaan dan Pengembangan Bahasa Departemen Pendidikan dan Kebudayaan, 1979, p. 11.

② Sapardi Djoko Damono, *Novel Sastra Indonesia Sebelum Perang*, Jakarta: Pusat Pembinaan dan Pengembangan Bahasa Departemen Pendidikan dan Kebudayaan, 1979, p. 15.

的成员”[①]，所以华裔马来语文学未能被印尼主流文学史接纳，也未能有效参与印尼民族认同的建构过程。

印尼现代文学属于“第三世界文学”[②]。有学者认为，第三世界文学“总是扣紧殖民历史并在解殖语境中铺陈其解放叙事的启蒙作用，它对集体身份的殷切关注、民族文化的深情眷念、对国家自主的狂热追求，使第三世界文本民族教育的意义要远大于美学赏析的意义”。印尼现代性进程将印尼现代文学的发生期置于从农业社会、封建社会和殖民地社会向现代社会转变的时期、民族觉醒和民族运动风起云涌的时期，以及西方与东方、现代与传统激烈冲撞的时期。“印度尼西亚现代文学是印度尼西亚现代民族觉醒和民族运动的直接产物，也是西方文化直接影响的结果。独立前的现代文学是随着现代民族运动的兴起而兴起和发展而发展，与民族运动血肉相连，直接间接为民族运动服务。印度尼西亚的民族运动以反帝反封建和争取民族独立为斗争目标，这也是民族独立前印度尼西亚现代文学的基本特征和所要反映的时代主题。”[③]从诞生开始，印尼现代文学始终与印尼现代历史紧密联系在一起，与解殖语境中建设现代民族国家的重大思想命题息息相关，肩负着宣传民族国家理念、塑造民族主体意识的历史重任，政治性强于文学性。

在1928年《青年誓言》出现以前，殖民地人民对于“印度尼西

① 杨启光：《二战前印尼原住民的印尼民族观》，《东南亚研究》1989年第4期。

② 所谓“第三世界”是指脱离殖民主义控制、先后在第一次世界大战和第二次世界大战后独立的亚洲、非洲、拉丁美洲的地区或国家。

③ 梁立基：《印度尼西亚文学史》，昆仑出版社2003年版，第393页。

亚”概念的认知是渐进的，经历了从地方民族主义到印度尼西亚民族主义的发展过程，其最为明显的证据是，印尼诗人耶明（M. Jamin）在 1923 年发表的诗集中，歌颂的祖国是其故乡苏门答腊，而在 1928 年创作的诗篇中，出现了《印度尼西亚，我的祖国》（*Indonesia Tumpah Darahku*）。[①] 在印尼现代文学发生期，无产阶级、伊斯兰教和民族资产阶级三支主要民族运动力量都参与了现代文学叙事。无产阶级革命文学以宣传教育革命和战斗为宗旨，文艺性较为欠缺，在大革命失败后便销声匿迹，被印尼主流文学史排除在外。伊斯兰教作为联系群岛一切人民唯一的精神纽带，在印尼社会生活中占有突出地位，因其曾经引领印尼各部族展开轰轰烈烈的反殖圣战而“不管自觉还是不自觉都自然成为一个民族的象征”[②]。“由于印尼群岛的复杂性以及前伊斯兰教文化的影响，印度尼西亚伊斯兰教受到许多传统法和地方习惯法的影响。”[③] 比如在爪哇，伊斯兰教吸收了传统爪哇心灵教。“也许印尼的伊斯兰教教义并不能给印尼穆斯林心灵上的满足感，特别是爪哇的穆斯林。但是心灵教却能给穆斯林在心灵上以满足感，因此他们往往从心灵教中寻找到了一些教诲来满足心灵上的需要。”[④] 在现代思想作用下，伊斯兰民族主义视正统伊斯兰教为先进文化元素，反对曲解教义，主张革除伊斯兰教中落后的传统信仰成分，回归正统伊斯兰教

---

① Ajip Rosidi, *Sastra dan Budaya: Kedaerahan dalam Keindonesiaan*, Bandung: Pustaka Jaya, 2016, p. 16.

② 孙福生：《印度尼西亚政治史纲》，厦门大学出版社 1989 年版，第 13 页。

③ 贺圣达：《东南亚文化发展史》，云南人民出版社 1996 年版，第 416 页。

④ ［印尼］拉赫玛·苏巴吉亚：《印尼的原始宗教》，希望出版社 1981 年版，第 217 页。

义，在文学叙事里作为文化传承中的进步元素参与民族认同建构。资产阶级文学是由受益于“道义政策”、深受西方文化影响的民族资产阶级和小资产阶级主导的文学类型，是这一时期最重要的文学组成部分。早期民族主义先驱卡尔蒂妮（R.A.Kartini）意识到“土著人民”（boemipoetra）深受殖民主义和封建主义的双重压迫，主张利用西方先进思想文化促进印尼进步、提高民族地位，同时注重保持民族性（这里指爪哇部族性）：“爪哇人不能徒然模仿欧洲人。爪哇人应该更进一步理解自己的民族。”[①] 她的观点能够代表当时大部分民族资产阶级的态度，对印尼民族主义的兴起作了思想上的启蒙。1926 年，民族主义斗士苏加诺发表题为《民族主义、伊斯兰教和马克思主义》的重要文章。他认为，（民族资产阶级、无产阶级和宗教）三方共同的敌人是帝国主义和殖民主义，共同的目标是实现印尼独立统一，共同的标准是民族主义。真正的民族主义不仅仅是对西方民族主义的一种照搬和模仿，而是建立在对人类热爱的感情上，把民族主义感情作为一种神圣的启示而接受，并且作为一种宗教信仰来实现，就免除了一切狭隘的排他思想。[②] 卡尔蒂妮和苏加诺调和启蒙现代性和本土传统性的观点深刻影响了民族资产阶级文学。由于民族资产阶级自身存在软弱性，导致其文学表现存在局限性，反对殖民、要求建立独立民族国家的愿望

① 王任叔著，周南京整理：《印度尼西亚近代史》（下），北京大学出版社 1995 年版，第 814 页。

② ［印尼］苏加诺：《民族主义、伊斯兰教和马克思主义》，见［印尼］苏加诺：《在革命的旗帜下（第一卷）》，雅加达 1969 年印尼文版，第 5—6 页，转引自姜余翔：《试析苏加诺纳沙贡思想的形成》，《史学月刊》1987 年第 2 期。

在文学中的体现尚不明显。

由此可见，因为印尼民族觉醒是东方与西方遭遇的结果，现代与传统是印尼现代性始终面对的二元对立文化命题，这也成为印尼现代文学必须始终关注的重要叙事话题。民族认同中的“想象”是“民族成员集合体通过语言等媒介对民族所作的一种共时性的非虚构性想象”①，为了使这种“想象”得以进行，文学“为‘重现’民族这种想象的共同体，提供了技术上的手段”②。印尼现代文学诞生伊始就在民族主义导向下，通过“现代”与“传统”的对比选择将不同以往的女性形象纳入到民族认同建构的动态变化里。女性形象与“现代”和“传统”的关系成为现代民族觉醒的重要表征。在长篇小说中，对于启蒙现代性的追求是通过启蒙叙事呈现的。“凡是启蒙运动必然反迷信，反武断，反盲从，反权威，反传统。而历史上的启蒙运动尤其在于反封建。”③以启蒙为旗帜，知识分子呼吁尊重基本人权、反抗扼杀人性的封建传统，力图把人从家族和部族霸权下解放出来，个人启蒙成为民族觉醒的前导性和代表性话题；对于本土传统性的保留则体现为没有全盘否定民族传承，依然强调伊斯兰教和部族文化精髓在民族精神中的基础性地位。“现代”和“传统”的调和，既便于引进西方先进思想，

① 樊义红：《〈想象的共同体〉对文学研究的意义探析》，《咸阳师范学院学报》2013 年第 3 期。

② ［美］本尼迪克特·安德森：《想象的共同体：民族主义的起源与散布》，上海世纪出版集团 2011 年版，第 23 页。

③ 丁守和主编：《中国近代启蒙思潮》（下卷），社会科学文献出版社 1991 年版，第 168—169 页。

又有利于保存本土共有文化代码，保护印尼人民的宗教情感，建构区别于西方的印尼民族认同。只有那些呼应民族运动时代背景、满足知识分子在东西方文化夹缝中进行民族认同想象的女性人物才拥有出场的权力和被塑造的必要。

第三节

觉醒初期的民族与初步启蒙的女性

在印度尼西亚民族认同觉醒期中，民族意识逐步萌发，成为决定印尼现代性走向的支配性力量。在建构现代民族认同的过程中，对于启蒙现代性和本土传统性的研判取舍成为塑造现代印尼民族文化身份的主要依据。在这一时期出现的长篇小说里，民族觉醒与个人启蒙同向发展，个人开始追求主体权利、反对家族部族霸权，成为民族觉醒的隐喻。殖民地女性处于重重压迫之中，成为积贫积弱的殖民地的表征。具有传统品质的女性形象在接受现代启蒙后，开始质疑和批判家族和部族封建传统对于女性的束缚和压制，向往并追求婚恋自由和教育权利，发生了不同程度的现代转变。女性形象从传统向现代的演变既呼应了妇女运动的潮流，又响应了民族运动的号召，反映出民族觉醒与女性启蒙的内在关联。

一　《多灾多难》：初步觉醒的玛丽雅敏（Mariamin）

在民族觉醒初期，西方价值观成为可资借鉴的思想武器，个人启蒙成为民族觉醒的先导性命题。在文学创作中，“教育”“爱情”“婚姻”这样的文学话题都被时代赋予了批判功能，用于批判家族部族传统，宣传西方启蒙思想。小说中的女性形象虽然无法摆脱封建传统的束缚，却开始向往和追求这些现代个人权利，不仅体现出女性对于现实处境的不满和对于启蒙理想的渴望，还蕴含着现代印尼民族开始觉醒的深层隐喻。

在印尼文学界公认的第一部现代长篇小说[①]《多灾多难》[②]（*Azab dan Sengsara*，1920）里，来自北苏门答腊的巴达克族作者马拉利·西里格尔（Merari Siregar，1896—1941）以巴达克族父系氏族社会[③]为背景，叙述了向往婚恋自由的玛丽雅敏成为封建包办婚姻陋习的牺牲品，不堪受辱、郁郁而终的悲剧故事，塑造了质疑封建习俗传统、向往现代婚恋自由、初步觉醒的女性形象玛丽雅敏。

家道中落的玛丽雅敏“是一个聪明、有爱心、爱思考的女孩”

---

① M. Balfas, “Modern Indonesian Literature in Brief”, in *Handbuch der Orientalistik (Handbook of Orientalistics),* L. F. Brakel, Leiden: Netherlands, 1976, p. 52.

② Merari Siregar, *Azab dan Sengsara (Cetakan 34)*, Jakarta: Balai Pustaka, 2013. 本节所有相关引用均出自此书，为笔者所译。

③ 巴达克族子承父姓，同姓男女严禁婚配，异姓男女可以婚配，血缘关系不作考虑。巴达克族到达适婚年龄后，男方上门向女方提亲，提亲时男方根据女方的出身门第和财产状况向女方父母支付结婚礼金（sereboli），所以相当数量的贫穷男性无力娶妻，嫁女儿也有牟利的嫌疑。

（p.87），她的“皮肤明净细腻，呈现出杜古果一般的浅黄色。从她明亮闪烁的眼睛中可以看出她富有爱心。红润的薄唇上总是带着甜蜜的微笑。说笑时，能看见她洁白美丽的牙齿像珍珠一样闪光。她的眼睛平静澄澈，表情圣洁纯净，如同落日余晖中的秀丽山峦。总之，越是端详她的容貌，越是使人惊叹于她的美丽”（pp.28-29）。虽然家境贫困，但开明的父母没有像巴达克社会习俗规定的那样，认为“女人到了一定年龄必须待在家里，不能外出”（p.33），而是将玛丽娅敏在“7岁时送入学校。虽然父母是乡下人，他们也明白女孩子要上学，必须同男人一样会读写计算。这并非要她像男孩一样聪明，而是要她有健康的身体和清晰的思维。要学会这一切，就不能强迫女孩待在家里，必须进学校，学习有用的技能，开拓思维，在家务料理上成为聪明能干的主妇”（p.29）。在传统性别规范下，女性被限制在家庭内部，履行相夫教子的职能，没有接受教育的必要和权利。在民族觉醒时期，女性的生物属性与民族再生产命题发生关联，成为女性现代职能的发生前提。为了使女性“生产”的民族符合印尼现代性变革的需要，女性必须接受启蒙，辅助促进民族觉醒。由于女性在民族觉醒大业中发挥的仍然是女性的传统内部职能，所以只需要接受基础教育，教育的目的局限于更好地履行相夫教子的职责。这种程度的女性启蒙属于个人权利层面，并未进入性别解放范畴。

同样，女性启蒙不仅体现在女性教育中，还出现在玛丽雅敏对于爱情和婚姻的追求上。“爱情”和“婚姻”叙事因为隐含着现代性实践中传统价值观和现代价值观的对立而承担了主要的批判功能。小说中的巴达克族“具有典型的父系制社会特征。巴达克人的三位一体的亲属观念十分特别，即由男主人家、妻方家、姐妹夫家三方组成亲属纽带，在一切事务中，男主人及其家族起主导作用”[①]。在这样的父权社会里，年轻一代的人生道路受到家长严格的管理和束缚，封建包办婚姻就是典型代表，即男女婚配必须门当户对，由父母全权做主，子女必须尊重并服从家长的决定。巴达克族包办婚姻的特点是男子娶妻必须给付聘礼，聘礼多寡由女方地位决定，未能婚嫁的适龄女子会遭人耻笑。在包办婚姻里，女性在家庭关系中地位低下，时刻面临被抛弃的风险，只能通过一味迎合男性而自保。

玛丽雅敏的母亲努丽雅是强迫婚姻的牺牲品，听从父母之命嫁给陌生的苏丹巴林后只能时时隐忍、处处顺从，“从未流露出生气的表情，把所有感受都藏在心里。只有独自一人想起不幸的婚姻生活时，泪水才会不知不觉打湿眼眶”（p.96）。包办婚姻以地位和财富为衡量标准，婚姻中的女性基本呈现出“物”的属性。玛丽雅敏的父亲苏丹巴林的态度很有代表性：“真主创造女人，就是用来陪伴男人。如果男人需要女人，他就结婚。婚姻的意义就是女人满足男人的需要。因为女人对他有用，所以他要‘购买’妻子。这是丈夫对妻子的义务。而妻子必须将全部身心献给丈夫，她的义务是努力使丈夫开心，必须对丈夫充满爱意，而不需要得到爱的回应……女人没有灵魂，如果她死了，生命就结束了。对她而言，来世毫无意义。”（p.82）在这种婚姻

① 唐慧等编：《印度尼西亚概论》，世界图书出版广东有限公司2012年版，第70页。

中，女性可以“为丈夫为难自己，因为他拥有我，是我的主人和国王”（p.75）；或者“善于安抚丈夫的心，丈夫心情沮丧时、面对困难时，她总是用全部身心安抚丈夫，因为她知道，妻子就是用来安抚丈夫的。如果丈夫生气，她该笑容满面，使丈夫松开紧皱的眉头。面对妻子甜蜜的笑容和温柔的话语，丈夫的愤怒也会缓解”（p.19）。包办婚姻为男性提供的最大便利是可以自由休妻，因为“妻子不难打发，只需休妻（talak）三次[①]即可，更年轻的替代品已经有了”（p.163）。包办婚姻不仅是封建陋习的典型代表，还集中体现出男尊女卑的性别等级秩序，与现代婚恋自由严重对立。

因为深受戕害，努丽雅对于包办婚姻极为反感，希望女儿玛丽雅敏不再重蹈覆辙：

> 在婚姻中，父母之命为大，子女只能服从，这种事经常在本族出现，受害者众多，我就是其中之一。当我闺中待嫁时，长辈没有征询我的意见。我与你去世的父亲的婚姻很不幸，这种事不要再发生在我女儿的身上。这就是我不愿强迫你的原因。……我不愿像别的父母一样，我知道，是子女而不是父母结婚。如果两人并不般配，日后谁将承受一切？谁将感到懊悔？他们不会相爱，最后以离异告终。这一切只能是女人承受。她的余生都会怨恨强迫她结婚的父母。包办婚姻的恶劣性已经众所周知。（p.127）

① 伊斯兰教规定，丈夫可以提出休妻（talak）。休妻可以进行三次。第一次休妻后的100天内丈夫可以复婚，第二次提出休妻后也可以在100天内复婚，第三次休妻后就不可复婚，直至离婚生效。夫妇俩不能再复婚，除非妻子与第三者结婚后再离婚。

已经初步接受教育的玛丽雅敏向往真挚的爱情，追求幸福的婚姻，渴望摆脱包办婚姻束缚。她真诚直率地爱着阿米努丁，毫不掩饰地表露心迹："即便你忘记我，我也不会忘记你。我说过，我爱你，我是你的，因为你救过我的命，我欠你的情，我相信你的诚心。"（p.14）她拒绝了许多求亲者，因为"心有所属，怎能接受别人"（p.125），热切地盼望与阿米努丁的婚姻能够改变自己的生活状态。在这里，婚恋自由不仅是包办婚姻的对立诉求，还成为彰显玛丽雅敏个人主体性的有力武器，具有从封建传统霸权中觉醒、追求个人主体自由的现代意义。

然而，现代婚恋自由的话语由于遭到封建势力的打击而早早夭折。阿米努丁的父亲坚决反对阿米努丁迎娶玛丽娅敏："贫穷的玛丽雅敏能嫁给我儿子吗？不可能，她不配！在实武牙地区，这女孩地位低贱，家庭贫穷。她嫁给阿米努丁？哦，完全不行！阿米努丁还年轻，不懂什么地位之分。"（p.135）他与巫师串通一气，用迷信的方式打消了妻子准备接纳玛丽雅敏为媳的念头，并自作主张挑选了门当户对的姑娘，亲自送到棉兰儿子工作的地方。阿米努丁无法抗拒封建传统的霸权力量，被迫接受包办婚姻。对阿米努丁的指望破灭后，努丽雅只得寄希望于功利性的包办婚姻，以图改善生活境遇："卡西本父母已逝，只有兄弟。如果我的女儿善于博取他的欢心，他也会把我看成自己的母亲，你的弟弟也被当做亲弟弟对待。如果这样，我们就能住在一起，离开这个一无所有的地方。这是我的愿望。所以你要尽量抓住他的心。记住，这桩婚姻能够结束我们艰辛的生活。"（p.165）玛丽雅敏"是一个顺从的女孩”（p.16），虽然已经具备现代觉悟，但仍囿于封建习俗和传统伦理，“她怎能拒绝这桩婚姻，……因为她从未违背过母亲。……老姑娘会成为人们的话柄”（p.162）。内心痛苦的她最终接受了母亲安排的包办婚姻。可惜卡西本是一个善于伪装的恶少，在棉兰已有妻室，行为放荡、身染脏病。玛丽雅敏不堪其辱，勇敢地去警察局报警，与卡西本离婚。此后，玛丽雅敏被迫带着离婚的坏名声回到家乡，很快便身染重病、郁郁而终。

在小说中，玛丽雅敏不仅摆脱了女性蒙昧无知的状态，还开始向往和追求现代婚恋自由。在现代启蒙思潮中，对于“人”的发现和张扬自然带动对于人性欲望的肯定和赞美，爱情作为人类天性的自然表达，被赋予了神圣而崇高的含义。瑞典妇女运动家爱伦凯（Ellen Key）认为：“不论怎样的结婚，要有恋爱才算得道德。倘若没有恋爱，即使经过法律上的结婚手续，也是不道德。”[①] 婚恋自由与毫无爱情基础的传统包办婚姻形成对立，属于印尼民族追求启蒙现代品质的具体表现，也是当时印尼妇女解放运动的关键命题之一。从本质上看，现代婚恋自由具有追求自由、平等、独立的个人启蒙性质，其目的是社会道德秩序的现代性重塑。玛丽雅敏对于婚恋自由的向往，隐含着作者对于启蒙现代性的追求，曲折表达出印尼早期男性知识分子对于家族部族传统的审视、对现代主体自由的向往和对民族现代品质的设想。更进一步，作者将玛丽雅敏的婚恋悲剧直观呈现在读者面

① 余华林：《恋爱自由与双重爱情标准——民国时期关于“爱情定则”论争的历史透视》，《石家庄学院学报》2005年第2期。

前，指出其根源是“陋习和迷信”（p.153），并发现许多女性在“怀孕时被丈夫抛弃，生活悲惨，走向轻生，这就是没有爱情维系的婚姻悲剧”（pp.60-61），其目的是强调婚恋自由的重要性，直接抨击包办婚姻：

> 每个开明的人都必须谴责包办婚姻的陋习和导致悲惨人生的风俗。难道不是包办婚姻毁掉女人？她被父母嫁给不喜欢的人，而不喜欢的原因源于不了解。这种婚姻常以悲剧收尾……在雅加达、万隆、三宝垄、棉兰等大城市，我们必然会看到因为离婚而遭受折磨的人。成百女性日夜出卖肉体，没有自尊，没有信仰，甚至不惜违反法律……她们变成这样，主要是因为被休。被丈夫抛弃后，境况不断恶化，身体日渐老迈，没有钱财，没有亲人，容貌已衰，再婚无望，能怎么办呢？生活的艰难和贫困使她们忘记真主，成为寡廉鲜耻的女人。也有一些女人两三次再婚，但总是被狠心的丈夫抛弃，最终变得毫无顾忌。（pp.70-71）

由此可见，包办婚姻及其背后的家族和部族封建霸权，不仅与“没有爱情的婚姻是不道德的婚姻”的启蒙价值观极端对立，而且严重损害了女性基本生存权利，成为女性道德沦丧、失去信仰的推手。改善女性境遇、推动女性启蒙的女性解放叙事属于民族觉醒叙事中的显叙事，是印尼现代性中的重要组成部分。这种叙事由男性提出，由男性主导，由男性设计，是男性为了响应民族话语而对新女性作出的特定设想，是男性精英借由拯救蒙昧无知的女性拯救愚昧落后的民族的隐喻。

当努丽雅和玛丽雅敏对于现代婚恋自由的追求失败后，对于彼岸世界的信念成为她们最好的寄托。努丽雅“把所有的困苦都托付真主，因为她知道，这世界没有什么是永恒的。她们孤儿寡母身处困境，谁知道明天会怎样？即便无法获得现世安乐，我们也更加热爱真主，聆听真主教诲，相信后世。想到这些，母亲便更加虔诚地祈祷，并在孩子的心中种下宗教的种子”（p.123）。“如果不是全心全意信任真主，她肯定穷困潦倒，被魔鬼控制。但是她是虔诚信教的人，所以，她对仁慈全能真主的信仰能够赐予她力量，使她顺从地接受命运的安排。她从小就将这样的品质和性格灌输给孩子，使其在日后成为谦虚、慎行并笃信真主的人。”（p.11）“宗教能够安慰我们因为现世艰辛而悲伤的心。因为真主知道，现世艰难将换来永恒的后世安乐。获得后世安乐的愿望，使我们深感安慰，虽然天空下的我们时常哭泣。”（p.123）伊斯兰教作为印尼传统文化的核心，主张信真主，信天使，信经典，信使者，信后世，信前定，在本质上是与反对宗教神学、崇尚自由理性的启蒙精神相悖的，但相对萌发于本土的家族和部族封建习俗而言仍具有一定的系统性和先进性。尚未具备抗争能力的女性对于宗教的亲近，是源于面对困境时的孤立无援和无所寄托。女性接受启蒙的同时接纳和保有本土文化传承，符合调和启蒙现代性和本土传统性的民族主义要求，成为觉醒时期建构民族认同的重要思想资源。然而，伊斯兰教倡导的听天由命观间接地成为封建传统的支持者和维护者，参与制造了女性人物的人生悲剧，使女性对于扼杀人性的习俗传统逆来顺受，毫无反抗斗志。从更深层次上看，这是早期知识分子面对建构现代民族的重大启蒙课题时，对待依旧猖獗的封建势力时无奈的妥协和逃避。

在自述中，作者指出“写这个故事的目的是揭露族中的传统陋习，尤其是存在于男性中的陋习”[①]。在小说中，作者“为了在习俗问题上帮助我的部族”（p.77），从反对包办婚姻陋习入手，发出“时代变迁，不能再固守这些陈规陋习了，必须改变有缺陷的陈规，消除不合适的陋习”（p.140）的声音。作者的观点代表了觉醒时期知识分子的普遍态度。随着印尼现代性的启动，男性知识分子以高扬民主、自由和理性的启蒙价值观为参照，用现代知识者的眼光审视充满种种丑陋乡俗的故土家园，尝试揭露并改变家族和部族传统中顽固愚昧、束缚人性的陈规陋习和精神病象。在《多灾多难》中，以追求婚恋自由为代表的个人反封建诉求第一次冲击印尼传统村社社会中延续多年的浓厚部族观念和顽固封建习俗，揭露压制个人权利的父权制霸权，具有浓厚的现代人权意义。传统上隶属于家庭私人领域的女性，在建构民族认同、建立民族国家的过程中被重新审视和定位。女性的悲惨遭遇成为对陈腐的封建文化和停滞的部族传统进行批判的有力武器，女性的现代启蒙成为昭示民族觉醒的形象表征。

从表面上看，文本中出场的底层女性在家族部族霸权话语的统摄下受苦受难、逆来顺受，死亡似乎是她们唯一的人生出路。她们的悲剧命运不仅根源于传统性别规范，受制于本土传统的强大控制力，还

① Anita K. Rustapa, *Antologi biografi pengarang sastra Indonesia 1920-1950*, Jakarta: Pusat Pembinaan dan Pengembangan Bahasa, Departemen Pendidikan dan Kebudayaan, 1997, p.65.

同时受到资本主义上升时期阶级分层和财富分化的显著影响。在资本主义经济制度的作用下，传统社会等级的影响力弱于由经济地位决定的社会阶级，财富成为决定个人地位的主要参考因素。由于经济无法独立，女性个人命运更容易受到父权的操控，相较男性而言更加命运多舛。女性这种无力挣扎、无处回避的痛苦，是时代痼疾的刻画，也是知识分子精神痛苦的象征。然而，初步启蒙、向往获得现代救赎的玛丽雅敏不是沉默无言的女性，虽然最终仍然成为习俗的牺牲品，却没有无声无息地生、无声无息地死，留下的不仅仅是凄楚的面容和无助的身影，更有柔弱但不可忽视的勇敢抗争。在得知丈夫身染脏病后，玛丽雅敏决定“必须保全自己，不能被他传染”（p.169）。即便丈夫“一再要求，威逼利诱，但玛丽雅敏拒绝满足他的愿望。虽然她的话语很温柔，但卡西本发现他的妻子无法被引诱或强迫”（p.170）。气急败坏的卡西本辱骂殴打玛丽雅敏：“你还不知道吗？我是你丈夫，你是我买的，所以必须听我的！”（p.178）面对丈夫的暴力相向，她选择勇敢报警，结束婚姻。孤立无援的玛丽雅敏不仅通过自身微弱的挣扎显示出女性身陷困境却勇于自救的勇气和面对男性霸权敢于反抗的决心，更通过女性无路可逃的受难，指证陈规陋习的非人性和残酷性，反衬本土传统的落后和西方文明的先进。男作家把勇敢主动的品格赋予女性，不仅体现了对新式女性的期待，还同时消除了自身背叛传统的焦虑不安。只是，女性梦想挣脱传统封建父权，希望投入叛逆的“子一辈”男性怀抱，她们对命运改变的期许仍然完全附着在男性身上：“因为他的爱、他的智慧和他的帮助，我必须把自己献给他，他可以完全掌控我。”（p.130）而阿米努丁作为软弱的“子一辈”男性，不仅无力从父权桎梏中挣脱出来，无法担任女性的启蒙者，无力支持女性向命运抗争，更无法掌控自己的命运，连带导致他所附带的女性一同跌落命运的深渊。

总体而言，蒙昧的女性在初步觉醒后产生了具有现代意义的个人追求，但在主观行动上仍然显得格外软弱，无力反抗强大的家族和部族霸权，无力争取个人权利，最终成为社会时代的牺牲品。这说明 20 年代初期传统势力仍牢牢掌握着话语权，年轻一代反封建力量还很软弱。作者不仅对女性的悲剧命运表示深切的同情和遗憾，还借助女性的悲惨遭遇在新道德和旧传统之间进行审视和取舍，主张改变家族部族的陈规陋习，调和本土文化精髓和西方价值诉求。玛丽雅敏虽然最终沦为封建传统的牺牲品，但毕竟经历了现代意识的萌动与现代理想的追求。女性获得启蒙、追求现代主要是受动于民族觉醒的需求，蕴含着知识分子借助女性问题的提出隐喻民族觉醒、初步规划民族现代品质的深层内涵。

二　《西蒂·努尔巴雅》：勇于抗争的西蒂（Siti）

随着印尼现代性变革的推进，民族话语成为个人启蒙的驱动力量。“教育”“爱情”“婚姻”等现代性命题进一步成为批判家族部族霸权、追求个人主体权利、谋求现代民族觉醒的思想资源。小说中的女性不仅认同、追求和宣传现代价值理念，还为获得女性解放进行艰难抗争，象征着现代启蒙思想的影响进一步加强。

被誉为图书编译局代表作之一的《西蒂·努尔巴雅》[①]（*Siti Nurbaya*，1922）是米南加保族作家马拉·鲁斯里（Marah Rusli，1889—1968）的作品。马拉·鲁斯里出身于西苏门答腊巴东（Padang），曾为获得自身婚恋自由勇敢地与家庭决裂。小说以米南加保母系氏族社会为背景，以大商人苏莱曼的独生女西蒂·努尔巴雅与酋长马赫穆德的儿子萨姆苏之间的爱情悲剧为主线，以个人启蒙推动民族觉醒，猛烈攻击米南加保社会的陈规陋习，表达了对封建社会的憎恶和对现代理念的向往，塑造了接受启蒙、勇于抗争的女性形象西蒂·努尔巴雅。

西蒂在荷兰学校上五年级，她"不仅容貌美丽，而且举止优雅，礼貌规矩，心地善良。因为如此完美，朋友们都喜欢她、尊重她。唯一的遗憾就是父亲的出身不像隔壁马赫穆德那样高贵"（p.12）。萨姆苏在荷兰学校上七年级，他"不仅聪明，而且知书达理，温和诚恳，值得信任。必要时他也会毫无畏惧地表现出实力和勇气，为弱者打抱不平。而且，他从不看重出身贵贱"（p.11）。西蒂不仅能够接受教育，还可以与萨姆苏和其他男性朋友自由交流、外出游玩，体现出不拘于封建传统和性别规范的新型性别交往方式，反映出妇女解放的趋势。

当然，在民族觉醒初期，现代启蒙精神尚未获得支配性地位，在社会中封建陋习依然盛行。在苏门答腊米南加保母系氏族社会中，女

① Mh. Rusli, *Sitti Nurbaya (Cetakan 6)*, Djakarta: Balai Pustaka, 1951. 本节所有相关引用均出自此书，为笔者所译。

性继承祖屋家业，最晚十四岁前就要结婚，子女继承母亲的社会地位，舅父要尽抚养义务。男性出门入赘，可以多妻，不用抚养子女。嫁女儿要给嫁妆，嫁妆的多少取决于男方的出身和地位，而出身贵族或经济富裕的女性由于能够提供更多的嫁妆，往往成为男性觊觎的目标。不少纨绔子弟依靠娶妻发家致富、游手好闲。即便处于母系氏族的社会形态，但米南加保族中重男轻女观念依然盛行："男性生活已然不易，个性柔弱、在本族地位低于男性的女性生活更加不易。"（p.130）"在本族中，女性不被看成人，而是有生命的玩偶，必须顺从于丈夫，不能思考、表达、观看、聆听、闻嗅和感受。让工作就工作，让生病就生病，让去死就得死。她们的名字就是奴隶，怎么对待都行。"（p.253）然而，在启蒙现代性的影响下，老一辈中已经出现了传统与现代的对立。马赫穆德的姐姐鲁比娅是习俗认可的、依靠传统家族部族礼法统治其他家庭成员的家长，是父权霸权在封建家庭中的主要执行者。她对于坚持爱情至上和一夫一妻的弟弟颇有微词："我直到现在还搞不明白，你怎么会娶了那个女人？你看中她什么？只要出身低微，其他都没用……在巴东，所有的酋长都有两三个老婆，甚至四个。只有你守着那个女人，不换也不再娶。大人物难道不该娶好几个老婆吗？贵族难道不该娶好几个老婆来开枝散叶吗？平民百姓有时也娶四个老婆呢，何况是你？"（p.21）一夫多妻一般盛行于前现代社会，是达官贵人的特权，是生产资料私有制的产物，是财富和地位的象征。伊斯兰教是有条件允许多妻的宗教，在公平的前提下教徒最多可以娶四个妻子。在本质上，一夫多妻都是损害女性利益的男权中心理念的具体表现形式。鲁比娅公然维护损害女性权利的封建陋习，已经沦为没有主体意识的客体和父权教化下的帮凶，是封建传统的典型代表，必将遭到年轻一代的质疑和反抗，正如马赫穆德反驳："我跟两情相悦的女人结婚，不看重地位、容貌和财产……我认为，只有野兽有很多配偶，人类则不应该。"（pp.21-22）"如果女人不能有两三个丈夫，男人也不应有很多妻子。"（p.22）马赫穆德的态度，符合现代婚恋观，增加了文本对于传统陋习的批判力度，也为年轻一代的大胆叛逆和勇敢抗争埋下伏笔。

在米南加保传统社会中，少女到了一定年龄就不能与外界接触，必须幽禁在家，专心学习家庭事务，早早结婚生子。父权家长鲁比娅不仅主张一夫多妻和包办婚姻，还支持少女幽禁，反对女性接受教育，剥夺女儿的受教育权，把女儿教化成逆来顺受、依附传统婚姻生存的女性："女孩子能读会写，要变坏的……我的女儿出身高贵，不需要工作谋生。即便她不聪明，还有许多有钱人和贵族看中了她的贵族身份。"（p.21）已经接受西方启蒙的西蒂深刻意识到教育在女性解放中的重要意义，谴责剥夺女性教育权的传统陋习："我们从七八岁开始就像鸟儿一样被圈禁，看不到广阔天地，对外界浑然不知。没人关心我们的衣食、愿望和喜好。我们被迫学习烹饪、缝纫、管理家务等无法增加能力和锻炼思维的工作……女孩从出生到六七岁是自由的，此后开始幽禁，除家务外一无所知。而男孩开始上学，磨炼思想和体魄。在不断复制相似的女性命运的过程中，母亲发挥了关键作用。因此母亲既是受害者，也是帮凶。"（p.233）

20世纪初西风东渐之时，接受现代教育已经成为男性行使理性自由的先决条件，但在接受教育的机会上女性仍然受到严格限制。从基本人权的角度看，剥夺女性受教育权就是剥夺女性获得合理的个人权利。从女性主义角度看，剥夺女性受教育权是使女性放弃向外拓展、实现人生潜能的可能，心甘情愿地担任家庭奴隶和男性眼中的“天使”。所以，女性接受教育，既蕴含追求个人主体自由和基本权利的意义，又具有反抗女性只能依靠婚姻实现人生价值的传统性别设定，增加女性磨炼思维理性、获得自身独立、实现个人价值的内涵。从文本叙事可以看出，获得民族认可的女性是接受了“适当的”教育的女性，教育的目的是“科学地相夫教子”，担任现代男性理想的生活伴侣，并非挑战传统性别职能。萨姆苏说：“女性要像男性一样能干，或者要更能干，更有知识，只要不会因此忘记本分就行。”（p.271）这一点也得到西蒂的认可：“女性也要接受教育，就可以远离危险，科学地相夫教子。”（p.233）“如果我有女儿，要像我一样，我将教会她女人必备的学问，让她成为对未来丈夫有益的妻子，能与丈夫同辛苦、共患难，让我的女婿得到幸福和平静，就像我对待萨姆苏一样……”（p.105）由此可见，知识分子倡导的女性教育停留在个人解放框架内，没有进入性别解放层面。这意味着在民族觉醒时期，知识分子一方面憧憬现代启蒙变革，另一方面难忘传统性别伦理，女性接受现代教育仍是以履行传统性别职责为目标的。这也说明，知识分子需要女性接受教育，承载着他们促进国民意识现代性转型的文化理想，其目的只是为了在现代框架下更好地履行女性职能，促进民族觉醒，并不是为了实现真正意义上的女性性别解放。这种女性形象通过在现代家庭体系内发挥传统性别功能来辅助男性精英建设现代民族国家，符合男性精英对于女性群体现代品质的总体规划和当时妇女运动的真实诉求，既顺应了民族运动的潮流，又保障了男性群体的利益，并在客观上促进了女性解放。

男性精英认为，女性不仅需要现代教育磨炼头脑，还需要强壮的身体肩负民族再生产任务："我已经年满二十二岁，才适合结婚。童婚真是坏处多多啊……如果大家都早婚，我们的民族将人丁稀少、素质下降，成为弱小民族。大部分父母想不到这一点，他们觉得，女孩子年纪大了才结婚，就像嫁不出去一样耻辱，所以早早就结婚了。有时甚至十一岁结婚，十二岁就生孩子。荷兰人不早婚，所以身强体壮。"（pp.105-107）"我认为，父母在婚姻大事上的首要职责是把握结婚年龄，因为早婚会损害新人和后代的身体健康。我认为印度尼西亚的女孩最早不要在二十岁前结婚……看看荷兰人，年过三十才结婚也很正常。女人三十五岁或四十岁仍还年轻，这时候生的孩子一定身心健康、强壮长寿。"（pp.168-171）在这一段叙事中，已经出现了"印度尼西亚"的称谓，说明这里的"民族"已经被指认为"印度尼西亚民族"，涵盖范围至少包括殖民地核心区域的所有部族，是印尼文学叙事中关于民族认同想象的重要飞跃。从这种意义上看，批判童婚不仅具有批判家族部族传统陋习、追求个人主体自由的意义，还直接与"强国保种"的现代命题发生联系，实现了从"健康的女性"到"强壮的民族"的内涵转移。"强国保种"命题是在启蒙现代性话语统摄下规划现代民族特质的进步性话语。在这一话语中，对于女性身体的塑造属于一种符码化的现代民族认同生成方式，揭示出民族对于女性价值的体认在很大程度上仍然局限于传统可以生育的身体，看重女性在民族再生产中所起的生物性作用，符合民族话语对于现代女性的设想，反映了当时妇女运动的潮流。反对童婚的诉求帮助女性挣脱家族部族束缚，使女性在客观上获得了人权范畴内的解放，但并没有进入性别解放层面。

对于“印度尼西亚”的指认，进一步出现在“老师向政府申请，让他（萨姆苏）去雅加达的医学院继续深造”（p.11）的情节中。举办现代教育本身具有重要的社会学意义和现代性表征。在当时，印尼地区已经基于荷兰殖民帝国行政单元形成一定领土范畴。殖民政府实施“道义政策”、开展现代教育是形成民族国家想象的重要条件之一。本尼迪克特·安德森提出：“政府设立的学校形成了一个结构上类似国家官僚体系本身的巨大的、高度理性的、并且受到紧密的中央集权控制的层级组织”[①]，“以印尼巴达维亚（印尼首都雅加达的旧称——笔者注）政权为例，荷兰人采用统一的教科书和标准的文凭，将标准化的小学分布在殖民地村庄，将标准化的中学设立在城镇和较大的城市，而最高级的教育则被设立在殖民地首府巴达维亚。来自城镇及其他城市的朝圣者共同汇聚于巴达维亚，长久以来，促使他们认为那是他们的首府，而且‘我们’会‘一起’在‘这里’。这种教育朝圣之旅的目的地总是与行政首府一致，于是赋予殖民地地图一个关于特定领土的

① ［美］本尼迪克特·安德森：《想象的共同体：民族主义的起源与散布》，吴叡人译，上海人民出版社 2011 年版，第 116 页。

想象”[1]。相应地，萨姆苏认为：“因为在那里（雅加达）我将亲眼看见印度尼西亚的首都，巨大美丽的城市，在那里我将获得教育，成为有知识的人。”（p.20）西蒂也认为：“雅加达那么广阔繁华，遍布豪华店铺和房屋，真适合充当印度尼西亚的首都。”（p.214）由此可见，随着现代性的推进，“印度尼西亚民族”和“印度尼西亚国家”的意识日益普及。在促成殖民地民族主义兴起的过程中，殖民地的教育体系扮演了独特的角色，不仅培养了拥有现代意识的民族主义先行者，还有助于形成统一的民族国家意识。然而，不仅高等教育在传统上是男性的特权，而且在现代民族体系内，男性作为民族的缔造者、建设者和领导者，接受高等教育是为了更好地建设和领导民族。女性与高等教育无缘，因为女性只需要有限的教育，便于履行其相夫教子、强国保种的职责。这进一步证明，女性解放受动于民族话语，也受制于民族话语。民族的需求是决定男性和女性身份特性的支配性力量。

高利贷商人莫灵吉“容貌丑陋、老态龙钟、邋里邋遢、举止粗俗、低级下流、卑鄙愚蠢……他毫无慈悲怜悯之心，残忍粗暴。只要能赚钱，能达到目的，他都毫无顾忌、不择手段”（pp.91-92）。他设下阴谋，导致苏莱曼破产负债，得到西蒂。西蒂在婚姻中地位低下，处处受到莫灵吉的束缚和压制。从某种意义上说，西蒂的婚姻悲剧并不是由封建传统直接造成的，而是受制于资本主义时代财富对个人的支配性力量。然而，如果女性无法通过教育获得经济独立，就无法摆脱对

① 吴瑛：《多维视野下的民族主义的诠释——评本尼迪克特·安德森的〈想象的共同体：民族主义起源与散布〉》，《当代亚太》2008年第2期。

男性的依附，无从谈论肉体和心灵自由，更无法争取男女平等，就像西蒂所说：

> 男性本应该是女性的朋友，可现在男性成为主人，女性成为奴隶。女性在许多方面弱于男性，是由于教养方式不同所致。……公平，你究竟存在于这世界上吗？怀孕之苦，生产之苦，养育之苦，这就是女性的命运。……让我们变得比男人更弱势、更不会思考的第二个原因是我们的教养方式、工作和职责。从开始学走路直到六七岁，我们还算有点自由，可以随心所欲出门玩耍，那是我们最快乐的自由时光。此后直到老年，我们的生活仅仅是从内室到厨房，从厨房回内室。……我们天生受到孕育和教养孩子的束缚，无法与男性对抗；宗教规定我们与男性不同，因为他们能够娶四个妻子，可以寻花问柳，女性连出家门都不行；丈夫可以任意羞辱、辜负妻子；女子则必须遵守家长和亲人的意愿。（pp.233－234）

从中可以看出，在启蒙精神的烛照下，男性精英对于女性地位的认识不仅局限于个人层面，还上升到性别领域。生理限制、教育匮乏、教养保守和宗教束缚都是使女性成为第二性的根源。他们对于女性解放的思考已经开始超越个人解放，上升到性别解放层面。然而，知识分子并不希望照搬西方性别解放观念，而是强调在符合本土实际的前提下有选择地进行变革：“我不是希望我族女性也像欧洲女性一样自由，毫无顾忌地与男性交往。”（p.171）“我担心印度尼西亚女性盲目模仿欧洲女性的规范和思想，完全不考虑是否水土不服。我认为，欧洲女性与印尼女性适用性不同。在这里好的，在那里不一定好，反之亦然。我们需要学习、效仿和使用真正有益的！”（p.274）由此可见，男性精英对于女性从属地位的认识进一步加深，对于女性解放的诉求进一步增强，但隶属于现代民族理想的女性解放不能全盘照搬西方观念，而是需要与本土传统进行调和，共同缔造出全新的性别规范。

西蒂作为追求现代的女性，在行动上体现出抗争的力量。她有知识，有自由，她的婚姻是在遵守孝道基础上主动选择的结果，不完全属于包办婚姻的范畴；她勇敢果断，在父亲含恨辞世后，怒骂莫灵吉，坚持离婚；为了追求新生活，她逃离巴东去雅加达投奔爱人；为避免在船上遭受调戏，她勇敢地喝退不轨之徒，获得荷兰船长的保护。她的言行与印尼妇女运动的诉求高度一致，不仅彰显了追求个人权利、追求男女平等的理想，还强调了妇女肩负的民族再生产职能，成为民族觉醒的隐喻。与此同时，西蒂依然内化了传统文化的精神价值，将宗教视为决定万事万物的支配性力量，认为世界上没有一成不变的事物，只有造物主才是永恒的，能够决定贵贱祸福。（pp.94–96）西蒂在给萨姆苏的信里写道：“无论我如何希望避免这种厄运，总是毫无用处，因为我的命运在娘胎里已经决定了。有句话说得好：厄运不可违，好运不可求。”（p.125）在这一时期里，宗教话语具有双面性质，既代表本土传统，约束个人主体行为，对冲社会批判力度，减轻知识分子的负罪感，又能够用听天由命的态度面对残酷现实，用忍耐顺从的心情抚慰无奈人生。对于宗教价值的保有，一方面根植于本土文化传承，便于建构具有本土特色的民族身份；另一方面符合广大人民的心理感受，便于接纳现代民族意识。个人主体权利与宗教道德约束相结合，符合这一时期调和启蒙现代性和本土传统性、建构民族认同的基本需求。只可惜，未及实现理想，西蒂就被莫灵吉用计毒死，成为男权恶势力的牺牲品。

在《西蒂·努尔巴雅》中，男性精英发现女性遭受生理、宗教、习俗的多重压迫和束缚，担忧孱弱的女性身体无法孕育强健的民族，愚昧的女性头脑无法培养智慧的民族，因此开始建构与传统女性形象截然不同的、接受西方启蒙、带有个人主体意识和叛逆特质的女性形象。这些青春女性的个人幸福与封建传统发生尖锐冲突，开始在民族觉醒话语的激励下艰难抗争，争取个人权利。西蒂对于陈规陋习的批判，首先体现出批判封建传统、追求主体权利的内涵，表现出浓厚的个人解放思想，具有个人反抗家族和部族、进入民族的性质，用于表述男性精英对于民族先进品质的想象。具体体现在女性层面，则是通过教育和婚恋命题使女性获得身心解放，完成从“健康的女性”到“强壮的民族”的转变。但是，在民族话语约束下，女性仍需履行相夫教子的性别职责，生物学繁衍意义和文化学传承价值是女性发挥民族职能的基本条件。其次，在文化变革的进程中，男性精英希望改变传统性别规范中女性的从属地位，实现男女平等，具有将启蒙精神从个人层面引入性别层面的进步含义。但是，女性解放必须根植本土传统，不能完全取法西方。西蒂的形象，符合民族主义要求，既追求个人权利，又支持民族觉醒，还在性别层面上进行了有限的抗争。虽然西蒂中毒身亡的结局从侧面反映出当时父权势力依然强大、富有抗争精神的女性仍然难以生存的现实，但她反抗的力度是空前的，代表了觉醒时期男性精英设想的女性解放的最强音。

三 《错误的选择》：接受启蒙的阿斯娜（Asnah）

随着印尼现代性进程的纵深发展，个人在民族觉醒话语的驱动下，开始勇敢反叛封建传统，追求个人权利。摆脱家族和部族束缚的个人成为现代民族的基本成员。在文本中，“子一辈”男性首先反抗家族和部族霸权，在调和启蒙现代性与本土传统性的基础上实现从个人小我到民族大我的转变，成为引领民族觉醒的主导力量。女性接受男性先驱的启蒙和拯救，也顺势完成了对于家族和部族的反叛，被纳入民族觉醒的宏大叙事之中。

努尔·苏丹·伊斯坎达（Nur Sutan Iskandar，1893—1975）出身于西苏门答腊的米南加保社会，是图书编译局的代表作家之一。他的创作生涯较长，作品丰富，题材多聚焦于从米南加保传统社会束缚中挣扎突围的叛逆一代，从一个侧面反映了独立前到独立初期印尼现代文学发展的历史进程。《错误的选择》[①]（*Salah Pilih*，1928）是他在20年代的代表作，以米南加保母系氏族社会为背景，叙述了孤女阿斯娜与富家子阿斯利之间充满波折的爱情婚姻故事，是一部描写年轻一

---

① Nur Sutan Iskandar, *Salah Pilih (Cetakan 33)*, Jakarta: Balai Pustaka, 2013. 本节所有相关引用均出自此书，为笔者所译。

代在反传统和反封建斗争中取得全面胜利的长篇小说，塑造了接受现代启蒙、发生现代转变的传统女性形象阿斯娜。

小说以传统米南加保母系氏族社会为背景，用“爱情”和“婚姻”命题作为批判家族部族霸权的武器。在米南加保传统社会中，婚姻大事由父母权衡出身、财产等因素后全权包办。女方求亲，“如果没有丈夫，女人在别人眼中就没地位”（p.231）。男子入赘，可以一夫多妻制。“在家中有权势的是女性，所以女方要负责所有事务。这就是为什么要找个有钱的老婆。”（p.230）随着社会发展，人们对于现代理念的接受程度不断加深。对于部族霸权的批判，始于父辈体系之内。阿斯利的母亲玛莉亚蒂是一位开明的长辈，能够感知时代的发展变化。她认为，“比起当年，现在的年轻人对婚姻的看法更加深刻。在婚前，我们一般不关心夫妇两人的结合是否会使他们幸福。……我们首先关注的是双方部族、出身和家庭背景，财产多寡也是考虑因素。这些都由双方父母协商，少男少女则排在其次，因为他们必须服从长辈的命令、决定和意愿。现在的年轻人不再如此。婚前他们希望互相了解”（p.47）。虽然儿子年龄已至，但并未强迫其娶妻。“年满十五岁的子女尚未婚配，就是母亲的耻辱。没人像你（指阿斯利）一样，年满十九尚未娶妻。假如你在自食其力前结婚，需要别人接济，无法独立赡养妻儿，我才会觉得羞耻。所以，我一直在等待恰当的时机。我认为，你最好自己选择生活伴侣。”（p.39）由此可见，米南加保封建传统的约束力开始降低，保守势力在与变革力量的博弈中开始显出颓势。这种变化反映出人们在启蒙现代性的烛照下日益发现部族传统中反人性的不合理成分，主动加以抵制和修正的转变过程，也为个人向传统封建霸权展开全面宣战埋下伏笔。

阿斯利是用来隐喻引导民族觉醒的先驱。他“学识渊博、谦虚诚实、乐观友善，深受爱戴”（p.66），在母亲的支持下“接受了西式教育，善于跟欧洲人交往。他非常了解欧洲人的习惯，甚至开始刻意模仿”（p.27）。与母亲一致，他反对包办婚姻，向往婚恋自由：“妻子是自己选择的，不是父母决定的。”（p.32）他反对一夫多妻，支持一夫一妻：“我非常痛恨一夫多妻的习俗！如果我也这么做，那我接受教育有什么用？……如果可能，我愿终生只娶一个妻子。”（p.55）他的理想是“用自己的聪明才智为乡亲们服务，用心引导和教育那些对科学耕种、听说读写一无所知的村民们。他不侮辱、不歧视那些无知和贫穷的人，而是亲近并引导他们。他乐于助人，满怀理想，致力于故乡的进步与繁荣”（p.111）。在塑造印尼民族国家理念的关键时期，男性知识分子迫切需要借助文学话语重整文化身份和性别秩序。如果说民族共同体分为精英群体和普罗大众，男性理所当然成为精英群体的主要成员，是现代民族的先进代表，是必然用来表述现代民族身份的象征性策略。进步男性对于包办婚姻、一夫多妻等传统陋习的态度，代表现代民族对于西方价值的追求接纳和对于本土传统的审视改良。阿斯利不仅已经萌发主体意识，还希望引领故乡进步。他与村民之间的关系，是民族精英与普罗大众之间“启蒙”与“被启蒙”关系的隐喻，承载了知识分子对于自我身份的现代性想象。

女主角阿斯娜父母早逝、贫穷孤苦，被富裕的玛莉亚蒂收养，住进较为开明的大屋。阿斯娜温柔勤劳，善解人意，长期寄人篱下的经历使她具备超越年龄的自知之明和早熟心态，善于隐忍，属于较为传统的女性形象。阿斯娜与阿斯利两小无猜、相伴长大，阿斯娜默默爱慕着阿斯利，“她的爱并非突如其来，而是自情窦初开时便已深植于心”（p.49）。但阿斯娜尊重习俗、恪守礼仪，见到阿斯利时，她“虽然内心喜悦，却仍然恪守礼仪，不愿僭越界线，不愿过分亲昵。因为他们已经成年了，明白凡事都有界限”（p.27）。“如果不遵守习俗，别人会觉得我们很可耻。”（p.28）她知道，因为存在名义上的兄妹关系，习俗规定两人无法结合。“阿斯利只是把她看成仆人，或者令人怜爱的妹妹……阿斯利怎能跟一个贫穷的孤女、一个依靠大屋怜悯过活的仆人一起生活！而且，他的家族严厉禁止他们成为夫妻。阿斯娜和阿斯利是同族、同宗，虽然血缘关系已经隔了很远。”（p.50）在这一时期，阿斯娜还是将传统习俗和性别规训内化于心的女性，并未产生争取个人权利的自觉意识。

经过反复权衡和考虑，阿斯利选择出身祖屋的贵族小姐萨伊娜作为妻子。祖屋的人古板守旧，阿斯利却充满自信：“萨伊娜还年轻，我们可以根据自己的意愿塑造她的性格。”（p.46）“让那些陈规旧习留在祖屋吧，让那里的贵族妇女自我陶醉吧。萨伊娜一定乐意搬到咱们大屋，因为无需再遵守那些旧习俗……何况她上过荷兰小学，我认为，她会跟随我的脚步，听从我的安排。”（p.45）阿斯利和萨伊娜的结合不仅具有个人意义，还是“大屋家族与祖屋家族之间礼仪习俗的较量。订婚的不仅仅是阿斯利与萨伊娜，还是大屋家族与祖屋家族”（p.93）。

祖屋和大屋具有传统和现代的隐喻含义，保守的祖屋与开明的大屋通过这场婚姻全面展开较量，表征了传统与现代、保守与进步之间不可调和的对立冲突。祖屋里的女家长“是酋长的妹妹，觉得别人都地位低贱、没有教养”（p.92），强势专权、陈腐古板，长期压抑控制丈夫和三个儿女。萨伊娜即便接受了初级现代教育，但在耳濡目染中学会了母亲的做派，“娇纵傲慢，自私自利……她看不起村里的普通人，常常侮辱别人”（p.71）。搬进大屋后，萨伊娜处处针对阿斯娜，认为出身下贱的阿斯娜违反了传统等级制度，不能与贵族平起平坐，也不能在贵族面前为所欲为。婆婆玛莉亚蒂病重期间，萨伊娜不仅不闻不问，还“巴不得婆婆快点归西。如果老人去世了，她就能更容易地赶走阿斯娜，在大屋作威作福，掌控一切……阿斯利根本不值一提”（p.162）。赶走阿斯娜后，萨伊娜对阿斯利和其他人百般苛刻。她看不惯平民出入大屋，处处树立权威。为了防止丈夫与阿斯娜见面，她百般阻止丈夫单独出门。她不允许丈夫与平民交往，认为这样有辱身份。“大屋人与村民的联系中断了。没人敢去大屋寻求帮助。阿斯利的理想破灭了，他的内心十分难过。”（p.144）发现萨伊娜的本性后，阿斯利竭力改变妻子，却一败涂地。最后，阿斯利听天由命，消极接受：“如果这样能够换来家庭的平静与安稳，就这样吧。”（p.204）萨伊娜是受到封建传统和父权制度教化的保守女性，是家族和部族霸权的表征。她对大屋成员的苛刻象征着封建势力对于进步力量的打压，凸显出传统霸权在很大范围内仍负隅顽抗的社会现实。阿斯利希望对萨伊娜进行现代启蒙，是觉醒的个人对于传统霸权发起的第一次进攻。两者的针锋相对隐喻了建构现代民族过程中，本土传统与现代价值之间展开的争夺话语权的激烈斗争，也表征了社会变革中，传统与现代互有得失、胜负难分的胶着状态。

迷惘苦闷的阿斯利在自我反省时发现，虽然自己接受西方教育，但在婚姻问题上，还是内化了习俗传统对于个人的约束。表面上他的婚姻是基于自由意志，实际上“他的选择仅仅基于权衡利弊，基于传统习俗”（p.95）。“只要是有钱人，就只会选择有钱人。阿斯利选择终身伴侣时，必然会在跟他一样富裕的、受过荷兰教育的少女中选择，所以萨伊娜入选了。而阿斯娜完全不在考虑范围内，因为她是贫穷的孤女，而且她总被他看成妹妹。”（p.117）这场婚姻“更多地是受到尊重习俗心理的驱动，即必须盯着那些出身高贵、财产丰富的少女”（p.236）。阿斯利与萨伊娜的婚姻在“没有爱情的婚姻是不道德的婚姻”的现代理念观照下，呈现出落后退步的意义，说明早期知识分子在追求现代启蒙时，由于自身气质和潜意识里常常内化了传统教化的成分，对于习俗传统仍然抱有不切实际的浪漫改良想象，在文化变革中常常持有犹豫不决和摇摆不定的态度，故而容易遭到封建势力的强势反扑。

在“传统”即将全面压制“现代”时，萨伊娜和母亲意外身亡。萨伊娜的死象征着家族部族霸权的消亡，也成为觉醒的个人反封建斗争全面胜利的契机。封建霸权消失后，爱情和婚姻命题顺势成为民族精英自我改造、追求现代的首要途径。阿斯利发现自己“深爱着阿斯娜。这种爱不仅是兄妹之爱，更蕴含着从小就在心里萌发的永无止境的相爱并结合的愿望”（p.172）。在第一轮反封建斗争中侥幸获得胜利的阿斯利“已经学会批判，不愿再被蒙蔽欺骗。特别是青年男女在选择婚姻时，外在和内心、理想和爱情已经影响了他们的灵魂。主动选择而非被动接受生活伴侣，一定会获得平安幸福的家庭”（p.235）。面对依然横亘在他与阿斯娜之间的封建传统，阿斯利勇敢抗争，不顾习俗的阻挠和舆论的非议与阿斯娜结合：“时移世易，现在的社会环境和风气已然改变。所以，那些人为设置、人为实施的习俗跟随时代变化，何错之有？因为现在人们更多使用伊斯兰教精神、思想和信念来改善生活，实现社会、民族和国家的幸福。不仅为了此生，还为了后世。”（p.235）两人远走他乡，在雅加达依靠个人奋斗过上安定的生活。在这一时期，阿斯利才真正实现了接受启蒙的个人对于封建霸权的主动反叛，成功地摆脱传统束缚，获得个人主体自由。

“个人”与“家族”、“现代”与“传统”的斗争，是印尼民族认同觉醒期的重要命题，是个人摆脱家族、进入民族的必然途径，虽然道路曲折，但是前景光明。阿斯利作为民族觉醒的先行者，在反封建的过程中经历了改造萨伊娜和改造自身的斗争：改造萨伊娜，是个人反封建的隐喻，斗争胜利虽然基于偶然，却象征着陈规陋习终将遭到时代车轮碾压的必然；改造自身，则意味着现代个人意识的巩固，借助现代启蒙，进一步肃清封建流毒，符合建构现代民族的时代需求，使男性最终获得民族觉醒先行者的身份。在这里，现代文化变革要求革除本土伊斯兰教中的地方传统法和地方习惯法成分，反对曲解教义，主张回归正统伊斯兰教义。被纳入印尼现代性范畴内的正统伊斯兰教与启蒙价值观相互调和，共同成为对抗家族和部族陈规陋习的武器。

乡亲们意识到阿斯利是一个英明的领导者后，抛弃习俗偏见，恳请两人返乡带领人民一同发展进步："带领我们前进吧，实现进步发展。把死去的人唤醒，重塑我们的民族社会感……在你的领导下，人们更加了解并热爱家乡、民族和国家，甚至全人类。"（p.257）从这里开始，觉醒的阿斯利从局限在个人"小家"范围内抗争封建势力扩大到在民族"大家"领域内施展社会改良抱负，真正转变为民族觉醒的先行者。这种转变反映出历史更替、新旧交叠时期男性精英对自身领导使命的清醒认识，那就是由个人小我放眼民族大我，胸怀社会理想，建构民族精神，实现民族进步："我希望与先行者一起离开故乡，努力奋斗，在现在和将来都能够与其他民族平起平坐。我已经向那个方向迈出了一小步……我的理想如此高远！作为热爱祖国和民族的年轻人，总是面向未来。我想加入他们的行列。"（p.249）与此同时，阿斯利仍然响应民族主义号召，紧跟现代潮流，引领人民大众，发扬优良传统，改革陈规陋习：

> 当他还在家乡时，发现了米南加保习俗中的闪光点能够营造和谐社会。这习俗的核心是"协商"。也许某些规定不再适应时代发展，不再适合继续执行。想要改变社会上由来已久的风气，是非常困难的，仿佛那些保守者完全没有感知到时代变化一样。长期看来，只要习俗领袖是有知识、谋进步的年轻人，困难定会消失，变革定会发生。前提是他们不忽视米南加保习俗中真正的哲学内涵、宗教信仰、民族精神和爱国主义精神，行动和思想要相伴相随。（p.255）

从阿斯利的个人成长叙事可以看出，男性精英将男性设置为现代民族的核心群体。男性通过个人层面的婚恋叙事挣脱封建传统束缚，获得民族身份，并以民族先行者的角色在更为广阔的社会舞台里领导人民大众获得启蒙、实现进步。在这一过程中，知识分子并没有将本土“传统”完全视为西方“现代”的对立面，而是主张对传统进行具有现代意义的改良，革除传统中以家族和部族封建霸权为代表的落后于时代的成分，保留本土精神内涵，调和现代启蒙精神和本土传统价值，打造与世界其他民族平起平坐的现代印尼民族。

小说里的传统女性阿斯娜出现在传统和现代对抗的叙事背景中。由于出身寒微，她处处谨慎、步步小心、坚守道德、恪守礼仪。虽然在开明家长的影响下，她已经具备现代觉悟，“不愿与钱财结婚……选择都是出自本心。仅仅因为看起来‘适合或英俊’、爱外表甚于爱内心、符合结婚条件或者贪图钱财，就把自己交给不爱的男人，会感到羞耻”（pp.186-187）。但是，她虽向往恋爱自由和婚姻幸福，却缺乏主体行动力。得知阿斯利将与萨伊娜结合时，阿斯娜虽然内心万分痛苦，外表却无丝毫流露：“听听她悦耳动听的声音，看看她容光焕发的脸庞，谁又能想到她在进行多么剧烈的心理斗争。唯一的变化仅仅是她眼中的光芒稍微黯淡了一些，透露出些许内心的忧伤。”（p.53）面对咄咄逼人的萨伊娜，她只能忍气吞声、默默忍受。可以说，在接受阿斯利的启蒙和拯救以前，阿斯娜是一位典型的传统女性。

当阿斯利成功地实现个人对家族和部族的反叛后，他成为阿斯娜的拯救者，带领阿斯娜远走高飞，挣脱封建传统的束缚，获得个人自由。挣脱束缚的阿斯娜，在阿斯利的启蒙下，主动学习先进思想："成为阿斯利的妻子后，阿斯娜从朋友、邻居和丈夫那里学到很多。从他们身上阿斯娜学到了在这城市的现实社会中与各种各样的印尼部族和其他民族相互交往的实践能力。她的视野日益开阔，思想日渐清晰。她不放过任何可以增长知识的机会，尤其是通过大量阅读和思考获得知识。"（p.253）阿斯娜的觉醒，隐喻着蒙昧的女性群体的觉醒，体现了男性先驱拯救落后女性乃至落后大众的现代想象。根据阿斯娜的经历，阿斯利所代表的民族先行者对于女性提出了现代构想："如果继续遵守习俗，忽视婚姻真正的权利和义务，就无法摆脱耻辱，会出现更多的寡妇和恶行。我认为解决方式是把女孩子送进学校接受教育，使其能够独立谋生，保持自尊自爱。不要只是被幽禁在家，成为温室的花朵，枯萎就被抛弃。"（p.232）在丈夫的引领下，已经启蒙的阿斯娜加入到促进女性觉醒、带领女性解放的民族大业之中："以卡尔蒂妮理想为核心的妇女运动吸引了她的注意力。她与丈夫一起走遍雅加达、万隆、日惹、泗水等大城市的卡尔蒂妮女校，不断学习思考。这让她更加确信，妇女儿童命运的改变，首先基于妇女自身对受教育权的斗争。"（p.253）直到这时，被男性先行者拯救和启蒙、由传统女性转变为现代女性的形象跃然纸上。这类现代女性，不仅局限于个人对现代启蒙精神的追求，不愿止步于获得个人主体自由，而是构建超越个人层面的人生规划，将个人启蒙与民族觉醒联系起来，用自身的觉醒带动女性群体的觉醒，用"在故乡发扬卡尔蒂妮精神，为女性进步而奋斗"（p.257）的行动与当时的印尼妇女运动相互呼应。阿斯娜的转变，是传统女性转化为现代女性后获得现代民族接纳的转变，不仅具有民族觉醒引发个人启蒙的内涵，还将妇女解放转化为民族解放的子叙事。

在阿斯娜实现从传统女性到现代女性的转变过程中，阿斯利一直担任“拯救者”和“启蒙者”的角色，希望“与生活伴侣一起追求进步”（p.249），认为“只要获得妻子的支持，理想就会更快实现”（p.111）。阿斯娜则一直采取“追随”“辅助”男性的姿态：“只要阿斯利能够幸福幸运，她愿意牺牲生命。只要阿斯利的生活能够安逸宁静，她愿意遭受痛苦和折磨。”（p.120）阿斯娜“无论刀山火海，都要跟着阿斯利哥哥”（p.250）。所以，她不仅是挣脱传统束缚的被启蒙者，还是男性先行者实现民族理想的追随者、支持者和辅助者，通过追随、支持和辅助男性的方式被整合进入现代民族宏大叙事中，进而正式获得现代民族身份，具有建构现代民族认同的重要意义。值得注意的是，追随阿斯利挣脱家族部族束缚、获得民族身份的阿斯娜成为“清楚了解自身职责的妻子。她温柔的品性使她就像一个善于安慰伤心或发脾气孩子的母亲。她带着对丈夫满腔的爱，努力谋划，减轻家庭负担。不论艰难困苦或平安喜乐，阿斯娜都是阿斯利真正的生活伴侣”（p.253）。当代政治理论家卡罗尔·帕特曼（Carole Pateman）认为：“现代公民社会仍然是男权制的社会，社会契约是一个关于自由的故事，而性契约则是一个关于隶属的故事；公民自由是一种男性属性，它取决于男权；父权制是男权制的一部分，推翻专制暴虐的父权制并不意味着人类社会男权制的解除，儿子推翻了父亲的统治之后不仅获得了自由，而且为自己保障了女人。”[①] 阿斯利成为战胜“父一辈”的“子一辈”，不仅带领父老乡亲进步，更在拯救和启蒙传统女性的过程中保持了男权的延续。在叛逆男性和叛逆女性结成的反封建联盟里，女性依然遵守传统性别规范。

单纯针对女性而言，传统女性阿斯娜被现代性收编的过程就是背叛传统家族，进入现代“核心式家庭”[②] 的过程。核心式家庭是启蒙现代性的具体表现，也成为构成现代民族的基本单位。“由于‘家’成为表达民族文化的精神特质的主要场域，妇女因此要更好地承担这个‘家’的守护人和养育人的责任……民族主义提供给妇女问题的方案，看似把妇女的地位提高了，其实是在鼓吹一种新式的父权，例如把‘女性’称为女神或大地母亲是一种把她困在‘家’/民族这个范畴之内的另一种形式，取消了她与外在世界/其他民族生活的选择”[③]。阿斯娜摆脱父权家长制束缚，投入“子一辈”男性的怀抱，从旧式女性变成颇具时代气息的现代妻子。在这一过程中，女性的主要价值依然局限在家庭之中，并未真正摆脱“从夫”的陈规，而是以新的方式上演了“从夫”的旧剧。这是因为，女性接受现代启蒙的驱动力量是现代民族话语，其根本目的是为建构现代民族服务。具体而言，就是现代民族要求女性获得现代觉悟，以便更好地履行女性的传统内部职责。这种现代觉悟必须限制在个人解放层面，不能上升到性别解放层

① ［美］卡罗尔·帕特曼：《性契约》，李朝晖译，社会科学文献出版社 2003 年版，第 2 页。
② 核心式家庭是指由夫妻和未成年子女组成的家庭。
③ 陈顺馨：《导言之一：女性主义对民族主义的介入》，载陈顺馨等编选：《妇女、民族与女性主义》，中央编译出版社 2004 年版，第 16 页。

面。这进一步证明，这一时期的女性启蒙属于个人解放范畴，女性争取的权利属于基本人权，传统性别秩序并未受到质疑和批判。总的来说，这是一种被包含在民族解放、国家独立大框架下的现代妇女设计，即女性在男性引领下，在维持传统性别职能内涵的前提下，在有限领域内追求现代启蒙精神，在部分程度上获得个人权利，成为男性合格的生活伴侣和事业助手，共同推动民族觉醒。

在小说叙事里，现代民族中的新式性别关系被设定为“启蒙”与“被启蒙”、“拯救”和“被拯救”的关系。先进男性是传统女性的引路人，女性反传统求先进，弃“父”从“夫”，与当时民族运动对妇女运动的要求相契合。从更为广泛的意义上看，“启蒙”和“被启蒙”、“拯救”和“被拯救”是知识分子对自我与民众的现代性关系的想象。在文学叙事中，这一场景用两性关系表达出来，男性成为最早觉悟的民族精英，女性扮演智性未开的普罗大众，男性和女性之间呼唤与应答的话语关系表征了民族精英与普罗大众之间规训与臣服的权力秩序。女性形象阿斯娜隐喻了现代民族群体中亟须接受现代启蒙的普罗大众，不仅寄托了知识分子对于民族新女性的想象和建构，还蕴含着民族精英对于人民大众的引导和教化，具有更为普遍的象征意义。

总体而言，《错误的选择》是一个先进男性首先反叛家族部族束缚、获得个人主体自由，继而带动传统女性反抗封建获得全面胜利的叙事，是现代民族成功反抗传统、追求现代的表征。小说的主角是男性，男性成为民族觉醒先行者的隐喻。小说通过男性成长叙事形象地再现了觉醒的民族在“传统”和“现代”之间艰难求索、权衡取舍的过程。在小说叙事中出现了截然不同的两位传统女性形象：顽固保守的萨伊娜和获得启蒙的阿斯娜，各自具有典型的象征意义。阿斯利与萨伊娜的婚姻，象征着现代与传统的较量，面对传统势力，阿斯利是秩序挑战者；阿斯利与阿斯娜的结合，象征着现代对传统的改良，面对规训对象，阿斯利是启蒙拯救者。萨伊娜和阿斯娜都是传统女性，唯一差别就是是否接受精英男性主导的现代启蒙。两人的结局也很有代表性：萨伊娜意外身亡、退出叙事，象征着保守势力的必然终结；阿斯娜接受启蒙，转变为现代女性，引领妇女解放，获得民族身份。由此可见，阿斯娜是受到现代民族话语肯定和接纳的主要女性形象，而萨伊娜作为家族部族霸权的隐喻和阿斯娜的对立面也具有非常重要的存在价值。民族先行者阿斯利在追求个人自由、与习俗传统进行斗争、引领民族觉醒的过程中，需要一个与之应答的他者，这成为阿斯娜存在的前提。当然，作为一贯遭受封建传统和性别规范束缚的女性形象，阿斯娜顺势挣脱家族部族束缚，不仅获得个人权利，还引领女性群体解放，受到民族话语的支持和接纳，具有现代启蒙意义。但是，受动于民族觉醒的女性解放，必须响应建构现代民族的宏大目标，继续发挥女性传统性别职能。这意味着民族认可的女性，是调和了现代品质和传统职能的女性，代表了民族话语对于女性品质的进一步设计和规划。

四 《错误的教育》：主动反思的拉比娅（Rabiah）

在印尼现代性的不断推进下，知识分子对于启蒙现代性的过度追求容易引发对本土文化传统毫无区别的否定和批判，隐含着民族奴化的风险。西化的洋奴绝对不是现代民族的理想形象，而是值得警惕的矫枉过正。为反思、批判洋奴现象，在长篇小说中塑造了具有不同象征意义的女性形象。从民族建构的角度看，只有积极反思、善于吸取教训、为民族觉醒履职尽责的女性才是获得民族接纳的女性。

阿卜杜·慕伊斯（Abdul Muis，1883—1959）是出生于西苏门答腊省武吉丁宜的米南加保人。他反对封建主义和殖民主义，要求振兴民族文化，重塑民族身份，是具有伊斯兰倾向的民族主义者。小说《错误的教育》[①]（*Salah Asuhan*，1928）创作于20年代末期，以米南加保传统社会、殖民地种族歧视和奴化教育为背景，对社会背景的切入较前期文本有了本质性突破。小说除反封建叙事外，第一次出现了反殖民叙事，是通过批判本土知识分子中间出现的洋奴现象揭露殖民政策的伪善本质，具有反对封建陋习、反对种族歧视和反对奴化教育的深刻内涵。这是西方文化影响加深和殖民地民族矛盾加剧所引发的必然反应，是具有宽广时代意识的知识分子力图唤醒愚民顺民，鼓舞爱国情怀，建构民族新身份的有益尝试。相应地，小说塑造了能够吸取教训、为民族建设提供助益的女性拉比娅，为探索民族建设的正确

① Abuoel Moeis, *Salah Asoehan (Cetakan 3)*, Jakarta: Balai Poestaka, 1948. 本节所有相关引用均出自此书，为笔者所译。

道路指引方向。

在这部小说中，出身于苏门答腊贵族地主家庭的汉纳菲是主角。他接受了全面的荷兰教育，彻底西化。对于汉纳菲的解读要一分为二地进行。从现代民族建设的角度看，汉纳菲抛弃本土传统，盲目迎合西方，是一个典型的“洋奴”。这种洋奴现象的出现具有深刻的社会历史背景。荷兰殖民政府在经济上进行殖民垄断，在社会文化上进行西化渗透，输入西方价值观，弱化、瓦解土著知识分子的民族意识。西方价值观的核心是“西方中心论”。殖民政府推行的现代西方教育，在本质上既蕴含西方先进发达、自由理性的话语，又存在东方低级落后、保守愚昧的内涵。根据萨义德的理论，西方人建构这样的东方，是为了对东方进行描述、教授、殖民和统治，是西方用以控制、重建和君临东方的一种方式。[①] 西方人定义的“东方”和东方人复述的“东方”“既可以表达西方的力量，又可以表达（西方人眼中所见的）东方的缺陷”[②]。东西方二元对立也是落后与先进之间的对立，东方只能在向往和追赶西方的道路上徘徊，两者之间的矛盾和差距永远无法调和。“东方就是东方，西方就是西方，双方的鸿沟无法逾越。”（p.52）小说也引用英国作家约瑟夫·鲁德亚德·吉卜林[③]（Joseph Rudyard

① ［美］爱德华·W. 萨义德：《东方学》，王宇根译，生活·读书·新知三联书店 1999 年版，第 4 页。

② ［美］爱德华·W. 萨义德：《东方学》，王宇根译，生活·读书·新知三联书店 1999 年版，第 56 页。

③ 约瑟夫·鲁德亚德·吉卜林（Joseph Rudyard Kipling，1865—1936），英国小说家、诗人，曾获 1907 年诺贝尔文学奖。

Kipling）的诗句："东方就是东方，西方就是西方，两者永不相会。"（p.21）奴化教育将东西方对立的话语内化于东方人的精神气质之中，使部分殖民地知识分子成为"黄皮肤，白面具"的典型代表。"在殖民主义的权力结构里，被殖民者本身的文化特性、民族意识受到压制，导致'文化原质失真'。当地居民和精英知识分子认同于殖民者的文化，当他们看待自己本土的各种文化现象时往往不自觉地套用殖民者审视和评定事物的标准与理论。"[①] 汉纳菲就是其中之一："他不屑于跟不会荷兰语的人交谈，嘲讽所有与马来人有关的事务，甚至完全看不上马来人习俗和伊斯兰教。他称习俗为'陋习'，称伊斯兰教为'迷信'。所以，他与马来人的完全断交是不足为奇的。"（p.24）从这种意义上看，汉纳菲并不是理想的现代民族成员。

从个人角度看，汉纳菲具有追求现代个人权利的进步意义。汉纳菲同样借助"爱情"与"婚姻"命题捍卫个人主体，连带出现了小说中最重要的两位女性形象柯丽和拉比娅。柯丽是混血白人姑娘。在当时的殖民地社会中，荷兰殖民政府奉行"种族歧视政策"，把印尼社会分为几个等级：顶端是纯白种人，享有绝对特权；其次是印欧混血儿。这两种人都属于白种人阶层。此下是分隔了白种人阶层和有色人种阶层的"种族界线"，不可逾越。"种族界线"下一层是有色人种贵族和有钱阶级，其下是有色人种劳动者。[②] 殖民地社会就是建立在种族歧视和种族压迫的畸形基础之上的。柯丽隶属特权阶层，接受高中程

① 张京媛主编：《后殖民理论与文化批评》，北京大学出版社 1999 年版，第 7 页。
② 梁立基：《印度尼西亚文学史》，昆仑出版社 2003 年版，第 388 页。

度教育，具备西方女性自由独立的现代品质。她崇尚个人奋斗，信奉“无论是谁，只要信念坚定，不断努力，必将获得成功”（p.7）的人生信条。她乐于自主抉择，不易任人摆布，“如果所有的事情都要听话顺从，她心中会产生不可名状的抵触”（p.88）。“如果想让她干什么，千万别强迫或命令，只需要让她自愿去做。”（p.90）她年轻貌美，却不愿被男性物化，像鸽子一样，“看起来温顺，触手可及，但是想要抓住，却飞走了”（p.7）。“如果要娶她为妻，必须接受她的本性，不要奢望把她变成理想中的妻子”（p.128）。她认为婚姻中应该男女平等，“夫妻两人必须是朋友，像兄妹，而不仅是男女关系”（p.128）。

汉纳菲追求婚恋自由，向柯丽求婚，同时希望自己获得特权阶层的接纳，与本族人划清界限，成为真正的“特权者”。由于“种族界线”不可逾越，在父亲的劝说下，柯丽拒绝了汉纳菲的求婚。汉纳菲深受打击，大病一场。痊愈后母亲根据传统习俗要求他娶表妹拉比娅为妻。在米南加保地区母系氏族社会中，共同财产（土地、森林、房屋等）属家族成员共有，由族长支配。家族的共同体利益高于个人利益，个人被视为家族的一部分，必须听从家族安排，无法运用个人自由意志。年轻人的结合完全依靠习俗、财产、地位、利益等现实外力驱动，遵守父母之命、媒妁之言，感情因素丝毫不在考虑范围之内。在婚姻习俗上实行走婚制，男人入赘，允许多妻，妻子权益无法得到保障，因为在习俗中，“对妻子为所欲为是很容易的”（p.64）。“丈夫外出谋生，异地娶妻生子，妻子独守故乡，毫无怨言。这种事在没有开化的农村中时常发生。”（p.99）对于马来人而言，“只要愿意，离婚是很容易的”（p.101）。接受了现代启蒙思想、向往现代婚恋自由的汉纳菲希望挣脱传统陋习的束缚，认为传统的拉比娅不符合自己的现代婚姻理想，但迫于家族部族的约束力量，只得被动接受包办婚姻。

拉比娅是典型的米南加保传统女性形象。她容貌姣好，品行端正，诚实正直，忍耐顺从，接受了土著小学（Hollandsch-Inlandsche School，HIS）教育，毕业后开始幽禁，学习烹饪和女红。婚后两人生活极不幸福，汉纳菲专横霸道，拉比娅忍气吞声，“将丈夫奉若神明，深感自己的渺小、低贱和无知”（p.69）。面对汉纳菲的无理取闹、吹毛求疵和冷嘲热讽，她只能逆来顺受，以泪洗面，仍然尽心履行相夫教子的职责。在包办婚姻中，汉纳菲和拉比娅都是封建传统的牺牲者。掌管家族大权的舅父出资让汉纳菲接受西方教育，就有权要求汉纳菲接受包办婚姻。汉纳菲为了偿还人情债，不得不放弃个人权利，接受没有爱情基础的包办婚姻。拉比娅作为传统的米南加保女性，接受初级教育后就开始幽禁，学习担任逆来顺受、温柔谦卑的妻子，准备如同世世代代的传统女性一样接受长辈安排的包办婚姻。在婚姻大事上，她毫无话语权，只是用来巩固家族纽带的工具。汉纳菲本不愿接受拉比娅，但相比于新女性，拉比娅的“顺从忍耐和自知之明，是他想要的”（p.64）。这说明新旧交替时期，新男性一方面追求个人主体自由，向往以爱情为基础的现代婚姻，另一方面留恋传统伦理赋予男性的特权，对婚恋自由的理解带有调和性质。而结婚后，汉纳菲一直将拉比娅视为“硬塞”给他的妻子，态度冷淡粗暴。“汉纳菲喜欢的，拉比娅必须赞成。他嘲讽地声明伊斯兰教规定的妻子对丈夫的所有义务，然后声称自己地位更高，可以‘滥用’妻子的软弱。”（p.69）他一方面用冷暴力压抑母亲、妻子和儿子，使她们在自己面前噤若寒蝉；另一方面对外宣称是囿于责任和义务才违背个人情感和意愿娶了没见过世面的村妇，深受其害。他不负责任的言行甚至激起白人朋友的愤怒。汉纳菲对于包办婚姻的批判是值得肯定的，但他将丧失主体自由的痛苦转嫁到拉比娅身上，进一步显示出他貌似全盘西化、实则固守传统性别规范的实质。而拉比娅不仅是封建包办婚姻的牺牲者，更是男性霸权的受害者。

汉纳菲在雅加达就医期间偶遇久别的柯丽。为了与柯丽结合，汉纳菲不惜加入荷兰籍，抛妻弃子、与母亲族人断绝关系：“拉比娅没见过世面……我已经成为荷兰人了，我的妻儿必须与我的地位相匹配。”（p.119）然而，两人结合后处处遭到白人社会的歧视和土著人社会的抵制，生活极端孤独。柯丽不仅因为种族歧视失去了所有白人朋友，更感受到来自丈夫的性别约束：“从前我叫柯丽·杜赛，现在我叫汉夫人；从前我穿短裙，现在我必须裙长过膝；从前我是自由的，我的世界很宽广，现在我的世界有限，因为必须听从丈夫的命令。”（p.145）受到丈夫的无端怀疑和指责后，她“强硬地拒绝了丈夫的资助”（p.164），决然地与丈夫离婚，最终在三宝垄的孤儿院里身染霍乱、重病离世。柯丽敢于跨越“种族界线”，在自身独立抉择下勇敢地与土著汉纳菲结合，具有两个层面的重要意义。一方面，柯丽作为现代女性，她对婚恋自由的追求是受到现代启蒙精神驱动的，指向个人主体自由，彰显女性解放意义。现代女性希望在现代婚姻关系里改良性别秩序，但令柯丽失望的是，土著男性汉纳菲仍然需要她在现代核心式家庭中充当男性的附庸，没有主体、任人摆布。已经具备现代品质的柯丽不甘心再次沦为家中女奴，所以勇敢地结束徒有其表的现代婚姻。这进一步证明，标榜现代的“子一辈”男性依然迷恋传统性别规范为男性提供的特权，这不仅显示出启蒙现代性内部重整性别秩序话语的匮乏，还凸显出大部分意识形态都是男权中心这一残酷现实。

另一方面，柯丽跨越种族界线、与汉纳菲勇敢结合，却发现自己面对的是种族歧视的巨大排斥性力量。现代启蒙精神表面上倡导民主、自由和独立，实际上天然携带西方中心论调，具有强烈的种族情绪。“我的民族和你的民族，都完全不能接受这样的婚姻。你们俩不顾他人感受一意孤行，所以他们针锋相对，将你们孤立。”（p.196）汉纳菲也认识到：“能够让人接受的时机还远远未到。欧洲人中只有一两个能接受，但大多数强烈反对。”而土著人“虽然没有公开指责，但基本也不赞成，并将之视为大错”（p.219）。种族歧视揭示出知识分子所盲目迎合的西方现代民主、平等、自由话语在殖民地社会存在双重标准的虚伪本质，是民族精英逐渐认识到自身追求的西方文明世界对于东方而言只是一个巨大的幻象、从而开始进行主体反思的前奏。

在更深的层次上，柯丽不仅遭遇了种族歧视，还遭遇了性别歧视。柯丽的法国父亲不顾种族界线的限制，明媒正娶土著女人，即柯丽之母为妻。由于他是男性，这种不顾偏见的结合虽然不受祝福，至少能够自得其乐，子女也被划归为西方人。然而，西方女性嫁给土著男性后的境遇更加悲惨：

> 西方人来到这里，要在这里当主人。如果西方男性没有带来西方女性，而是找个本地姨娘生了孩子，并不算耻辱。因为在西方人看来，这甚至改善了土著人的血统。但是西方女性嫁给土著男性，情况则完全不同。这女性被视作西方的耻辱，被称为“自暴自弃”，立即被剥夺欧洲人的特权。这是很不公平的，特别是法律明文规定，如果土著人申请享受欧洲人的特权，他将永远不会丧失这些特权，再次变回土著身份，因为法律中没有涉及剥夺欧洲人特权的条款。但是与土著男性结婚的欧洲女性，只要还未离婚，都会失去欧洲人特权。因为在欧洲人眼中，她的地位低贱。如果有了孩子，更是对欧洲人的侮辱。（pp. 15－16）

从这种意义上看，柯丽在反抗种族歧视的同时也在反抗在任何社会中都存在的女性从属地位，反抗“男性作为一个集团比女性拥有更多的社会及经济权力，包括对女性的控制”[①]，所以柯丽的反抗具有更加强烈的悲剧色彩和更为深刻的震撼力量。柯丽离婚后艰难谋生、抱病离世的结局显示出叛逆女性无论在传统还是现代的男权社会里都举步维艰的现实，女性微弱的反抗不仅无法改变自身处境，反而加速了悲剧命运的降临。柯丽不仅追求个人权利，还追求女性解放，是小说中重要的现代女性形象。小说对于柯丽悲剧性遭遇的叙述，既揭示了性别解放话语在民族解放运动中的边缘处境，也反映出偏离印尼民族运动需求的西方妇女解放诉求在殖民地社会无法存身的客观现实，说明

① ［英］阿雷恩·鲍尔德温：《文化研究导论》，陶东风等译，高等教育出版社 2004 年版，第 28 页。

像柯丽一样不懈抗争的女性形象并不符合印尼现代民族理想，无法参与现代民族建设。

在传统的规训下，拉比娅被动接受命运安排，毫无反抗意识，心甘情愿地充当包办婚姻的牺牲品。在婚姻中，她忍气吞声、逆来顺受、相夫教子、贤惠温柔。被汉纳菲抛弃后，她坚持单身，与婆婆一起抚养儿子夏费，尽职尽责地履行为母为媳的义务。从负面意义上看，根深蒂固的习俗传统和性别规范对于女性的约束力量是强大的，女性是第二性，是附庸，是物，就不是人。她们没有自我，也没有自由，只能供人支配、可有可无。从正面意义上看，拉比娅“虽然年纪不大，但已能胜任女性楷模”（p.69）。她尽职尽责地履行相夫教子的女性传统职能，符合民族觉醒时期现代印尼民族对于女性群体提出的基本要求，满足现代民族对于女性的总体设想，是拉比娅获得现代民族身份的重要前提。同时，在启蒙现代性的感召下，这类女性形象的沉默蕴含的不是主体的消亡，而是自我的萌发，正如拉比娅对封建传统深恶痛绝，坚决拒绝再次听从长辈安排：“当我待字闺中，尚未明辨是非，父亲根据自己的意愿把我交易出售。但我现在寡居在家，已有孩子，是不是要改嫁，要依据自己的意愿。”（p.180）这显示出传统女性的个人意识开始觉醒，蕴含着个人对于封建传统的反叛意义，是传统女性挣脱家族束缚、获得民族接纳的前奏。

汉纳菲的奴化经历引起拉比娅的反思。“洋奴”的出现，在于盲目神化西方文明、不加辨别地批判本土传统，导致现代民族建设进程偏离轨道，甚至全盘丧失民族本性。实际上，“我们并不是一无是处，有很多长处可供自视甚高的其他民族学习”（p.62）。本土传统中存在许多值得传承的优秀元素，只有通过正确的教育方式传承本土精华、塑造民族自信心才能更好地接纳现代启蒙精神，成功塑造现代民族，正如拉比娅对婆婆说：“母亲对汉纳菲的教育是错误的，因为没有接受宗教教育，他从小就与族人隔绝。希望我的孩子不要重蹈他父亲的覆辙。”（pp.182-183）服毒自尽的汉纳菲临死前也恳求拉比娅不要让儿子再步自己的后尘：“让孩子接受足够的西方教育，用良好的西方习惯代替不良的东方传统。但由于他是东方人，所以教育还是要遵从东方途径。”（p.220）深刻反思的拉比娅吸取教训，让儿子夏费接受民族文化（伊斯兰文化）的熏陶后才接受西方现代教育，掌握现代知识。夏费得到“正确的教育”之后，向母亲发誓，从荷兰学成归来，一定回到家乡为本族人的进步效力。从文本叙事可知，拉比娅不仅出现了主体意识的萌动，还能够正确对待西方和本土的关系，参与现代文化变革。安斯亚斯（Anthias）和伊瓦·戴维斯（Yuval Davis）认为，妇女介入族裔和民族进程存在五种方式：1.作为族群成员生物学上的再生产者/繁殖者；2.作为族裔/民族群体边界的再生产者；3.作为主要参与集体的意识形态再生产以及作为集体的文化的传播者；4.作为族裔/民族差异的能指——作为在族裔/民族范畴的建构、再生产和转换中使用的意识形态话语的焦点和象征；5.作为民族、经济、政治和军事斗争中的参与者。[①] 如果说“印（尼）学为体，西学为用”的夏

① 陈顺馨等：《妇女、民族与女性主义》，中央编译出版社2004年版，第71页。

费是印尼现代民族的隐喻，那么拉比娅就是孕育现代民族、塑造现代文化的载体和媒介。拉比娅作为民族成员生物学上的再生产者、民族群体边界的再生产者以及民族集体的意识形态和文化的再生产者和传播者介入民族建构过程，获得民族接纳。拉比娅认识到，在民族建设过程中，必须调和本土传统和西方现代的精华，本土传统是西方现代的基础。从中可以看出，知识分子在对洋奴现象进行反思后，开始认识到本土传统在现代民族建构中不可或缺的基础性地位，并再次强调女性在生物性和文化性上的民族再生产功能，以便守护现代民族成长。

在肯定拉比娅的民族职能的同时，我们不能忽略柯丽的象征意义以及她们与汉纳菲之间的关系。在柯丽身上体现出启蒙精神中追求个人权利的进步价值，她作为西方文化的隐喻，是土著男性汉纳菲追求西方价值的具体象征，也是他步步为营、获得西方意识形态接纳的最终目标。拉比娅拥有忍耐顺从、牺牲奉献的传统品质，却被汉纳菲等同于陈腐的封建文化和停滞的农业文明进行批判。汉纳菲作为“黄皮白心”的洋奴，一方面不断抨击本土传统，打压拉比娅，希望与本族划清界限；另一方面狂热赞美西方文明，追求柯丽，希望获得西方特权阶层的接纳。当这两位女性都离他而去后，汉纳菲的内心反思揭示了作者的叙事本意：“拉比娅和柯丽一样品行高洁，一样地位高贵。只不过一个是西方之花，一个是东方之花，各有特性……这两位妻子无论头脑还是品行，抑或对待丈夫，都无可挑剔。只是因为负有责任的丈夫自己接受了错误的教育，以致对待她们也采取了错误的方式。这两个妻子成了错误的牺牲品。”（pp.226-227）从中可见，作者反对妄自菲薄和盲目西化，要求取西方文明和东方传统之所长，“以本民族文化（伊斯兰文化）为体，西方文化为用，来实现民族的振兴”[①]的态度呼之欲出。所以，失败的汉纳菲无法代表正在建设的新民族，而是停留在“准民族”阶段。

从对待隐喻东西方文化的两位女性身上，汉纳菲最终吸取教训，通过调和东西方文化精髓找到了民族建设的正确方向。只是，“拉比娅是尚未打磨的钻石，可惜没有被他好好打磨，导致无价之宝被他毫不犹豫地抛弃。柯丽是经过打磨的钻石，也是无价之宝，但是他不会使用，导致失去怀中珍宝”（p.199）。对待传统的拉比娅，汉纳菲没有起到启蒙教化的作用；对待现代的柯丽，汉纳菲没有发挥规训争取的功能。男性作为拥有选择权的主体，对于女性的霸权和支配性地位没有改变。无论是东方女性还是西方女性，被比喻为珍宝花朵都是强调其物的属性，都需要男性所有者的打磨栽培。无论对待东方女性还是对待西方女性，汉纳菲都顽固坚守男性的支配权和霸权，既大肆滥用夫权，践踏拉比娅的生命主体，又无法采用自由平等的态度对待柯丽。所以，小说里的传统性别秩序并没有受到任何触动。

归根到底，这是一个由男性作家书写的、探讨如何利用东西方文化构建民族认同的男性成长叙事。哈纳菲最初对于传统文化表现出近乎偏执的藐视，最终又采取修正态度，重新认识到传统精神的价值，表述的是男性精英在印尼社会转型时期必然经历的迷惘心态和反思历

① 梁立基：《印度尼西亚文学史》，昆仑出版社 2003 年版，第 465 页。

程，也为从哈纳菲到夏费、从个人到民族，在更为宽广的社会背景中展开民族认同建构进行铺垫。葛兰西在其“文化霸权理论”中提出，再现行为本身就是文化内部权力关系的一种体现，那些能够再现自身和他人的人握有权力，而那些不能再现自身和他人的人则处于无权的地位，只能听凭他人来再现自己。[①] 小说中的女性形象由男性塑造，就必然会体现出特定历史背景下男性的意识形态倾向和对于女性价值的设想，具有突出的符号性质和象征意义。柯丽隐喻西方，虽然具备现代品质，但不符合民族建设的要求，无法被纳入民族体系。拉比娅隐喻东方，虽然保有封建意识的遗留，但能够积极反思，从“错误的教育”中吸取教训，真正在生理、文化和象征意义上肩负起民族和国家再生产任务，辅助民族精英将现代印尼民族规划为“以本民族文化（伊斯兰文化）为体，西方文化为用”的基本模式，在现代民族中发挥出独特的性别价值。

本章小结

在印尼民族认同觉醒期里，民族主义成为最有影响力的思想，引导人们建构现代民族。在民族意识的作用下，启蒙现代性和本土传统性成为可资利用的思想文化资源，共同参与印尼现代民族认同的建构。

---

① 罗钢等：《前言：文化研究的历史、理论与方法》，载罗钢等主编：《文化研究读本》，中国社会科学出版社 2000 年版，第 21 页。

在主要呈现出“反封建”诉求的文本叙事中，知识分子普遍赞成调和启蒙思想中的人权观点和本土文化中的精神基础，为初步觉醒的民族规划了发展方向。在这一时期出现的《多灾多难》《西蒂·努尔巴雅》《错误的选择》《错误的教育》四部长篇小说中，对于印尼现代民族意识的书写主要通过赋予“教育”“爱情”“婚姻”等文化命题以批判功能展开，进而反抗封建传统，宣传现代人权，塑造现代民族认同。在这一过程中，女性在民族觉醒的驱动下接受现代启蒙，发挥生理和文化上的民族再生产功能。小说中的女性形象在不同程度上接受现代理念、反抗封建传统，追求个人权利，成为现代民族觉醒的隐喻。

在《多灾多难》中，民族精英借助女性的悲惨遭遇批判传统陋习，传统女性玛丽雅敏经历了现代意识的萌动与启蒙理想的追求，蕴含着现代印尼民族开始觉醒的深层隐喻；在《西蒂·努尔巴雅》中，女性解放与“强国保种”命题发生联系，实现了从“健康的女性”到“强壮的民族”的内涵转移，西蒂主张在根植传统道德的基础上追求个人权利，实现男女平等，促进妇女解放；在《错误的选择》中，先进男性成为民族觉醒先行者，阿斯娜接受男性的拯救和启蒙，转变为有知识、有理想的现代女性，参与妇女解放事业；在《错误的教育》中，全盘西化的奴化现象遭到批判，拉比娅从错误的教育中吸取教训，真正在生理、文化和象征意义上履行民族再生产职能。

从这四部长篇小说可以看出，知识分子普遍采取调和启蒙现代性和本土传统性的态度，批判封建习俗传统，追求现代个人权利，保持本土精神内涵，建构现代民族认同。现代启蒙精神虽然是反对封建、追求现代的重要思想资源，但不能盲目地全盘引进，必须立足本土、善于取舍。本土传统中虽然包含封建陈规陋习，但不能完全否定，必须取其精华、弃其糟粕。在这一过程里，率先觉醒的印尼男性知识分子认识到，落后的封建传统不仅摧残、压抑女性群体，更会助长贬抑女性的传统文化阻碍建构现代民族国家进程的嚣张气焰。他们将自身的文化品格和精神追求寄托在女性形象身上，将女性形象的塑造与民族身份的建构联系起来。传统女性形象玛丽雅敏、西蒂、阿斯娜和拉比娅在民族话语驱动下逐步挣脱家族部族的限制和束缚，不懈追求个人权利和主体自由，成为初步觉醒的现代民族的隐喻。然而，在这些具有“民族寓言”性质的长篇小说里，男性担任民族先驱，引导女性启蒙。女性主要发挥生理和文化民族再生产的作用，在男性的引导下进入民族叙事，更多呈现出投射“现代”或“传统”的工具属性，主要用来辅助和衬托社会变革的主体力量——先进男性完成其反封建、反传统的现代叙事。女性是男性的追随者、陪伴者和辅助者，女性解放湮没于个人解放和民族解放的母题之下。

·第二章·

印度尼西亚
民族认同探索期的女性形象

1928年的《青年誓言》里正式提出了“印度尼西亚民族”，标志着印尼民族国家概念的明确形成。从1928年到1942年属于印尼民族认同探索期。在这一时期内，经历了现代民族觉醒的民族精英在愈发严酷的殖民政权压制下、在轰轰烈烈的民族运动陷入低潮后，开始在思想领域探索新文化的建设方向，深入探讨“印度尼西亚民族”的构成要素和组成特质。印尼妇女运动被正式整合进入民族运动，与民族运动共同探索民族解放的道路。这一时期的印尼现代文学响应复杂的社会背景和变幻的历史潮流，强调西方启蒙思想对于民族精神的深层影响，批判本土神秘主义引发的思维惰性，体现出现代民族认同的重大进展。长篇小说中的女性形象在民族话语的激励下，表现出更为激进的现代色彩。她们不再受困于封建传统的束缚，不再扮演被启蒙和被拯救的角色。顺应现代潮流、挣脱传统伦理、获得社会价值成为这一时期现代女性形象生成的重要路径。女性形象不断增强的现代品质受动于日益激烈的民族话语，也成为现代民族认同建构不断深化的隐喻。女性作家的出现与女性心理情感的抒写，也与压抑女性声音的前现代语境产生巨大反差。印尼女性作家既自觉加入时代共鸣，又展示女性的创作个性，有助于进一步提升女性意识。

第一节
民族运动低潮期的民族国家构想

1928年第二届印尼青年大会的《青年誓言》提出："我们，印度尼西亚的儿女，承认我们属于一个民族，即印度尼西亚民族。我们，印度尼西亚的儿女，承认我们只有一个祖国，即印度尼西亚。我们，印度尼西亚的儿女，承认我们只有一种共同语言，即印度尼西亚语。"① 在殖民时代，这片土地一直被称为"荷属东印度"。《青年誓言》明确表述出民族和国家的概念，标志着印度尼西亚民族国家理想的形成。在这一理想的引导下，殖民地人民现代性质的社会探索、文化变革和政治实践都有了明确的指向。

总体而言，荷属东印度的现代化改革运动分为四个阶段："最初的是1900年至1918年左右的合作运动阶段；接着是一个激进时期的不合作阶段；20世纪30年代，经过一段时期的勉强合作后，现代

① 梁立基：《印度尼西亚文学史》，昆仑出版社2003年版，第392页。

改革活动受到荷兰限制政策的制约。”[①] 民族认同探索期正是民族运动受到荷兰限制政策制约的时期。殖民政府施行法西斯统治，加强暴力控制和特务活动，导致民族运动陷入低潮。觉醒时期活跃在社会上的三股主要势力（共产主义、民族主义和宗教）在这一时期里发生了重大力量变化。印尼共产党领导的 1926—1927 年民族大起义由于双方力量过于悬殊，被殖民政府残酷镇压下去。起义失败导致印尼共产党遭到严重打击，被迫转入地下活动，丧失在印尼民族运动中的领导地位。苏加诺于 1927 年创建的“印度尼西亚民族党”（Partai Nasional Indonesia，成立之初名为“印度尼西亚民族主义联盟”）以民族主义思想为基础，以争取印尼民族独立、反抗荷兰殖民主义为宗旨。在 1927—1929 年，“印度尼西亚民族党”发展成为印尼最强有力的民族主义政党。1929 年，荷兰殖民政府宣布该党为非法组织。1930 年荷兰殖民政府勒令该党解散，苏加诺等激进的民族主义领袖基本都被拘留、逮捕或流放。

温和的民族主义者和伊斯兰教组织成为民族运动的保存力量，在有限的范围内继续进行民族运动。1935 年，国民议会[②] 里的温和的原住民民族主义者创建了“大印度尼西亚党”（Partai Indonesia Raya/Parindra）。1937 年，聚合在雅加达《觉醒报》（*Kebangunan*）的一群具有“国际主义倾向”的原住民民族主义者组成了“印度尼西亚人

---

① ［新］尼古拉斯·塔林：《剑桥东南亚史》，贺圣达等译，云南人民出版社 2003 年版，第 218 页。

② 国民议会是于 1916 年设立的、通过和平途径转移部分权力的机构，是民族主义者与荷兰殖民政府开展斗争的成果。这个新体制在日本入侵前不久才最终完成。

民运动党”（Gerakan Rakyat Indonesia/Gerindo）。宗教界具有民族性质的政党如“印度尼西亚伊斯兰联盟党”“伊斯兰教士联合会”等依然活跃。虽然这些政党奉行的意识形态各不相同，但基本目标都是实现民族独立，建立民族国家。他们对“印度尼西亚民族”具有不同的构想，掺杂种族、地域、文化、宗教等各种因素，例如，“大印度尼西亚党”是以“印度尼西亚主义为基础的，目标是团结各种族集团，……印尼民族是具有共同理想、名誉和教育的各种族的融合体”①；“印度尼西亚人民运动党”以印度尼西亚民族和国家为目标指向，其代表人物萨努西于 1936 年 8 月 18 日在《觉醒报》上发表《土生侨民》（*Perenakan*）一文，全面阐述了该党的民族观。文章提出：“种族（ras/race）这一概念是站不住脚的。只有两个概念，即民族（natie/nation）和国家（negara/state），才有现实的基础；而这两个概念均与种族无涉。民族是个文化概念，同时与成员的归属感相关联；国家则是保卫其成员利益的政治统一体。”② 廖建裕认为：“萨努西谨慎地使用了‘印度尼西亚人’（Orang Indonesia）这个术语，而不是‘印度尼西亚族’（Bangsa Indonesia），因为后者具有种族的涵义。他还选用了 natie（民族）这个词来取代可以理解为‘种族’的 bangsa 这个词，以强调他的印尼民族观是非种族性质的。”③ 在持有各种主张、纷纷登场的政党和组织中，以苏加诺为首的民族主义集团占有相对优势，

---

① 杨启光：《二战前印尼原住民的印尼民族观》，《东南亚研究》1989 年第 4 期。

② 杨启光：《二战前印尼原住民的印尼民族观》，《东南亚研究》1989 年第 4 期。

③ Leo Suryadinata, *Pribumi Indonesians, the Chinese minority and China: A study of perceptions and policies*, Heinemann Asia, 1978, p. 21.

在运动中发挥了主导作用。苏加诺不同意民族是由“团结的愿望”或是“由共同命运而产生的社会共同体”的定义，认为民族应与一定的地域相联系，民族主义就是要建立一个民族的国家，印尼这个国家必须包括整个印尼领土。他说印尼民族主义不是爪哇的、苏门答腊的、婆罗洲或西里伯斯、巴厘或其他的民族主义，而是共同成为一个民族国家基础的民族主义。[①]这意味着必须将家族主义、部族主义和地方民族主义上升到涵盖整个印尼领土、以国家独立为目标的民族主义，并代表了大部分民族主义者的政治诉求，对于建构现代印尼民族具有重要的参考意义。

在政治领域以外，“还有一个与政治导向运动并行不悖的改革运动，它在很大程度上置荷兰殖民当局于不顾，利用教育和社会福利活动来进行改革”[②]。现代教育是从本质上改变、传播并巩固话语权的政治工具。在政治运动受到殖民政府日益严密的控制后，教育不仅成为产生现代觉悟、培养民族精英的工具，而且成为先行者推动社会变革的渐进手段。由民族主义激发的现代民族国家意识作为新的公民效忠形式，在旧有社会政治纽带松弛时通过教育被灌输给人民大众。对于印尼现代民族国家构想而言，教育最重要的意义就是不断扩大对现代启蒙思想的传播和对本土封建传统的批判，促进殖民地人民觉醒，进而对现代民族的生成作出主体思考和主体选择。在思想文化界开展的

① ［印尼］苏加诺：《苏加诺演讲集》，世界知识出版社 1956 年版，第 13 页，转引自陈衍德：《从民族解放运动到民族分离浪潮——20 世纪东南亚民族主义的角色转换》，《东南学术》2003 年第 5 期。
② ［新］尼古拉斯·塔林：《剑桥东南亚史》，贺圣达等译，云南人民出版社2003 年版，第218 页。

“东西方文化论战”就是得益于西方教育的启蒙功能而自然生发的新文化运动，是民族精英对于现代民族国家发展道路的总体思考，也是民族运动从政治领域转移到思想文化领域的必然表现。“东西方文化论战”主要局限在知识分子领域，缺乏群众号召力，影响范围有限。这是因为自从“道义政策”开始，殖民地教育虽然取得很大进步，但与人口基数相比收效甚微。带有精英性质的文化运动无法代表整个社会的认知态度，正如伯恩哈特·达姆（Bernhard Dahm）提出，大多数荷属东印度人不了解民族主义运动，而且民族主义活动本身“未对殖民政府构成威胁”[①]。

正如所有殖民地国家的妇女运动与民族运动共存一样，印尼妇女运动与民族运动的联系在民族认同探索期内更加紧密广泛，妇女运动被正式整合进入民族运动，与民族运动一起，共同探索现代民族国家的道路。从 1928 年开始，妇女组织更加明确地意识到团结一致争取国家和妇女独立的重要性。“1928 年 10 月 28 日通过了《青年誓言》，意味着我们将有同一种语言和同一个国家。当时在我们年轻女性中间也产生了一个愿望，为了国家统一而将全印尼的女性召集起来。”[②]1928 年 12 月 22 日第一届印尼妇女大会（Kongres Perempoean Indonesia）在日惹召开，来自印尼各地的三十一个妇女组织参加了大会。大会的重要决议之一是建立“印尼妇女联合会”（Perikatan Perempuan

① Bernhard Dahm, *History of Indonesia in the Twentieth Century*, California: Greenwood Pub Group, 1971, p. 77.

② Hanna Rambe, *Mencari makna hidupku*, Jakarta: Penerbit Sinar Harapan, 1983, p. 40.

Indonesia，PPI），发行《妻子》（*Istri*）杂志。这次大会奠定了印尼妇女运动的基础，意味着除争取受教育权、反对一夫多妻和强迫婚姻、改革婚姻制度、要求同工同酬以外，独立和团结已经成为妇女运动的重要议题，标志着妇女作为重要的社会力量开始正式支持民族主义运动，妇女群体开始正式规划现代女性身份。1929 年“印尼妇女联合会”（PPI）更名为“印尼妻子团体协会”（Persatuan Perkumpulan Istri Indoneisia，PPII）。为配合妇女运动诉求，成立了“打击贩卖妇女儿童组织”（Perkumpulan Pembasmi Penjualan Perempuan dan Anak-anak，P4A），打击包办婚姻和买卖妇女；设立了“印度尼西亚女工保护委员会”（Komite Pembela Buruh Perempuan Inonesia），帮助在巴迪克工厂遭受虐待的女工。[①]

苏加诺时期最著名的民族主义者韦灵阿（Saskia Wieringa）认为，将“妇女”更名为“妻子”意味着印尼女性作为妻子和母亲的身份是不容动摇的，虽然妇女组织为获得妇女进步而斗争，但作为妻子和母亲身份的价值必须得以保存。即便妇女要求获得教育，其根本目的是为了担任更好的母亲和妻子。[②]这里强调的是妇女的生物性民族再生产者和民族文化的再生产者和传播者的身份。担任合格的现代妻子和母亲必须注意两点：一是废除早婚早育，加强女性健康，为现代民族再生产准备良好的身体条件；二是女性接受现代教育，摆脱蒙昧

① Sukanti Suryochondro, *Potret Pergerakan Perempuan di Indonesia*, Jakarta: C.V. Rajawali bekerja sama dengan Yayasan Ilmu-Ilmu Sosial, 1984, p. 54.

② Saskia Wieringa, *Kuntilanak Wangi: Organisasi-Organisasi Perempuan Indonesia sesudah 1950*, Jakarta: Kalyanamitra, Pusat Komuniasi dan Informasi Perempuan, 1990, p. 65.

传统，依据现代理念改造主观思想，为现代民族文化的传承发扬提供优秀的培植土壤。所以，印尼妇女运动的婚恋和教育权诉求在很大程度上是以担任具有现代意义的妻子和母亲的社会身份为基础和目标的，这也是由妇女组织的成员基本隶属于中上阶层的局限性所导致的。韦灵阿提出，在印尼妇女运动历史上，几乎所有参与的妇女组织都未曾质疑过她们作为妻子和母亲的身份。当然，若干较为激进的女权人物也曾提出不同观点。妇女组织“觉醒之妻”（Istri Sedar）主席苏瓦尔妮·布林戈迪戈多（Suwarni Pringgodigdo）在1953年发表言论称，教育可以用来提高女性经济地位，能给女性提供更多的工作机会，使女性实现经济独立。而经济独立可以使女性摆脱不公平的婚姻制度。在演讲中，她甚至引用了美国女权主义者夏洛特·帕金斯·吉尔曼（Charllote Perkins Gillman）关于婚姻的名言：“婚姻是为了获得经济保障，所有妇女为了生存，都倒退到卖淫这一步。”[①] 当然，这种激进的思想只是凤毛麟角，绝大多数女性都不曾利用西方女权主义思想指导妇女运动。苏瓦尔妮引用西方女权主义思想改善印尼妇女地位，不仅在当时，甚至现在都被认为与印尼妇女运动性质不符，这一点也反映在印尼政府对印尼妇女运动的定义中：“印尼女权主义（feminism）与西方女权主义不同，后者关注的仅仅是为了女性自身利益而对抗男性……在印尼，通过妇女教育实现女权……即印尼妇女运动是在对抗殖民主义过程中，以国家主义、团结一致和民族感为基础产生的，所以最终

---

① Saskia Wieringa, *Kuntilanak Wangi: Organisasi-Organisasi Perempuan Indonesia sesudah 1950*, Jakarta: Kalyanamitra, Pusat Komuniasi dan Informasi Perempuan, 1990, p. 71.

妇女也要参加独立斗争。”[①] 也就是说，印尼妇女追求的解放不是女性对抗男权的解放，而是在民族运动背景下获得的具有人权性质的解放。

民族主义者同样认识到妇女在民族斗争中的重要作用。苏加诺很清楚当时妇女运动的诉求，他对一夫多妻制、包办婚姻等束缚和压迫妇女的传统习俗进行了谴责。但是，他一再强调妇女解放斗争是存在于民族解放基础之上的："我不是轻视（男女）权利平等和地位平等的问题。我只是提醒大家这两个问题的背后，或者凌驾于它们之上，还有更大更紧迫的问题，那就是民族解放问题。”[②] 在1929年由世俗女权主义者苏瓦尔妮主持的要求废除一夫多妻制的会议上，苏加诺对妇女运动表态道：妇女只有在实现民族解放后才能解放。[③] 著名妇女活动家特丽穆蒂（S.K. Trimurti）也表达了同样的观点："公平繁荣的社会只能通过独立的印度尼西亚实现。所以，女性必须并肩为祖国独立而斗争。在我看来，（妇女）解放斗争的确正在进行，但斗争的重点必须是获得独立。”[④]

为了将女性纳入现代民族体系内，印尼民族主义者以女性的生物属性为基础，进一步强化女性的“民族母亲”（Ibu Bangsa）形象。

---

① Departemen Penerangan Republik Indonesia, *Surat Keputusan Menteri Penerangan Republik Indonesia NO. 20/SK/M/ 1968*, p. 10.

② Christine Doran, *Perempuan dan Nasionalisme Indonesia (Women in Indonesian Nationalism)*, Jakarta: Pustaka Argu, 1994, p. 10.

③ Tita Marlita, “Pergerakan Perempuan Indonesia 1928-1965”, in *Perempuan Indonesia dalam Masyarakat yang Tengah Berubah*, Program Studi Kajian Wanita, Jakarta: Program Studi Kajian Wanita Program Pascasarjana Universitas Indonesia, 2000, p. 94.

④ I. N. Soebagijo, *Perempuan Pengabdi Bangsa*, Jakarta: Penerbit P.T.Gunung Agung, 1985, p. 24.

“民族母亲”的含义是“女性拥有与女性目标和特质相匹配的工作，以辅助印度尼西亚崛起”①。这与苏加诺对妇女在战争中的定位相契合：“民族战争就像一只鸟，男性和女性分别位于两翼，所以女性参与民族运动是非常重要的。但在此过程中她们不能忽略女性抚育后代的责任。”② 苏加诺还引用了其个人十分欣赏的比喻：“男性已经创造了丰功伟绩，女性孕育出男性，伟大的母亲将孕育出伟大的民族。”③ 可见，民族主义者认为妇女在独立斗争中的重要地位源于其作为“民族母亲”能够生育强壮民族的生物再生产性。在这种角度上，女性不仅是个体意义，而且上升到“强国保种”的民族国家层面。

通过“民族母亲”功能的宣传，民族主义者成功地将妇女问题转移到民族问题之中。印尼女学者苏甘蒂·苏尔约洪德罗（Sukanti Suryochondro）提出，妇女联合会于 1930 年声明道：“联合会以民族主义为基础，印度尼西亚妇女运动是印度尼西亚民族运动的组成部分。”“印度尼西亚女性是‘民族母亲’，意味着日后印度尼西亚的国家状况在很大程度上受到女性影响，因此也可称为‘印度尼西亚母亲’。所以我们必须一直致力于改善印度尼西亚女性群体的生活。”④ 在 1935

---

① Sukanti Suryochondro, *Potret Pergerakan Perempuan di Indonesia*, Jakarta: C.V. Rajawali bekerja sama dengan Yayasan Ilmu-Ilmu Sosial, 1984, p. 112.

② Christine Doran, *Perempuan dan Nasionalisme Indonesia (Women in Indonesian Nationalism)*, Jakarta: Pustaka Argu, 1994, p. 10.

③ Christine Doran, *Perempuan dan Nasionalisme Indonesia (Women in Indonesian Nationalism)*, Jakarta: Pustaka Argu, 1994, p. 10.

④ Sukanti Suryochondro, *Potret Pergerakan Perempuan di Indonesia*, Jakarta: C.V. Rajawali bekerjasama dengan Yayasan Ilmu-Ilmu Sosial, 1984, p. 112.

年第二届印尼妇女大会上，“印尼妻子组织协会”（PPII）更名为“印尼妇女大会”（Kongres Perempuan Indonesia）。大会形成了若干重要决议，其中之一是强调妇女的首要职责就是成为“民族母亲”，孕育具有民族意识的新一代：“……妇女大会必须以自尊和自我发展为目标，发挥‘民族母亲’功能。”[①] 在1938年万隆第三届印尼妇女大会上，12月22日被定为“母亲日”（Hari Ibu），强调妇女作为“家庭母亲、社会母亲和民族母亲”的重要性。在1941年三宝垄举行的大会中，该议题仍被不断强调，比如“印度尼西亚妇女必须发挥作用，使后代意识到自身肩负的国家使命，因为她具有‘民族母亲’的职能”[②]。这种定位对于妇女运动影响很大。大多数重要的女权分子都认为，即便妇女拥有社会职责，她们仍然需要首先完成抚育子女、照顾丈夫的任务。一个陆军高级军官的妻子甚至将母亲身份视作妇女最重要最根本的身份，她相信妇女的首要职责是引导子女获得成功。[③] 相应地，独立前召开的全国妇女大会在“民族母亲”的定位下，基本都采取温和谨慎的态度争取妇女权益，全部围绕家庭完整、婚姻幸福的主命题和反对一夫多妻、买卖妇女、包办婚姻等子命题进行。这与民族运动对妇女角色的要求高度契合，说明女性的传统性别功能是女性被整合进入民族

---

① Sukanti Suryochondro, *Potret Pergerakan Perempuan di Indonesia*, Jakarta: C.V. Rajawali bekerja sama dengan Yayasan Ilmu-Ilmu Sosial, 1984, p. 112.

② Departemen Penerangan Republik Indonesia, *The Indonesian Women's Movement: A Chronological Survey of the Women's Movement in Indonesia*, Jakarta, Departemen Penerangan Republik Indonesia, 1964, p. 13.

③ Augustine Sukarlan, *Perempuan dalam Masa Perjuangan (tahun 1928-1965): Sebuah Analisis melalui Metode "Personal Narratives"*, Jakarta: Universitas Indonesia, 1998,p. 43.

运动、获得民族身份的重要前提。“民族母亲”反映出妇女和民族之间的联系局限于女性的生理学意义和妻子母亲的社会功能。担任“民族母亲”，便于妇女运动在民族运动中获得合法性，但是，“民族母亲”强化了男女社会角色的二元对立。[①]

女性作为民族的半数成员，具有重要的身份意义。在建立民族国家的宏大理想下，女性作为“民族母亲”在民族中获得一席之地，是女性身份的巨大进步，在客观上促进了女性群体的解放。在这一身份的驱动下，女性接受现代教育，实现社会价值，现代化程度进一步加深；在这一身份的限制下，女性特有的性别功能受到民族运动强化，妇女解放受到民族运动的制约，必须以民族解放和国家独立为前提，无法进一步要求性别层面的解放。女性解放受动于民族解放，就必然受制于民族解放，这种具有印尼特色的女性身份设计一直是印尼妇女运动的基本方针。

① Kamala Chandrakirana, *Kita Bersikap, Empat Dasawarsa Kekerasan terhadap Perempuan dalam Perjalanan Berbangsa*, Jakarta: Komnas Perempuan，2009, pp. 15-36.

第二节
民族新文化设想下的民族认同选择

《青年誓言》的提出大大激发了统一的印尼民族意识。“为了建立现代民族国家，必须动员政治的、文化的力量。特别是在现代民族国家的形成阶段——‘绝对主义国家’时期，更需要包括文学在内的文化的支持，以造就民族国家这个‘想象的共同体’。”① 在政治斗争领域以外，民族精英开始在思想文化领域内进一步思考印尼民族的身份认同和印尼文化的建设方向。他们依靠《新作家》(*Pujangga Baru*)杂志、《公众之声》(*Suara Umum*)报纸等媒体发表观点，逐步引发知识界对民族新文化建设的热烈讨论，民族运动的重点转向文化领域。

《新作家》杂志是由印尼作家阿里夏巴纳、尔敏·巴奈、阿米尔·哈姆扎于 1933 年创办的第一本全国性文艺月刊，打破了官方图书编译局的长期垄断。《新作家》创刊时的口号是“文学、语言和大众文化杂志”(Majalah Kesusastraan dan Bahasa serta Kebudayaan

① 杨春时：《现代民族国家与中国新古典主义》，《文艺理论研究》2004 年第 3 期。

Umum），随着时局发展演变为“引导充满活力的新精神，建构统一印度尼西亚新文化的月刊”（Majalah Bulanan Pembimbing Semangat Baru yang Dinamis untuk membentuk Kebudayaan Baru, Kebudayaan Persatuan Indonsia）[①]。办刊宗旨的演变从侧面反映出随着民族运动向纵深发展，文学艺术必须具有政治导向性，履行探索民族新精神、建构民族新认同、打造民族新文化的职责，以对抗荷兰殖民者的文化殖民政策。《新作家》整合处于分散状态的印尼作家学者，研究并发展有关印度尼西亚语言和文学的一切事宜，迅速成为印尼各地作家的创作中心，为推动印尼现代文学走向全国发挥了巨大作用。依托《新作家》进行创作的作家群体，被相应地称为“新作家派”。“新作家派”在整个30年代到日本占领前代表了印尼文学界的主流。“新作家派”并不是文艺流派，而是面对荷兰殖民政府统治霸权和文化殖民应运而生的民族主义文学创作组织。尔敏·巴奈认为：“在我们的运动中，如同许多新鲜事物来自年轻一代和青年组织一样，‘新作家派’也是青年运动的理想产物之一。它不像老顽固们所说的产生于图书编译局的故纸堆上，而是青年一代[②]数次奋斗的延续。”[③]“‘新作家派’不代表任何政治或宗教规范，为其写作的人们来自印尼各地。编

① Sapardi Djoko Damono, *Novel Sastra Indonesia Sebelum Perang*, Jakarta: Pusat Pembinaan dan Pengembangan Bahasa Departemen Pendidikan dan Kebudayaan, 1979, p.58.

② 这里主要指爪哇青年运动组织 Jong Java（1915）和苏门答腊青年运动组织 Jong Sumatranen Bond（1917）。

③ Sapardi Djoko Damono, *Novel Sastra Indonesia Sebelum Perang*, Jakarta: Pusat Pembinaan dan Pengembangan Bahasa Departemen Pendidikan dan Kebudayaan, 1979, pp.61-62.

辑和撰稿人除了都满怀热情和雄心希望建设新文学以外，他们之间没有任何文化或观念的关联。他们更像被建立印尼新文化和新民族的愿望结合起来的民族主义者，他们自称为‘新作家派’。”[1] 除“新作家派”之外，以图书编译局为代表的其他文学派别也继续为印尼现代文学的发展作出了相应的贡献。

“新作家”时期的文学创作非常繁荣，创作主题扩大到社会文化的更多层面，文艺界的思想相当活跃，围绕“艺术本质”的解释出现了多种不同的观点和主张。[2] 作家队伍从苏门答腊扩展到全国，重要作家包括苏门答腊的苏丹·达克迪尔·阿里夏巴纳（Sutan Takdir Alisyahbana）、尔敏·巴奈（Ermin Pane）、努尔·苏丹·伊斯坎达（Nur St. Iskandar），爪哇的苏多摩·加哈尔·阿里芬（Sutomo Djauhar Arifin）、蒂姆雅迪（M.Dimyati），苏拉威西的达佐（MR. Dajoh）、门都（H.S.D.Muntu）等。在这一时期里，现代意义上的女性作家瑟拉西（Selasih）、哈密达（Hamidah）、萨阿达（Sa’adah Alim）和努尔莎苏（Nursjamsu）第一次出现在印尼现代文学领域中。与男性作家相比，女性作家不仅受到时代语境的影响，也受到人生观、价值观和个人经验的制约，其叙事常囿于女性人生际遇，对于主流意识形态较为疏离。相对男性作家及其作品而言，女性作家及其作品常被认为质量有限。“在男作家的小说中，有着某种哲学、某种总

---

① Bill Archive, *Literaturen*, Leiden/Koln: E.j. Brill, 1976, p.58.

② 关于“艺术本质”的不同主张中较为著名的有：阿里夏巴纳的反对“为艺术而艺术”，主张艺术为民族建设服务；尔敏·巴奈的“文艺是社会的一面镜子”，要反映社会的真实面貌；沙努西·巴奈的融合“梵我一如”的“为艺术而艺术”的主张等。

体思想来支配叙事作品的艺术构成。其人物被置于这样广阔的理性框架中，……而女作家的小说专注于人物本身。读者与人物的认同赋予那些小说一种特殊的激情，但是这种激情是短暂的，因为它在理智上是有限的。”[①] 印尼文学评论家查雅纳卡拉·苏纳尔加迪（Djajanegara Soenarjati）提出，在一些国家的文学界中存在着男性作家与女性作家不平等、男性作家作品与女性作家作品不平等的现象，其中就包括印度尼西亚。[②] 印尼女性作家多数湮没于男性作家的光环之下，不仅在数量上不敌男性作家，其作品质量也常被文学批评家们归入文学价值不高的通俗流行作品水平。[③]

1935 年，“西方派”代表阿里夏巴纳发表文章《面向新社会和新文化：印度尼西亚与前印度尼西亚》（*Menuju Masyarakat dan Kebudayaan Baru: Indonesia-Pra-Indonesia*，Pujangga Baru, 2 Agustus 1935），此后，印尼文化界以《新作家》为依托，开始了轰轰烈烈的“东西方文化论战”（Polemik Kebudayaan）。阿里夏巴纳区分了“前印度尼西亚时期（直到 19 世纪末）”和“印度尼西亚时期（开始于 20 世纪初）”。他强调诞生了新印度尼西亚，不是以往马打兰、米南加保、马来、马辰或巽达王朝的延续，所以必须开眼向西方学习。他认为：“印度尼西亚精神从内容到形式都是全新的，不依赖于过去的年代……我们民族所提出的印度尼西亚这个词是与印度尼

① 程锡麟等：《当代美国小说理论》，外语教学与研究出版社 2001 年版，第 157 页。

② Djajanegara Soenarjati, *Kritik Sastra Faminis*, Jakarta: PT Gramedia Pustaka Utama, 2000, p. 12.

③ Jakob Sumardjo, *Novel Populer Indonesia*, Yogyakarta: Nur Cahaya, 1982, p.iii.

西亚的情感和精神分不开的。而印度尼西亚精神乃是20世纪的产物，是精神和力量觉醒的体现……我们所说的印度尼西亚精神，即觉醒的精神、复兴的精神、民族的精神是或者大部分是从西方获取的，至少也是通过西方而来的。故而产生的社会和文化势必含有许多西方成分……我们现在引以为豪的‘印度尼西亚’这个词也是从西方民族那里来的……西方意味着一种蓬勃进取和充满活力的生活，所以我热爱浮士德。我相信只有西方，从充满活力这点来讲，才能把东方从奴役中解脱出来。”“我们必须找寻适用于未来印尼社会全面发展需要的社会和文化良方……我们的民族需要达到如同欧洲、美洲和日本那样高度文化的工具，所以我相信印度尼西亚文化中有一大部分西方文化元素，充满活力的元素。对于一个民族而言，这不是耻辱。我们民族不是第一次吸收外来文化，除以往的印度文化、阿拉伯文化外，现在是时候我们开眼看西方了。”①

这种观点受到“东方派”萨努西·巴奈（Sanusi Pane）和普尔巴扎拉卡（Poerbacaraka）的关注。在《印度尼西亚的团结》（*Persatuan Indonesia*，1935）中，萨努西写道：“现代是历史的延续……（西方）重视物质导致忽略精神，智力用于征服自然。它犹如只要能掌握物质便可以牺牲灵魂的浮士德……（东方）重视精神导致忽略物质，智力用来寻求梵我一如，它犹如在因陀罗峰修行的阿周那……最完美的方向是，把浮士德与阿周那结合起来，把功利主义、智力主义和个人主

① Achdiat K. Mihardja (ed.), *Polemik Kebudayaan*, Jakarta: Balai Pustaka, 2008, pp. 3- 15.

义同精神至上主义、集体主义情感协调起来。”[①]。普尔巴扎拉卡在《时代延续》（*Sambungan Zaman*）中谈道：“从历史中获得的知识用于观察当前的情势，即目前我们国土上的西方化时代。只有我们做到从历史的观照中读懂今天，我们才可以着手安排我们的未来。否则，如果我们只看当前情势，我认为是很危险的，我们将会一头直朝西方走。”“不要陶醉于过去的文化，但也不要陶醉于西方文化。对二者都应有所了解，而后从二者中筛选出好的东西，使我们能于日后稳妥地加以利用。这是我们这些关心我们民族未来命运的倡导者们所面临的艰巨任务。”[②] 许多著名学者参与论战之中，包括苏多摩（Sutomo）、金达布米（Tjindarbumi）、阿迪内格罗（Adinegoro）、阿米尔（M.Amir）和德万达拉（Ki Hajar Dewantara）等。他们的文章由阿赫迪亚特·K.米哈尔查（Achdiat K. Mihardja）收录于论文集《文化论战》（*Polemik Kebudayaan*，2008）中。

“东西方文化论战”是印尼知识精英在社会变革的背景下，在启蒙现代性和本土传统性之间进行共同体文化身份选择的实验性行为，是对于现代民族国家意识的主动探索，属于民族认同问题，是印尼思想界和文化界的核心命题。论战期间所产生的强烈思想震荡与巨大精神磨难显示出知识分子的焦虑与希冀、痛苦与欢欣并存的民族认同探索体验。究其本质，“西方派”和“东方派”的目标都是探索民族新精神、构想民族新文化，是知识分子对于现代启蒙和本土传统进行审

① Achdiat K. Mihardja (ed.), *Polemik Kebudayaan*, Jakarta: Balai Pustaka, 2008, pp.18-25.

② Achdiat K. Mihardja (ed.), *Polemik Kebudayaan*, Jakarta: Balai Pustaka, 2008, p.35.

视评价、选择取舍的碰撞。“西方派”主张全盘西化，一方面是出于切断过于多样化的地方文化传承，有利于建设统一的印尼新文化的现实需要，另一方面是批判和遏制封建文化传统的发展，有利于推进印尼现代化进程的理智选择。他们所主张的崇尚科学理性、反对封建传统、要求个性解放是具有进步意义的，只是其历史虚无论和全盘西化论存在矫枉过正，不利于整合各自分散的部族文化，不利于站在历史传承的基础上构建新型民族认同。实际上，在阿育普看来，“西方派”阿里夏巴纳虽然将对手一一“驳倒”，但时年二十七岁、尚未去过西方的他并未清晰把握“西方性”的内涵，比如，他推崇西方唯物主义（materialistis），却忽略唯物主义与有神论的对立，他还将伊斯兰文化与西方文化等同起来等等。①“东方派”更适合被称为“调和派”。从本质上看，“东方派”虽然肯定西方文化对物质文明的积极影响，但是反对将现代进化论泛化到精神和人文领域，主张秉承爪哇文化中的精神传统，以反思和改良的态度“推陈出新”，把东西方文化结合起来，既继承和发扬本土传统的思想精华，又吸收西方文化中与之相宜的先进成分，体现出“东方文化为体，西方文化为用”的面貌。实际上，这是前期民族主义者态度的延续。虽然“东方派”对于传统文化的辨别和选择不够明确，但对于建构统一的民族新文化和新认同具有积极意义，比较符合当时民族主义者的立场，也为民族危机时期的知识分子对西方文化展开具有新人文主义倾向的反思奠定了基础。

---

① Ajip Rosidi, *Sastra dan Budaya: Kedaerahan dalam Keindonesiaan*, Bandung: Pustaka Jaya, 2016,pp. 73-87.

总体而言，30年代在印尼思想领域展开的“东西方文化论战”是由民族觉醒和独立的功利性历史目的而引发，具有很强的工具理性特点，表现为实用的历史态度，因而自然会将本土传统和现代启蒙纳入功利价值判断的框架中。在本质上，知识分子对于民族新文化的构想始终以建立民族国家为目的，聚焦于探讨印尼现代性的道路和归属问题，反映了知识分子群体对于印尼民族新文化的根本出路和印尼民族新国家何去何从的集体关切和思考。无论是“东方派”还是“西方派”，在摆脱殖民地命运、建立现代民族国家的愿望上是一致的。他们普遍认为，现代科学、民主、自由是西方社会在文明竞争中胜出的关键原因，也是处于文明进化十字路口的印尼迎头赶上可资借鉴的重要思想资源。所以，论战各方都试图借鉴西方经验解决印尼问题，只是对西方和东方的定位存在不同看法。

站在“西方派”的角度上，由民族兴立存亡的危机感所引发的焦虑迫使知识分子在对印尼现代性的追求中审视西方强势文化和本土弱势文化，在“西方 = 先进”“东方 = 落后”的二元对立中作出抉择，进一步推动精神领域的现代性变革，在不同程度上质疑或否定本土精神传统，甚至出现整体否定本土文化、意欲以西方价值观念取而代之的倾向。究其根源，荷兰殖民者在印尼殖民化过程中确立了“西方中心论”的话语霸权，使东方从属于西方，两者是边缘和中心的关系，被编织进入“落后”和“先进”的世界图景。对于启蒙现代性的追求，不仅是知识分子希望利用西方现代理念和科学技术拯救印尼的表现，还可能将“西方先进、东方落后”的话语内化于东方人精神气质之中，使之无法看到现代文明及其制度理念背后存在的代价和问题，导致殖民地人民产生变相精神奴化。而调和东西方文化，在现代与传统的文化关系中建立印尼文化主体性的努力可以从历史传承的角度增强民族自信心和自豪感，有利于现代新民族的构建，具有思想领域的先导意义。围绕“东西方文化论战”主题出现了众多文学作品，其中，阿里夏巴纳的《扬帆》和尔敏·巴奈的《枷锁》代表了该时期长篇小说创作的最高水平。这两部作品不仅文字优美、叙事流畅，而且从不同侧面和不同程度上反映了作者的文化态度和文艺主张，体现出作者对于民族认同的总体设计和构想。

第三节
探索方向的民族与步入社会的女性

在民族认同探索期中，印尼思想界和文化界最有影响的运动是“东西方文化论战”。这是知识分子探索现代民族文化建设方向的实验性行为，在本质上同样属于研判取舍西方文化和本土传统、深入规划现代民族身份、建构现代民族认同的尝试。在“新作家”时期出现的长篇小说里，现代启蒙思想的影响上升至精神层面，甚至出现“弃旧图新”的激进观点。对于本土传统的批判更加深入，直达爪哇神秘主义的精神基础。在民族话语驱动下，女性形象不再受困于封建束缚，不再局限于家庭内部空间，不再满足于发挥民族再生产功能，而是积极顺应时代潮流，步入社会外部空间，获得个人独立，实现社会价值，成为现代民族的重要组成部分。这不仅体现出印尼妇女运动取得了巨大的进展，还象征着印尼民族运动进入了更高的阶段。

一 《时运不济》：经济独立的拉斯玛妮（Rasmani）

在民族认同探索期里，女性作家第一次出现在印尼现代文学的舞台上。这是在现代性感召下对前现代语境中女性集体沉默、任由男性评说状态的重要反拨，具有性别进步意义。早期印尼女性作家的作品虽然对于社会的体认程度不高，对于民族意识的宣传不强，但仍基于女性独特的性别体验塑造了摆脱依附、进入社会、实现独立的时代女性，投射出知识分子对于女性解放的进一步规划。

女作家瑟拉西（Selasih，原名 Sariamin Ismail，1909—1995）出生于西苏门答腊，曾接受师范教育，在朋古鲁和武吉丁宜担任教师，兼任“伊斯兰青年知识分子组织”（Jong Islamieten Bond）武吉丁宜分支主席（1928—1930）和廖内地方议会议员（1947—1948）。她曾用多个笔名为包括《新作家》在内的多家报纸杂志撰写文章，作品有散文、诗歌和小说等。她的小说《时运不济》[①]（*Kalau Tak Untung*，1933）是印尼现代文学史上第一部女性作家小说，叙述了农村女子拉斯玛妮与男子马斯鲁尔的爱情波折和悲剧人生，塑造了接受教育、参加工作、实现经济独立的女性形象拉斯玛妮。

小说以西苏门答腊米南加保母系氏族社会为叙事背景，同样包含“教育”“爱情”“婚姻”等前期批判性话题，对少女幽禁、包办婚姻、一夫多妻等封建习俗都有所呈现。不同的是，这些封建陋习对于年轻

① Selasih, *Kalau Tak Untung (Cetakan 20)*, Jakarta: PT Balai Pustaka (Persero), 2011. 本节所有相关引文均出自此书，由笔者所译。

一代的影响程度逐渐降低。拉斯玛妮的父母经济能力有限，但依然重视女儿们的教育。曾经，女童辍学是普遍现象，姐姐达丽芭上学时“只有三个女生，都没能读到五年级。一个人三年级辍学，姐姐（达丽芭）和伊娜四年级辍学”（p.2）。随着民族运动和妇女运动的开展，接受教育的女孩日益增加，到拉斯玛妮上学时，班上有“超过二十个女生”（p.2）。姐妹俩“像出身良好的孩子一样，学习缝纫和编织、刺绣、炒菜、煮饭、做点心等等”（p.6）。父母对人们的冷嘲热讽毫不在意，虽然他们“是乡下人，但他们认为八九岁的女孩与男孩断绝来往是不合适的，所以他们真心支持拉斯玛妮与马斯鲁尔交朋友”（p.11）。就这样，“孩子们被教育得面貌聪慧，知书识礼”（p.7）。对于女儿们的婚姻，拉斯玛妮的母亲也很开明：“十四岁的女子已算大龄。我还记得达丽芭十七岁尚未出嫁时人们如何嘲笑她。她结婚时十八岁，被称为老姑娘。但我们不以为然。”（p.17）随着印尼现代性的发展和民族运动的推进，教育不再只是上流社会妇女才能享受的奢侈品，女童辍学和早婚早育的现象逐渐减少，女性教育的预期也不仅仅局限于服务家庭、相夫教子。这是因为在资本主义影响下，习俗传统的束缚力不断降低。社会格局和生产方式的变革要求女性接受现代教育，参加社会工作，在客观上加大了女性解放的力度。所以，幽禁早婚不再是少女成长的必然遭遇，晚婚晚育的优势已经日益为人们所接受。民族话语是当时唯一可以为女性赋权的社会标准，允许女性依靠“民族母亲”的身份接受现代教育，形成现代品格，进而实现就业、进入社会、获得经济独立。

接受现代教育的拉斯玛妮“聪明且考虑长远”（p.73），她“纯净的内心体现在明净的面容上，……闪烁明亮的眼睛反映出头脑中的智慧”（p.57）。在“这里的少女到了拉斯玛妮的年纪，没有几个外出工作学习”（p.26）的社会背景中，在大部分少女完成基础教育之后仍需遵守习俗接受幽禁的束缚时，拉斯玛妮在开明父母的支持下接受教育、在村办学校担任助理教师，通过个人奋斗转为正式教师，最后升任公办教师，依靠个人努力和自主选择一步步实现个人经济独立，彰显出摆脱传统束缚、获得现代品质、从家庭内部空间向社会外部空间拓展的现代女性解放意义，体现出女性作家对女性群体现代属性的建构和想象，符合民族运动和妇女运动的发展潮流。尤其是拉斯玛妮对婚姻中男女关系的设想：“哥哥没有工作的事不要成为障碍。如果哥哥不工作而我工作，我们分享有何不可？只要我们不是欲望过多，钱财并不能带来幸福。如果我们满足于目前的生活，也会感到幸福的。”（p.132）这种观念不仅彰显女性经济独立的价值，还动摇了女性依附男性、男性统治女性的传统性别关系，为女性提供除婚姻外更为广阔的自我价值实现途径，已经初步蕴含男女平等的现代意义。

然而，在对待感情和婚姻的态度上，拉斯玛妮依然采取传统女性的态度，被动等待男性的选择。拉斯玛妮与舅舅的儿子马斯鲁尔青梅竹马。十九岁的马斯鲁尔收到“来自棉兰的通知书，称其已被提升为文书”（p.14），将去派南（Painan）任职。临行前，母亲希望他遵守习俗迎娶舅父的女儿阿米娜。母亲说：“我们住在村里，就要遵守村里的规矩，不能随心所欲。”（p.22）所幸传统社会的风气日渐开明，“母亲在这件事上还是旧思想，反抗她的意愿很难。幸运的是父亲支持我的想法，将这事的决定权交给我”（p.19）。所以马斯鲁尔要求在两年后结婚，其间请求拉斯玛妮教导阿米娜读写，使她符合心中标准，成为“能够读写、能够阅读、善于学习、了解时代发展、符合内心期望的妻子”（p.40）。即便感情受挫，拉斯玛妮依然希望“用全部努力使哥哥获得幸福”（p.42）。与此同时，马斯鲁尔对当地校长的独生女儿穆思丽娜心生钦慕。穆思丽娜是受过西方教育的知识女性，但个性很强，名声不佳。马斯鲁尔为穆思丽娜的美貌和财富所吸引，左右为难：“难道他不是从小就已经爱上妹妹拉斯玛妮？她的来信中不是已经表达出谦卑的爱？……拉斯玛妮不美……不像那个女孩一样美……拉斯玛妮不难看，也不能算好看。”（p.57）马斯鲁尔最终移情别恋：“派南之星穆思丽娜的脸庞总是浮现在眼前，他努力抗拒却败下阵来……从此以后他对穆思丽娜一心一意，强迫自己忘记拉斯玛妮，减少跟她的通信。”（p.72）得知马斯鲁尔即将迎娶穆思丽娜的消息后，拉斯玛妮“才清楚地知道一直以来她都爱着马斯鲁尔，……由于她的不美和贫穷导致如此，……这就是所谓被美女迷惑，受女人影响，由于盲目而变心”（p.82）。所幸拉斯玛妮“智慧宽容，善于排遣忧伤愤怒”（p.101），尝试通过结交朋友，专心工作，钻研荷兰语，练习女红，学习宗教，阅读书籍报纸等方式排遣情伤。

可惜，马斯鲁尔的婚姻理想最终被现实击打得粉碎。他“曾认为妻子能够理解包容自己，也曾十分尊重她。她从荷兰学校毕业，会讲流利的荷兰语，也读过很多书，却一再粗鲁地打骂他”（p.93）。而且他“被妻家吆来喝去、毫无尊严。不仅妻子如此，丈人也一样”（p.87）。虽然习俗上“离婚的绝对权在男人手上”（p.89），但“现在知识分子都不这样做（随意离婚）。如果没有重大过失，男人也不愿总是离开妻子。女人多夫是恶行，男人多妻也是恶行。马斯鲁尔更困难了，因为他被钱财束缚，……只能打不还手、骂不还口”（p.89）。苍白消瘦、郁郁寡欢的马斯鲁尔懊悔万分，再次去信向拉斯玛妮表白。拉斯玛妮回信道：“我的爱是女人的爱、母亲的爱、妹妹的爱、妻子的爱、朋友的爱，海枯石烂不会变。即便如此，这爱也无法让我将哥哥从妻儿那里抢走……而你是否爱我，这很难说。没人相信自己的爱人会自愿娶了别人，甚至不惜违背父母亲人的意愿……我们知道彼此的心意就够了，现在就像兄妹一样继续相处吧，超出此限是不可能了。”（p.118）尽管拉斯玛妮在回信中表现得十分理智，实际上自从收到马斯鲁尔表明爱意的来信后，她心中几乎熄灭的火焰重新燃起，而且愈燃愈烈。她艰难地用理智与情感抗争：“我怎能被欲望冲昏头脑？我怎能如此软弱？我不会顺从他的意愿。我将展现出自己的力量，展现出我比他更加坚强。”（p.119）

六个月后马斯鲁尔辞职离婚，见到拉斯玛妮。虽然他很希望向拉斯玛妮求婚，但因为“他没有工作，而拉斯玛妮却有工资”（p.125），所以缄口不言。在故乡休养四个月后，马斯鲁尔去棉兰找工作，临行前他向拉斯玛妮表明心迹。此后，马斯鲁尔“最初的来信充满感情，就像陷入热恋一般，但是时间愈久就愈冷淡。这让拉斯玛妮很焦虑，信心越来越弱。即便如此，她的爱也无法遏制。这种情形使她原本健康的身体日渐消瘦衰弱，久病缠绵。虽然她努力抗拒，但最终失败。工作不能缓解她的情绪，书籍也不能治愈她日益严重的伤痛，最后她得了心脏病……如果他没有立下誓言也无妨，但是他求婚时声泪俱下、信誓旦旦”（p.136）。一年后，马斯鲁尔来信称自己将回到穆思丽娜身边，导致拉斯玛妮病情加重、高烧不退。病情逐渐稳定时，马斯鲁尔来信又称自己获得高薪工作，将会立即与拉斯玛妮完婚，并解释说他与穆思丽娜复合的谎言只是他在穷困潦倒中想让拉斯玛妮彻底死心的借口。拉斯玛妮大为震惊，昏倒不醒，病情加重，最终不治。

通过文本叙事可以看出，虽然封建传统余威尚存，但已不足以对年轻一代的人生规划和爱情婚姻构成实质性影响，反封建不再是主要叙事矛盾。这一时期的年轻女性，不再苦苦挣扎于封建家族和部族习俗传统的桎梏之中，不再需要与童婚幽禁、包办多妻进行抗争。她们接受教育、参加工作、获得经济独立、从家庭内部走进社会外部，社会参与程度不断提高。恩格斯认为，“妇女解放的第一个先决条件就是一切女性重新回到公共的劳动中去”[①]。现代性进程开始后，资本主义的扩张和民族主义的兴起必然会引发社会变革，这些与资本主义经济生产方式和民族主义意识形态策略相联系的变革都在客观上为实现妇女解放创造了条件，将妇女从家庭内部解放出来、参与社会生产就是新时期妇女解放事业的重要命题。受到激励的女性勇敢地走出家庭内部空间，进入社会外部空间。正如拉斯玛妮接受现代教育后参加社会工

① ［德］恩格斯：《家庭、私有制和国家的起源》，人民出版社 1972 年版，第 72 页。

作，获得经济独立，一步步实现个人追求和社会价值，说明印尼妇女运动正在从女性觉醒走向女性独立。

从社会学角度看，无论对男性还是女性而言，财产所有权都是生存的希望，经济因素是对其地位起着决定性作用的因素之一。这种对于个人的社会性想象，符合资本社会对于个人身份的基本要求，也是现代性进程中印尼民族必须面临的现代身份属性。对于女性而言，经济因素、财产保障的现代功能更加明显，是女性独立的重要前提，能够赋予女性自主选择生活、自己掌控人生的能力，具有重要的现代女性解放意义。

相比于拉斯玛妮，男性马斯鲁尔作为接受现代启蒙价值观的先进男性知识分子和小资产阶级代表，完成学业后前往异乡担任文书，此后调任巴东工作，辞职返乡后前往棉兰寻找工作，不仅是为了实现经济独立和主体自由，还希望通过经济基础保障男性在现代核心式家庭中的霸权地位。如果说马斯鲁尔不愿娶阿米娜是基于叛逆男性对于旧式婚姻和传统女性的天然抵触，那么他选择穆思丽娜则并非单纯缘于“现代”和“传统”的考量，而是基于现代价值观的物质主义和物欲膨胀的功利性选择。这种对于财富的巨大渴望缘于阶级社会金钱观、转型社会的诱惑力和侵蚀力所导致的膨胀的金钱欲，凸显出男性对于西方资本主义价值观的主动认同和追求。然而，经济上的劣势导致马斯鲁尔丧失了婚姻中对穆思丽娜的控制力，男性权威产生动摇。所以在面对经济独立的拉斯玛妮时，马斯鲁尔抱有深刻的怀疑和焦虑，担心由于丧失经济支配力而丧失男性对于女性的控制力和束缚力。从某种程度看，这种现象也反映出先进男性在追求现代启蒙精神的同时，仍然深深留恋传统性别伦理的现实。在男性眼中，被纳入民族解放的女性解放仍然需要遵守传统性别规范。

小说中另一个值得关注的态度变化出现在爱情叙事上。在民族认同觉醒期的长篇小说里，爱情叙事被时代赋予了批判功能，用来批判封建传统，表征启蒙精神。女性在婚恋自由的主张中主要凸显现代启蒙思想对于传统社会的重大影响，而不是用来审视和革新现代婚恋叙事中的两性关系。而在民族认同探索期女性作家的文本中，女性同样习惯性地认为最美好、最有价值的主体行为就是爱情和婚姻，她们对待爱情的态度是真诚的、理想化的，始终保持着天然的忠诚；而男性多数在性别关系上已然丧失了人性的真诚与善良，他们一方面推动传统习俗伦理的崩溃，另一方面心安理得地享受男性特权。波伏娃的《第二性》中引用了尼采在《快乐的知识》中表达的观点："爱情这个词，对男女来说，实际上意味着不同的东西。女人对爱情的理解是相当清楚的：这不仅仅是忠诚，这是身心的全部奉献，毫无保留，对无论什么都不加考虑。正是这种不讲条件，使她的爱情成为一种信仰，她拥有的唯一信仰。至于男人，如果他爱一个女人，他想从她那里得到的正是这种爱；因此，他对自己与对女人要求的感情远不是同样的；如果有的人也有这种完全舍弃的愿望，我保证，肯定不会是男人。"① 在反抗封建和追求自由的话语中，女性希望通过爱情建立两性同盟，保

① ［法］西蒙娜·德·波伏娃：《第二性》（合卷本），郑克鲁译，上海译文出版社，2014 年版，第 843 页。

障个人主体。然而，追求爱情的女性发现男性常常借口“爱情自由”对女性见异思迁、始乱终弃，女性的爱情期待在男性那里往往是徒劳的。“子一辈”男性不仅不是帮助女性挣脱“父一辈”男性控制的可靠同盟军，男性及爱情也不能帮助女性实现自我价值，男性的缺席和背叛更加导致女性遭受身心痛苦，甚至香消玉殒，正如拉斯玛妮所说：“我们就像花朵，绽放被采摘，枯萎被抛弃。”（p.114）小说通过男性的优柔寡断和见异思迁一方面质疑了从西方引进的爱情自由观并未触及传统性别规范的虚伪本质，另一方面揭露了现代男权社会中男性的虚伪无情和男女两性对于爱情的不同期待。女性作家对拉斯玛妮身体疾病和死亡的叙事流露出对女性自我认同的匮乏和对自我解放的悲观。心脏病痛是精神病痛的形象再现，身体疾病对女性生命的剥夺喻示着精神抑郁和心理症结对女性的摧残，是爱情无法实现的悲剧隐喻，属于女性在男权统摄下无意识的自我贬抑。但是，女性作家从对“爱情自由”的追求和高扬转变为对“理想男性”的质疑和焦虑，具有将批判对象从“父权”转移至“夫权”、将启蒙精神从社会领域引申到性别内部的深层意义。

另外，在小说中，女性接受教育、参加工作、获得经济独立，虽然解放程度逐步加深，但必须履行民族主义要求的“相夫教子”的女性职能。拉斯玛妮一贯认为：

妻子是丈夫日夜晨昏的伴侣，就像丈夫的衣服。如果买衣服，我们会买美丽的衣服，看起来心情舒畅，所以男人要娶美丽的妻子。但是哥哥，美丽的外貌需要聪明智慧、规矩守礼、品行善良来搭配，因为这是女子最主要的配饰……如果那女子变成妻子后不尊重丈夫，对于家庭来说就是毒药。妻子要随心所欲、当家做主，丈夫则受到压迫、谨小慎微。在这种情况下，双方都不快乐，最终导致离婚。（p.68）

拉斯玛妮去世前，在遗书中写道："与哥哥一起生活，保护哥哥，服侍哥哥，帮助哥哥减轻负担，生病时照顾哥哥，离开人世时倚靠着哥哥，这就是我的梦想。"（p.150）由此可见，在社会层面的新旧势力交锋已然退出叙事中心、社会压迫和家庭阻力已然不再强大的背景下，拉斯玛妮通过个人奋斗，一步步实现了知识女性的个人追求和人生价值，获得了个人经济独立，是个人主体自由的表征。但是，她依然内化了传统性别规范对于女性身份的定义和要求，并未走出男权逻各斯中心的藩篱，并未质疑和颠覆传统男权中心思想和伦理道德，女性的个人价值仍然受到男权的评判。

知识女性拉斯玛妮一方面追求启蒙精神中具有妇女解放意义的现代品质，接受教育获得个人经济独立；另一方面依然将"相夫教子"的传统性别规范视为天经地义的道德预设。从社会层面看，这种现代与传统兼具的品质符合民族主义话语对于女性群体的总体设计，发挥了女性的"民族母亲"功能，响应了民族运动和妇女运动的号召。从女性层面看，她们在思想深处感受到更加激烈的现代与传统、开放与保守的冲突，由此产生了不同以往的痛苦、挣扎、焦虑和彷徨。这种思想与追求的新旧混杂状态集中体现出女性形象的人生观和价值观的二元对立，即追求个人价值与遵守性别规范的相互冲突。拉斯玛妮被动的爱情姿态和从属的两性态度符合男权中心的基本要求，影射了那些刚刚获得自我意识的女性在现代婚恋关系中的迷惘和痛苦。她们的经济已经独立，感情却无法独立。这种女性主体的分裂表明，在社会关系中，女性自我与文化传统、女性与男性之间的矛盾依然是难解的困惑，女性追求自我解放与接受传统规训将会导致自我心理分裂和叙事话语分裂。独立的获得与丧失造成了女性的失落与困惑，也表明女性徘徊在传统与现代之间，既认同和渴望启蒙精神，又遵守传统性别规范，体现出一定程度的矛盾和对抗。

在女性作家出现以前，男性作家从自身主体角度出发形塑女性形象，往往忽略真实的女性经验和女性价值。为了拥有再现自身的权利，埃莱娜·西苏（Hélene Cixous）呼吁："妇女必须写作，必须写自己，必须写妇女。就如同被驱离她们自己的身体那样，妇女一直被暴虐地驱逐出写作领域，这是同样的原因，依据同样的法律，处于同样致命的目的。妇女必须把自己写进文本——就像通过自己的奋斗嵌入世界和历史一样。"① 当女性作家作为主体发出自己的声音时，必然要刻画女性真实的人生和性别体验，与压抑女性声音的前现代语境产生巨大反差，本身便具有进步的现代价值。"性别与文学的关系通过有性别的（主要是社会性别）作者功能这个媒介来实现。性别不同的男作家或女作家基于不同的性别经验和心理功能，一般来说会将他（她）的性别观念或性别无意识自觉不自觉地投射到文学文本中，在一定程度

① ［美］埃莱娜·西苏：《美杜莎的笑声》，载张京媛主编：《当代女性主义文学批评》，北京大学出版社 1992 年版，第 188 页。

上影响到文本的结构和人物塑造、情节、设计、人物关系、话语方式等，构成文学文本中的不同的性别内涵。”[①] 受印尼早期时代背景所限，女性接受教育、参与写作只能局限于少数特定阶层人群，这种局限性决定了她们既无法摆脱时代背景的影响和限制，又很难直接参与到重塑民族性、张扬时代性的宏大叙事中。她们的叙事中心主要围绕着知识女性亲身经历的性别体验，叙事线索主要体现为永恒不变的婚恋主题，对广袤社会的关注和体认程度不高，不能不说是女性作家叙事的一大缺失。当然，在印尼现代文坛中出现女性作家实属不易。女性基于自身性别体验进行的叙事是构成女性作家文本生命力和张力的重要因素，是男性作家囿于性别局限无法实现的。

在《时运不济》中，作者对女性形象和两性关系都进行了设想，一方面集体认同和社会关怀意识不够，囿于爱情婚姻的情感世界，在叙事中套用男权规范，“身不由己地受到社会习俗和文本常规的推动，不断复制出她们本欲加以改造重构的结构来”[②]，从而弱化了性别解放力度；另一方面，文本叙事反映出探索时期的女性作家在复杂的社会历史背景中，为响应民族建设的需求，弱化男性与女性之间“启蒙与被启蒙”“拯救与被拯救”的关系，在保有“相夫教子”传统性别职能的前提下自我提升，从追求女性自我权利演变为实现女性社会价值，依靠参加工作、走进社会、获得经济独立的方式实现妇女解放，与当时印尼民族运动和妇女运动的要求相一致，成为现代印尼民族认同的

① 刘思谦：《性别理论与女性文学研究的学科化》，《文艺理论研究》2003 年第 1 期。

② ［美］苏珊 · S. 兰瑟：《虚构的权威》，黄必康译，北京大学出版社 2002 年版，第 7 页。

重要组成部分。此外，小说中除了表现出对于现代个人主义、功利主义和物质至上主义的关注外，还对现代婚恋自由话语中的性别关系提出质疑，隐含着作者对于社会中依然盛行的传统性别规范的体认，具有将启蒙精神从社会领域引申到性别内部的深层意义。女性作家在妇女解放的历程中艰难摸索，曲折表达出女性部分生命体验，不仅为摆脱女性群体被妄加言说的处境作出了自己的努力，也为现代民族中女性群体的品质规划作出自主的构想。

二 《失去珍宝》：引领解放的哈密达（Hamidah）

随着社会探索的不断推进，女性作家开始实践自传性的经验写作，尝试第一人称“我”的文学叙事手法。按照埃莱娜·西苏的观点，这种呈现自我经验的自传性叙事有利于女性意识的生成。小说中的女性形象不仅获得个人权利和经济独立，还为妇女解放事业积极奔走，显示出女性将自身解放与民族解放联系起来，融入民族大业、参与历史进程的重大转变。

女作家哈密达（Hamidah，或 Fatimah H. Delais，1914—1953）出生于苏门答腊，属于印尼图书编译局时期的作家。其代表作《失去珍宝》[①]（*Kehilangan Mestika*，1935）是以苏门答腊和爪哇为背景，

① Hamidah, *Kehilangan Mestika (Cetakan 8)*, Jakarta: Balai Pustaka, 2011. 本节所有相关引文均出自此书，由笔者所译。

以第一人称视角进行的女性成长叙事，塑造了获得个人独立并引领妇女解放的职业女性哈密达。

哈密达自幼丧母，与父亲和姐姐们一起生活在苏门答腊。曾经接受西方启蒙、具有“荷兰化”（p.19）生活习惯的父亲“希望看着自己的孩子们成为对民族和国家有用的人”（p.2），将哈密达和三姐送往女子师范学校继续深造。经过四年学习，哈密达完成学业，得到政府和学校的工作邀请，获得在巨港工作的机会，响应了“自力更生”（p.11）的时代号召。在西方启蒙精神广泛传播、民族国家概念明确形成的社会历史宏大背景下，女性接受教育、参加工作不仅是自身独立的必要保障，也已经成为社会进步、民族解放、国家独立的重要象征。

民族话语驱动女性解放，女性解放又成为民族话语中最具时代精神的组成部分。当然，启蒙现代性对印尼传统社会的激荡和变革并非总是一帆风顺。在苏门答腊传统社会中的人们不像爪哇岛的人们那么先进，仍然“愚昧守旧，不会分辨习俗和宗教，把许多习俗等同于宗教教义。少女必须幽禁，不能见外人，尤其是男人”（p.18）。“女孩子年纪稍大一点就不允许外出。别说出门，让人从外面看见都不允许，这就是幽禁习俗……！她们必须在家里一直等待，直到被人下聘。……对她们而言，仿佛婚姻才是生活的首要意义。”（p.49）男性严重歧视女性，女人是“软弱的动物，女人，你就是残忍男性的玩物”（p.24）。因为哈密达不用幽禁，能够离乡求学、异地谋生，挑战了家乡传统习俗的霸权，为一部分顽固守旧的人所不齿：“成年女性四处抛头露面合适吗？她们该去为她们准备好的地方。她们工作的地方不就是家里吗？哪像你这个女人一样还东奔西走。”（pp.14-15）在如此保守闭塞的传统社会风气下，父亲希望女儿“教导我的姐妹们，让她们跟上时代的步伐”（p.11）。哈密达是在家乡苏门答腊“为少女们打开幽禁大门的第一人，各种辱骂声也不绝于耳。……这是对习俗的第一场斗争，是我的理想。我希望故乡的姐妹也像爪哇岛的姐妹一样”（p.18）。“我们”千辛万苦成立了一个拥有十个成员的教育组织，教授女性读写、手工和烹饪。“因为四处抛头露面，我们被称为‘女异教徒’”（p.21）。

李大钊认为，女性要进入现代体系需要如下步骤：“若以程序论，我说学第一，业第二，政第三。”[①]女性首先要获得教育权，接受教育启蒙后才能实现个人层面的觉醒，即对个体权利的发现和认可、对封建传统的批判和反抗。挣脱传统束缚后，女性才能进入社会，实现就业，参与建设现代民族。哈密达追求主体自由和参与社会变革的努力，正是当时民族运动和妇女运动的写照。面对习俗传统的阻挠和偏见，哈密达“没有丧失希望：我会努力！无论牺牲是大是小！我要充满力量。我要一切！我一定要改善自己的生活。我还不到二十岁，我还年轻”（p.46）。启蒙意识强调个人“自决、自主、自由”的至高无上性，强调“自我持存的努力乃是德性的首要基础”[②]。这种对于个人理想价值顽强执着的寻找和追求是启蒙现代性话语的重要组成部分，是塑造新型思想观念和人格品质、追求个人理想和个人解放的必由之路，也是女

① 王林：《中国当代文学宏大叙事中的女性形象书写》，博士学位论文，四川大学，2007年，第29页。

② ［荷］斯宾诺莎：《伦理学》，贺麟译，商务印书馆1997年版，第186页。

性接受教育、从家庭进入社会的出发点和目标，符合现代民族对于女性才能和素质的要求。哈密达属于男性精英支持产生的知识女性代表，在主体觉醒后能够摆脱封建陋习的束缚，明白接受启蒙教育、获得经济独立的重要性，依靠教育和就业进入现代体系，不仅摆脱了愚昧无知的思想和依附男性的地位，还希望通过输入教育的启蒙方式引领妇女解放，带领家乡妇女跟随时代发展的步伐。从叙事中可以看出，哈密达为家乡女性提供的教育内容主要是操持家务的技能，仍然指向传统性别职能，秉承教育的贤妻良母主义。从根本上看，这种教育未从女性的自身发展要求出发，主要强调的是女性更好地发挥民族再生产的作用，与当时民族主义者对于妇女群体的整体期望和妇女运动对于自身获得解放的基本诉求相一致，具有顺应时代潮流的积极意义，但距离女性自身发展尚存在差距。

哈密达与具有现代意识的老同学里德汉邂逅后暗生情愫。经过理智的考虑，哈密达接受了里德汉的求婚。但是，由于里德汉叔叔的故意阻挠和破坏，两人的联系被迫中断。最终里德汉因病含恨去世，哈密达则一病不起，被送回家中。病愈后，哈密达打算再次工作。当时社会中缺乏知识女性生存发展的土壤和机遇："从早到晚都要跟男人打交道，担心会误入歧途，玷污心灵。……一个少女想要寻找纯洁的、无法让人说三道四的工作多么不容易。这种状况总是让我觉得懊恼，为什么我被造物主生为女人？"（p.48）就业面的狭窄让大部分知识女性集中于教育或医疗领域，哈密达"决定为女童建立一所学校，教授阅读、写作、计算、少许荷兰语以及必要的家务技能"（48）。由于学生寥寥，学校开始致力于为女性扫盲，“因为勤奋和耐心，我们的工作取得成效。学会读写的女性人数不少”（p.49）。在两位表哥伊德鲁斯和安瓦尔的帮助下，哈密达倡导的带有启蒙性质的女性教育有所成效：

> 女性已经获得了一点独立，能够稍微挣脱幽禁束缚，呼吸自由空气。每个周日，在阳光普照的海滩上，随处可见席地而坐的男男女女。最初我看到自己工作的成效备感欣慰，随后我觉得很焦虑，因为获得自由的女性中，有人误解了我的初衷。我多次看见她们的行为举止超出礼仪界限，那休闲之地被当成了未婚少女的“幽会处”。我也多次看见少女们就像电影明星一样，随身带着梳子、镜子和粉盒。还在学校上学的少女已经不愿穿格巴雅和纱笼裙，而是超短裙！……对我而言这都错了。我怎样才能消除这些刺眼的西化元素？我向朋友求助，最后我们决定传播东方礼仪，举行宗教会议，因为我们认为宗教可以重新使人精神完善。……情况逐渐改善了，那些误解妇女解放内涵的姐妹们，开始走上符合东方精神的新路。（p.51）

在印尼现代性变革的历史背景下，教育对于开启民智、尤其是促进女性群体的觉醒具有重大意义。“改善一个民族，必须从女性、从未来的母亲开始。如果她们明白了教育的重要性，必然会毫不犹豫地出钱送女儿接受教育。这些女孩将来必然会成为更完美的母亲，为祖国和民族作出更大的贡献。”（p.20）就这样，女性教育的重要意义和“民族母亲”的身份联系起来，共同进入民族叙事，这是女性作家文本中社会关怀意识提升的直接表现。“民族母亲”的身份一方面要求妇女必须具备现代启蒙意识，接受教育，参加工作，在公共领域拥有更大的自主权，发挥更大的作用；另一方面要求妇女接受本土礼仪和宗教，与完全西化所引发的本土传统丧失的风险抗衡。女性既要接纳西方文化的现代元素，又要保持本土传统的精神内核，才能担任合格的妻子和母亲，守护好“家”这个民族性和精神性的集中载体。

女作家持有女性进入社会的主张，同时坚持女性必须履行与男性一起组成并维护现代家庭的职责。女性教育和工作在本质上并非指向女性自身发展和男女平等，而是为了担任新式家庭中的“贤妻良母”，更好地为男权社会服务。正如哈密达所说：“我从前的生活目标不就是一生一世跟里德汉在一起吗？现在目标已经消失，朝目标前进的人该怎么办？如果她不立即从死路中抽身离开并找到另一条相似的出路，不是会迷路吗？”（p.46）“新女性”的目标是寻找并追随“新男性”、开始新生活，并没有质疑现代社会中依然陈旧的性别关系。女性信奉的个人奋斗的价值和意义，着眼点仍然是个人解放，而不是女性解放。这是因为印尼妇女运动隶属于民族运动的大框架内，虽然吸收了现代启蒙精神，但并非以挑战男尊女卑的文化观念和价值标准为目标，而是通过自身素质的现代性改良更好地追随、辅助、支持男性。所以女性教育只能按照一定模式进行且只能达到某种程度，即成为忠贞的妻子和能干的母亲，谋求家庭和谐。显然，在这种“女性只能帮助男性成就事业，难以自成事业”的意识中凸显了传统性别身份根深蒂固的影响，投射出民族话语对于女性群体的期待。

更进一步，在“东西方文化论战”的背景下，知识分子对于现代印尼民族的设想存在不同的倾向。“开眼看世界”后，民族精英普遍存在一种“落后”的焦虑，他们一方面坚持对启蒙现代性进行移植和模仿，另一方面开始思索如何利用西方文化行之有效地解决印尼问题，设计印尼自身的现代性道路。启蒙现代性和印尼传统性之间存在许多异质性因素，两者可能相互接纳或对抗。作者认为，现代印尼民族区别于其他民族的决定性因素在于保持其思想文化领域的民族特色，坚持民族化立场。在殖民地区域的土壤上，本土传统是肌体，能够确保思想文化领域的民族特色；西方文化是养料，可以用来启发和推动现代新民族和民族新文化的形成。现代印尼民族既不能无条件接受西方文化，也不能单纯回归传统文化。在这一过程中，幽禁早婚、包办婚姻等陈规陋习是本土传统中落后于时代、需要被革除的成分，“礼仪和宗教”则属于传承和保有民族特质的元素，而辅助这一变革实现的是现代启蒙精神。所以，作家倡导的妇女解放是在东方文化和伊斯兰教框架下对本土传统进行有限的改良，属于“东方派”的观点。女性的婚恋自由和教育自由，全都持有调和现代和传统的立场。由此可见，进入社会的女性并不真的希望改变传统性别秩序和价值标准、挑战男尊女卑的文化心理结构和意识形态。接受启蒙的女性对于“新女性”的定位一直处于矛盾之中，她们一方面要接纳现代启蒙精神，另一方面又要避免过度西化，既要与现代的西方女性不同，又要与传统的东方女性不同。这种深层矛盾在小说中的解决之道是诉诸伊斯兰教教义，是对本土传统的现代化改良和对西方文明的东方化调和。

哈密达根据内心感受选择伊德鲁斯为爱人，但寄居在雅加达的姐姐家后，两人之间的通信全部被截留。姐姐“富有，拥有大工厂，享受荷兰人特权，生活已经西化，不愿了解自己民族”（p.67）。她想撮合哈密达与亲戚鲁斯利：“有个年轻人想娶你，现在你不需要知道他是谁、住在哪。他性格好，而且比你有文化得多。在他手里，你不必担心没人照顾。我们觉得他的确适合你。……现在我们只需要你说‘好的’。你不必犹豫害怕，我们这么做是为了你的平安幸福。只要你有了监护人，自由外出也不用担心闲言碎语。”（p.82）姐姐生活西化，藐视本土传统和土著同胞，是黄皮白心的洋奴。然而，标榜现代的姐姐并没有在思想上进行现代化改造，依然奉行传统包办婚姻理念，成为哈密达行使主体权利的保守性障碍。从更深层面看，在资本主义社会中，传统包办婚姻虽然遭到批判，但基于阶级和财富产生的变相包办婚姻却打着先进的幌子出现在现代婚恋体系中，不能不发人深省。一边是爱人的沉默无语，一边是家人的步步紧逼，哈密达愤而结束与伊德鲁斯的关系，决定“试着过半心半意的生活，成为素未谋面的男人的妻子”（p.85）。这场婚姻使哈密达过上平淡幸福的家庭生活，丈夫的尊重爱护使她“尝试将自己所有的内心和情感倾注在丈夫身上”（p.90）。自立门户后，“我仿佛成为家庭王国的王后，必须保卫家庭的祥和安宁。作为一个女人，我已经实现了梦想”（p.92）。他们同心协力度过经济困境，生活蒸蒸日上。由于婚后十年哈密达都没有生育，丈夫要求再娶一妻，传宗接代。虽然养子在自己名下，但一夫多妻的境遇让哈密达难以忍受。最终她主动解除婚姻关系，返回家乡，见到了临终前的伊德鲁斯。伊德鲁斯因为“辜负了我（哈密达）圣洁的爱而惩罚自己”（p.100），终身未娶。丈夫鲁斯利离开了，爱人伊德鲁斯去世了，最终哈密达茕茕孑立，发出忧伤的叹息：“独自生活，与所有我爱和爱我的人分离，这样的生活有什么意义？”（p.100）

从表面看，主体觉醒、接受教育、获得独立的女主人公经历的爱情和婚姻经过了自主选择和决定，但本质上，她无一不是受到习俗传统的束缚，被包办婚姻和一夫多妻所困扰。虽然她已经具备了启蒙意识，拥有了自我奋斗的决心，在面对包办婚姻时却毫无自我反抗的表现，只是寄希望于男性：“我无法轻易挣脱束缚！你知道，只有你才能使我获得自由。……对于女人而言只有婚姻才能给她们带来自由，才能自由工作，自由思考！”（p.79）在婚姻中她努力移情于丈夫，愧疚于无法生育，接纳一夫多妻。女主人公教育职业的“现代”和爱情婚姻的“传统”是社会历史背景、个人态度性格和人生规划倾向共同作用的结果。哈密达已经接受了现代人权理念，却在婚恋自由这一启蒙话题上遭遇了强大的传统阻力，这与她在精神上依然无法摆脱对男性的依赖和对传统性别规范的认同、无法实现精神独立有关，说明女性知识分子虽然在某些领域具备了引领妇女解放的现代品质，并进行了突破既定传统社会规范的尝试，但在内外压力之下，现代知识女性难以在经历转型的社会中获得自身清晰的定位。

《家庭史》认为：“社会的现代化，不是排斥家庭的，而是和家庭的现代化一起实现的。”[①] 这种家庭是有别于传统宗族家庭的现代核心式

① ［法］安德烈·比尔基埃主编：《家庭史》，生活·读书·新知三联书店 1998 年版，第 756 页。

家庭，是反传统的重要组成部分。然而，在以现代婚恋自由为基础的现代核心式家庭内部，传统性别规范依然存在。这种现象是调和现代启蒙精神和传统性别规范的产物。进入核心式家庭的现代女性虽然认可个人奋斗和女性独立的意义，却依然将男权社会的女性道德规范奉为圭臬，将“贤妻良母”的话语内化于心，形成强大的思维惰性。所以，《失去珍宝》并不属于女性叙事。“真正的女性叙事应当在表现女性经验（包括生活经验、社会经验、心理经验、情感经验、审美经验和欲望经验等）的基础上肯定女性作为人的主体的价值追求，力争通向女性的自我实现。”[①]而小说“在主导意识形态的影响下，更多的是女作家在叙述故事时自觉或不自觉地采用男性视点”[②]。由于内化了传统伦理道德，在某种程度上作家仍然复写父权文化。女主人公的情感痛苦构成了文本叙事的中心，也成为小说标题《失去珍宝》的来源，既控诉了貌似独立的现代女性遭遇的无处不在的父权压迫，也反映了新一代男女同盟缔结的现代家庭仍然奉行男权中心的实质。从更为广阔的社会历史背景看，由于妇女解放是由民族主义启动的，妇女无法凭空获得解放，被解放的妇女同时被供奉于民族主义祭坛上，被统摄进入民族话语之中。民族运动虽然对妇女解放有所期待，但是基本局限于社会范畴，不鼓励甚至批判性别范畴的女性解放，很显然，小说文本主题与当时的印尼社会背景是相呼应的。

---

① 沈红芳：《女性叙事的共性与个性——论王安忆、铁凝小说创作的契合与差异》，博士学位论文，河南大学，2004 年，第 3 页。

② 陈顺馨：《中国当代文学中的叙事与性别》，北京大学出版社 1995 年版，第 113 页。

总而言之，在父亲的支持下，哈密达成为职业女性，致力于打破少女幽禁习俗；在表兄的帮助下，哈密达举办教育，致力于妇女扫盲；在面对感情和婚姻时，哈密达被动等待男性的选择、决定和怜悯。男性对于哈密达的感情、事业和家庭都产生了重大影响，哈密达受到鼓励，参与妇女解放运动，或者遭到阻挠，无法追求婚恋自由，都与男性息息相关。英德帕尔·格鲁沃提出："父权资本主义和民族主义的统治模式都存在种族、性别和阶级歧视，提倡限制女性的空间。民族主义一方面需要妇女的参与，尤其是以她们的母亲和民族生产者的角色来参与；另一方面，民族主义不希望妇女参与国家政策的制定，忽视给予她们平等的公民地位。"[①] 由此可见，父权男权和民族主义共同决定现代女性的价值。女性最重要的职能就是孕育现代民族，这种对于民族国家具备实用意义的性别身份使女性的存在价值工具化。女性接受现代教育和获得职业身份全都受到民族话语的约束，是为建设现代民族服务的。在这一过程中，传统性别规范没有遭到任何挑战。

然而，这些资产阶级知识女性依靠"民族母亲"身份获得启蒙，不仅已经独立步入社会，还成为民族意识和自我意识最先觉醒的女性群体。她们意识到时代潮流对女性的召唤，通过女性教育反抗传统陋习，追求个人权利，并亲自引领妇女解放，进一步明确了女性在现代民族体系中的价值和地位，具有重要的社会变革意义。随着时代的推进和妇女运动的发展，女性作家开始凭借文学文本发出自己的"声

① 陈顺馨：《女性主义对民族主义的介入》，载陈顺馨等编：《妇女、民族与女性主义》，中央编译出版社 2004 年版，第 4 页。

音”。“声音”是女性表达地位和权力的能指，意味着女性个人或群体作为实体的话语存在。女性作家叙事以性别经验为基础，必将带动女性意识不断觉醒，促进女性主体身份的形成。

三　《扬帆》：投身事业的杜蒂（Tuti）

男性精英作为民族建设的主导力量，通过轰轰烈烈的“东西方文化论战”彰显“西方性”，批判“东方性”，深入探索民族认同话题。他们将自身对于西方现代性和本土传统性的体认倾注在女性形象上，塑造了既获得自身解放又投身民族事业的现代女性，体现出激进民族主义者对于现代女性乃至现代民族身份的规划与想象。

苏门答腊作家苏丹·达迪尔·阿里夏巴纳（Sutan Takdir Alisjahbana，1908—1994）是“西方派”的代表和《新作家》杂志的主要创办人。他从小接受西方教育，获得印度尼西亚大学名誉博士学位，曾担任印度尼西亚国民议会（代国会）议员和制宪议会议员，此后常年旅居国外。他的代表作《扬帆》[①]（*Layar Terkembang*，1936）是20世纪30年代“新作家”时期最著名、最重要的作品，也是阿里夏巴纳在30年代的代表作，全面贯彻了作者有“倾向性”的文艺主张和“全盘西化”的观点。具有“倾向性”的文学作品是指使文本“在发现和提炼生

① S. Takdir Alisjahbana, *Layar Terkembang*, Djakarta：Balai Poestaka, 1963. 本节所有相关引文均出自此书，由笔者所译。

活的意义的同时，在形象再现的过程中，渗透主体的立场、世界观、思想情感和美学理想”[①]。也就是说，作者倾向于将文本叙事与社会背景和时代潮流紧密联系在一起，在文本中渗透自身对于建构现代民族的立场和态度。在建设民族新文化时，阿里夏巴纳秉承“全盘西化”观点，认为应当用西方文化全盘替代本土传统。他提出：“有必要明确地指出，印度尼西亚历史是从20世纪开始的，当时在努珊达拉范围内（指马来群岛，除印度尼西亚，还包括马来西亚、文莱、新加坡等——引者）出现新的一代人，他们自觉地要为自己的民族和国家开辟一个新的道路……因为新的一代人所向往的印度尼西亚不是马打兰王朝的延续，不是万登王朝的延续，不是米南加保或马辰王朝的延续。按照这个观点，印度尼西亚文化也就不可能是爪哇文化的延续、马来文化的延续、巽达文化的延续或其他文化的延续。”[②]崭新的印度尼西亚文化必须全盘学习西方的文化，印度尼西亚民族的希望在于年轻的一代新人。印尼先锋抒情诗人萨帕尔迪（Sapardi Djoko Damono）认为，《扬帆》“基于作者认为印度尼西亚必须由先进青年的精神进行建设的理念进行叙事，这些先进青年向西方学习，有智性，以自我为中心（egoistis），充满唯物精神（materialistis），崇尚个人主义（individualistis）”[③]。

小说有三个主要人物：杜蒂、玛丽亚姐妹和医学院学生尤素夫。姐妹俩是已经退休的前县长助理的女儿。姐姐杜蒂在中学任教，担任

① 王向峰主编：《文艺美学辞典》，辽宁大学出版社1987年版，第201—202页。

② 梁立基：《印度尼西亚文学史》，昆仑出版社2003年版，第51页。

③ Sapardi Djoko Damono, *Novel Sastra Indonesia Sebelum Perang*, Jakarta: Pusat Pembinaan dan Pengembangan Bahasa Departemen Pendidikan dan Kebudayaan, 1979, p.66.

妇女觉醒社巴达维亚分社的主席。她拥有积极理性的现代品质，具备强烈的事业心和责任感：“杜蒂从容镇定。她的自尊意识非常强烈，知道自己的能力能够实现自己的目标。她用自身能力和才干衡量一切，所以很少盲目赞扬。她充满信心，对待任何事物都有自己的看法和观点。如果内心反对，她就不会盲从。”（p.6）妹妹玛丽亚是荷兰初中（Hogere Burgerschool, HBS）毕业班的学生，热情奔放、无忧无虑，但胸无大志：“玛丽亚不够镇定，经常赞美和崇拜别人。无论快乐还是悲伤，她还没深思熟虑就会脱口而出。她脸上的泪水和欢笑如同昼夜般交替出现。她时而沉浸于悲伤之中，时而又欢笑连连。”（p.6）她爱花、爱音乐，能够为人们带来欢乐和活力。从杜蒂和玛丽亚姐妹可以看出，作者的女性观是先进的，尤其重视女性在接受教育后拥有独立自强的现代品质。与玛丽亚相比，杜蒂呈现出一定程度的“男性化”倾向，消解了传统女性温柔、感性、情绪化等刻板形象，向坚强、理性、理智化等男性标准靠拢，是女性为了实现自身解放，有意回避自我性征，极力易位于男性角色而发生性别移位的结果。女性“男性化”是知识分子女性走出家庭，在男权社会中实现个人价值、谋求社会认可的激进表现，是对女性自然意识的抵制，在本质上却陷入了传统性别身份的藩篱。尤素夫是大学学生，新青年社成员，是受过西方高等教育的新一代知识分子。他和姐妹俩在水族馆相遇相识。尤素夫敬重姐姐杜蒂，但爱上了更具女性特征的妹妹玛丽亚：“一个沉默内敛，谨言慎行；一个爱说爱笑，充满活力。这姐妹俩的差别真大。但玛丽亚更吸引他的心。她的面容神采奕奕，眼睛热情闪亮，嘴角常常含笑，露出雪白的牙齿。”（p.16）杜蒂把全部精力放在妇女事业上，“为了不背叛自己对生活和婚姻的立场和原则”（p.130），她解除了与追名求利的汉巴利的婚约，拒绝了民族运动者苏波莫的求婚。随着时间推移，事业和感情之间的矛盾日益凸显，杜蒂时时感到空虚寂寞。恰在此时，玛丽亚突染恶疾，撒手人寰。临终前玛丽亚要求杜蒂和尤素夫结为夫妻。玛丽亚死后，杜蒂与尤素夫结合，一起为民族事业奋斗。

从某种角度看，小说是用新女性成长史投射新民族发展史。在小说中，男性尤素夫已经不再担任传统女性的“启蒙者”，杜蒂成为朝气蓬勃的民族新青年的象征，这既是对新女性的期待，也是民族运动低潮期男性精英自我焦虑的疏解。理智、成熟、自信等“男性化”的现代品质被赋予女性，用来传播现代启蒙理想，设想现代印尼民族。在杜蒂的成长过程中，封建传统和家长霸权已经退出叙事。杜蒂姐妹的父亲十分开明：“他给孩子们完全的自由。他虽然是一个受过旧式教育的大人物，却不会对日新月异的时代潮流变化视而不见。即便无法完全理解时代需求，他也不愿故步自封。他并不完全了解杜蒂的行为和理想，不明白杜蒂所说的每个人都要听从内心的声音，选择自己的生活，女性也需要按照本心找寻自己的幸福。但是，他不会勉强孩子服从自己的安排和命令。”（p.15）在这一时期里，年轻人开始崇尚自由、张扬个性，家长权威的束缚力和控制力不断降低：“父母吃苦受累攒钱供孩子上学，家庭开支能省则省。一个孩子的花费常常比整个家庭的开销还大。父母任劳任怨，只希望孩子日后扬名立万。但是当孩子完成学业，曾经任劳任怨、满怀希望的父母却开始焦虑：有的孩子不愿跟父母包办的对象结婚；有的父母觉得不受地位显赫的子女的重视；有的孩子不尊重父母一直以来的愿望和梦想。”（p.30）

在“东西方文化论战”的历史背景下，《扬帆》响应时代召唤，将前期反封建的关注焦点转移到建设民族新文化的探索方向上。作者借杜蒂之口表达了对西方文化的认识：“接受现代教育的人们学会了西方的贪图享受，本质上并没有掌握现代性的精髓和实质。现代精神是认真的态度、坚定的决心、缜密的头脑和工作的热情。印尼的知识分子与西方的知识分子上同样的学校，获得同样的学位，住一样的房子，开同样的车，但在对工作的态度、对知识的渴望、对理想的追求上却大不相同。人们抱怨我们的知识分子没有创造力，成果匮乏，的确很有道理。”（pp.59-60）在第五届新青年大会闭幕式上表演的戏剧《麻喏巴歇的黄昏》引发了杜蒂对传统文化的思考。她对剧中表达的“轻今生，重来世”的印度宗教哲学进行了批判：

> 我认为这种哲学理念使人们对现世产生疏离，因为将世界视为幻觉，将生活视作幻境。现世世界无足轻重，灵魂向往彼岸天堂。人们认为现世生活毫无意义，即便有所醒悟，也将于事无补，如同身体长久浸入水中、只能将头拉出水面的人一样，已然无法漂浮呼吸。……我们的民族从古至今都醉心于视现世为虚幻，仅是暂时停留处。积攒财富有何用？实力荣誉有何用？这种态度让我们的民族缺乏实力，在世界上没有地位，视贫穷理所当然，甚至刻意标榜，只因希望获得来世幸福和荣耀。……我们的民族必须改变态度。世界不是虚幻的，不是无关紧要的暂居地。我们的民族必须多加思

考。完整的灵魂才能获得现世圆满。所有的态度和作为都不是虚幻的，人们必须努力发展自身能力，因为这是实现身心完整的途径。只有从现世圆满中我们才能迈向永生。……我对这个戏剧的意见主要是它是表演给青年观看的，会在青年的心中埋下怀疑的种子。实际上青年们应该朝气蓬勃、充满自信。（pp. 105－106）

如果说，民族认同觉醒期里知识分子对本土传统的批判局限于家族和部族的父权霸权，仍然坚守民族文化内核，那么，在启蒙精神的冲击下，这一时期的印尼民族精英产生了深刻的焦虑，认为以爪哇文化为代表的本土文化已经远远落后于西方文化，“拿来主义”成为迎头赶上的主要途径。这种对于西方文化的热情并非盲目的，甚至还是必需的。在印尼本土信仰中，普遍存在重精神、轻物质的神秘主义元素，伊斯兰教中存在“信后世，信前定”的基本信条，所以，人们才会产生“轻今生，重来世”的观念。在现代目光的检视中，贪图享受的懒散心态和忽视现世奋斗、渴望来世幸福的传统信仰在本质上都与现代启蒙精神中进步的时间观、对进化论的信仰、对理性力量的推崇、对个人主义的肯定相违背。作者受到启蒙精神中反对宗教神学、推崇科学理性思想的影响，批判深受神秘主义和精神至上主义影响的本土传统宗教信仰，呼吁接纳唯物精神、重视个人奋斗，强调现代青年需要有所作为，这是对“印度尼西亚民族”现代品质的倡议和要求。

这种具备个人至上精神、重视现世奋斗、抵制好逸恶劳的现代西方特质的青年形象，恰如作者阿里夏巴纳在《明确的口号》（*Semboyan yang Tegas*）中谈道：“希望印度尼西亚民族跻身世界民族之林的青年不能过于担忧风险。他必须在心中描绘蓝图和愿望，并朝着理想扬帆起航。当今印度尼西亚需要思维敏捷的青年，有独立的思想、观点和态度、能够提出并维护利益和权利，努力改善生活和身心状态。为实现上述理想，在梭罗‘印度尼西亚教师协商大会’中听到的消极声音——反对智性、反对个人主义、反对自私自利、反对唯物质论——必须被改成昂扬的积极口号：印度尼西亚的头脑必须磨炼得像西方的头脑！个人必须重生！必须深刻理解自身利益！必须号召印度尼西亚民族大量聚敛财富！印度尼西亚民族在所有领域都必须进步！”① 由于女性可以“作为族裔/民族差异的能指”，即“作为在族裔/民族范畴的建构、再生产和转换中使用的意识形态话语的焦点和象征”②，所以，杜蒂不是单纯意义上的女性，她实际代表站在道德精神制高点对新民族作出总体设计和规划的民族精英的态度和立场，体现出民族精英对于现代民族建设方向的总体要求。

对“印度尼西亚民族”作出设想后，为了配合对于民族新文化的设计和民族新身份的想象，锻造与描绘民族新女性的形象凸显成为延展性的时代主题。杜蒂走出闺房，走进社会，有学识才干，不再从父，摆脱了父权束缚；也不再从夫，敢于批判男权规范，不再是蒙昧无知、需要男性启蒙的女性，也不甘心做模范的家庭女奴，而是自尊自强自立的时代新女性。她积极拓展人生潜能，不仅实现个人独立，还参与社会事业，在民族建设中发挥作用。她清醒地认识到本土女性的生存境遇：“她

① Achdiat Kartamihardja (ed.), *Polemik Kebudayaan*, Jakarta: Balai Pustaka, 2008, p.42.
② 陈顺馨等编：《妇女、民族与女性主义》，中央编译出版社 2004 年版，第 71 页。

坚信，本族女性的生存状态很糟糕。她们没有任何愿望和信心，遭受多种束缚，必须满足男人的愿望。”（p.12）所以她在“妇女组织联盟大会”上进行《新女性的态度》的演讲。她对于“新女性”有如下定义：

> 相信自身能力，能够独立应对困难、独立思考问题的女性，是敢于对所有行为和思想负责的女性，她们甚至只会根据自身意愿工作，能够用坚定和自信的声音直截了当地说出所思所想。……只有当女性“人的地位”得到承认时，我们民族的状况才能得以改观。凡是超越个人私利、具有高尚理想的男性都必须承认，社会中女性地位的变革不仅仅关乎女性权利。女性必须首先拥有清醒的认识，并开始为获得更加公平的尊严和地位而斗争。女性的命运不能屈从于男性。男权必将被抑制或清除。女性必须尽力获得生而为人的权利。（pp.42－43）

在“西方性”中，对于妇女问题的关注以及促使传统妇女向现代女性转变的努力，构成了启蒙现代性中最引人注目的部分。妇女在本土传统中特殊的生存境遇是民族精英反对传统、接纳现代最具说服力的武器。只有在民族解放话语的驱动下，妇女解放运动才能向纵深发展。妇女生存状况的改善标志着民族地位的增强。不仅如此，杜蒂将女性解放的目标从获得人权提升到获得女权，批判男权，具有非常重大的性别解放意义。

在对待爱情和婚姻上，杜蒂具有清醒的头脑和坚强的意志。她不将爱情看成反抗封建的武器，也不将婚姻视作女性实现价值的终极归宿，而是聚焦于现代婚恋关系中的性别秩序，发现婚姻爱情的现代表象下仍然蕴含着男尊女卑的传统性别规范。所以，爱情婚姻不是她奋斗的目标，而是她实现妇女解放、追求男女平等的搏击场："男性发现女性非常依赖他们。这一弱点被他们用来奴役女性，……女性这样的特性使其自身在婚姻中地位低贱。"（p.74）"女性想要依赖男性，所以男性可以对女性为所欲为。如果女性想要找回自我，与男性平起平坐，就必须使自己强大，并对自己说我不用依附、能够独立。新女性在获得同样的尊重后才愿意面对男性。她不愿仰视男性，婚姻不是她寻求的庇护所，她需要作为独立能干的个体而获得尊重。"（p.70）面对婚姻，她一直认为："爱情必须以互相尊重为基础。女性不必无下限地付出，奢望拴住男人的心。女性不能看轻自己，她必须知道自己的底线。倘非如此，女性将永远是男性的玩物。与其如此，不如一辈子不结婚。……如果婚姻成为她的理想、工作和生活的束缚，宁愿一生不结婚。"（pp.79–80）早在18世纪末，英国的玛丽·沃尔斯通克拉夫特（Mary Wollstonecraft）在《为女权辩护》（*Vindication of the Rights of Woman*，1792）中批判女性天生是男性附属物的观点，反对女性充当"家庭的天使"，提出女性与男性一样具有理性，主张女性拥有独立人格，自食其力，在政治、教育、工作等方面享受与男性同等的权利。波伏娃提出："在今日女人虽然不是男人的奴隶，却永远是男人的依赖者；这两种不同性别的人类从来没有平等共享过这个世界。今日的女人也仍然受着重重束缚，虽然目前情况慢慢地在改善。"[①] 在这

① ［法］西蒙娜·德·波伏娃：《第二性——女人》，桑竹影等译，湖南文艺出版社1986年版，第9页。

种意义上，杜蒂的观点与西方女权主义的主张高度一致，是深受西方文化影响的作者提出“全盘西化”的民族新文化建设构想后，将女性解放意识视作社会变革的前导和试验的具体表现。

然而，即便作者拥有强烈的女性意识，也必须符合民族运动的特定要求，体现在女性身上，则始终需要保有其女性特质。如果没有爱情和婚姻，新女性的形象便不完满。所以，杜蒂始终无法抵制性别自然意识。在一段时间里，杜蒂为工作心力交瘁，深感挫折无力和厌恶空虚，一度怀疑起自己追求的理想。特别是看到玛丽亚和尤素夫卿卿我我后，她难以自持，强行抑制：“不，她不会妒忌妹妹。她不会像玛丽亚一样愿意让自己被男人奴役。即便孤独终老也在所不惜。她必须在任何情况下都是头脑清醒的自由女性。对她而言没有什么可以胜过事业和理想。”（p.83）无奈，情感战胜理智，“天性的欲望无法用理智的思维和现实的权衡束缚，她失败了”（p.83）。这段隐晦的性心理描写是女性形象叙事的一大突破。男作家对女性身体内部难以遏制欲望的描写，既将女性形象刻画得更加丰满，弱化政治说教意味和女性“男性化”、牺牲女性价值向男性靠拢的倾向，又是对压抑身体、否定身体的文化传统和道德规范的暗示性抵制。杜蒂遭遇的身心矛盾是在女性自身成长过程中所必然遭遇的性别意识觉醒和对异性的向往，象征着杜蒂理智向情感的妥协和女性身份的回归，还意味着放弃女性职能、向男性气质靠拢的女性无法获得现代民族的支持和接纳，为其与尤素夫结为事业伉俪埋下伏笔。即便如此，杜蒂也坚守自己的婚恋理想，面对苏波莫的求婚，她不愿背叛自己，不愿步入没有爱情的婚姻，不愿被物化为男性的私有财产，更不愿成为“完全把男性标准内化为自身要求的妇女”[①]：“只为从年岁渐长、孤独寂寞的恐慌中逃避出来，这样的婚姻就是为了填补空虚。不，不，我不愿这样背叛自己的原则和立场……我不能欺骗你，也不能欺骗我自己。与其欺骗自己、背叛自己、玩弄他人，不如就让这种无望的寂寞和暗淡继续下去吧。”（p.129）

杜蒂经历了事业和感情危机后，与自己的女性生理和心理进行妥协，为民族事业和女性职能找到了最佳的平衡。她认识到：“妇女运动事业不必与女性爱的天性相冲突。同理，为了体味普通人的幸福，她也不必放弃自小占据整个生命的事业和原则。她将继续为了荣誉和忠诚而奋斗拼搏，事业将为她提供发展和成长的机会，无论是作为人还是作为女人。”（p.95）她对于女性职责的认识也有所发展：“她（拉特娜）实实在在站在丈夫身边，负担着两人共同面对的工作，她还真三像她丈夫一样努力使自己贴近周围社会，为身边的人提供帮助。……拉特娜是一个新女性的榜样，与深爱的丈夫一起去穷乡僻壤扎根，并为那里数世纪蒙昧无知的人带去世纪曙光。”（p.160）随着杜蒂对尤素夫的了解日益加深，她发现：“他的生活立场多么平衡，为了尊重造物的美和真理，他的情感和思想多么宽广。正是他为她展示了更为壮阔和荣耀的世界。”（p.153）而尤素夫认识到杜蒂“在快乐诚实的奋斗的灵魂深处存在多么深刻的空虚和孤寂，痛哭着需要填补”（p.153）。玛丽亚去世后，相互倾慕的杜蒂和尤素夫出于“内心的互相了解和尊重”

① 张岩冰：《女权主义文论》，山东教育出版社1998年版，第42页。

（p.158）结为夫妻。两人通过婚姻携手，为了民族理想并肩奋斗。由此可见，作者认为获得现代民族接纳的女性一方面需要具备自由理性、积极进取的现代品质，另一方面不能放弃女性特有的性别价值，需要在理智与情感、事业与家庭之间实现平衡。女性不是男性的奴隶和附庸，而是朋友和伙伴，需要为了现代民族的发展和国家的独立而共同奋斗。这种平等的两性关系是不同以往的新型性别关系，具有非常重大的妇女解放意义。

长于思辨、具有理想主义气质的男性精英对于带有英雄气概的民族先行者的实验性建构，是为了利用虚构的理想人物表达自身的意识形态倾向。选择女性行动者表达理想，主要是因为本土男权在帝国主义冲击下产生了强烈的自卑情绪，女性，尤其是殖民地女性，处于种族、阶级和性别压迫的最底层，自然成为他们的关注焦点，女性的觉醒也成为他们重拾信心、建设现代民族的武器。“‘女性’这个性别符码承载的是新的民族自我的全部内涵，发挥抗衡殖民主义的民族主义意识形态的作用。”[①] 所以，文本塑造了获得自身权利、积极步入社会、发挥个人价值的“西方化”现代女性，主要用来隐喻获得现代品质的新民族。通过对“民族新文化”的设想、对传统女性身份规范的批判、对女性被物化被客体化的揭露，以及对新女性事业和情感定位的规划，作者表达了自己对西方工具理性的崇拜和对东方神秘主义精神的批判，展现出不同以往又斗志昂扬的印度尼西亚新女性和新民族身份的想象。

① ［英］伊瓦·戴维斯：《性别和民族的理论》，秦立彦译，陈顺馨、陈敏娟校，载陈顺馨等编：《妇女、民族与女性主义》，中央编译出版社 2004 年版，第 15 页。

作者认为，女性解放需要走出家庭内部空间、步入社会外部空间，不是抛弃男性、敌对男性的狭隘解放，而是男女平等，女性与男性携手并肩，共同为民族解放和国家独立而奋斗。这种“男性与女性应该是朋友和伙伴关系”的观点虽然是在民族运动的框架之下男性精英对现代“女国民”进行设想的结果，用来强调女性在国家民族建设中的作用，标识新女性乃至新民族需要取法的典范，但超越了以往所有文本对于两性关系的定义，真正具有在性别范畴内号召女性解放的进步意义。

四　《枷锁》：舍弃家庭的蒂妮（Tini）

在民族认同探索期里，知识分子上下求索，希望依靠现代启蒙思想改良东方古老的土地。建设新民族和新文化的渴望促使知识分子一并接受西方文明中的苦恼与困惑。东西方文化的差异和现代与传统的对立引发他们精神心理的迷惘、身份定位的断裂和前行方向的焦虑。在小说中，围绕男性精英出现的女性形象不仅承载着现代和传统的隐喻，还同时努力找寻自身前行的方向，是现代民族摆脱枷锁、轻装上阵的象征。

苏门答腊作家尔敏·巴奈（Armin Pane，1908—1970）是《新作家》杂志的创办者之一，曾担任记者和教师，独立后在印尼文化教育部工作至退休，并获得印尼政府颁发的艺术奖（Anugerah Seni）。他是“新作家”时期“彷徨派”的代表作家。他主张文艺是社会的镜子，要反映社会的真实面貌。代表作《枷锁》[①]（*Belenggu*，1940）以男主人公托诺与妻子蒂妮和情人罗哈雅的感情纠葛为主线，体现出殖民地的人们面对东西方文化差异时无所适从、困惑茫然的心态，反映出民族运动低潮期民族精英空虚失落的状态。小说一改前期文本反传统、反封建的叙事套路，从大城市雅加达的社会生活视角切入，以大量铺陈和渲染人物独白及心理活动的方式展开叙事。《枷锁》甫一问世，就引发了文学界的热烈关注，毁誉参半。卡里姆·哈利姆（Karim Halim）认为："印度尼西亚文学开始了新流派，即尔敏的流派。尔敏是新时代的典型，这是个技巧性的时代，20世纪……《枷锁》为印度尼西亚文学指出新方向，一切都是全新的，内容是新的，语言风格是新的，叙事方式也是新的。"[②]特丽穆蒂（S.K.Trimurti）认为："……直到如今人们关注的只是强迫婚姻和年轻一代反抗习俗的斗争，而描写受过高等西式教育的知识分子内心世界的作品尚未问世……这部小说从头到尾都体现了一个疑问：旧时代有用吗？最好向前看，遗忘埋葬那些过往。尔敏很有技巧地将这个问题融入叙事中……"[③]耶辛（H.B.Jasin）认为："作者的写作方法与目前为止广为使用的写作方法全然不同。文本叙事重点不是人物的行为，而是其思想和精神……尔敏·巴奈对于过渡时期的描写很准确，不是为了反映，而是告诉后代，

---

① Armijn Pane, *Belenggu (Cetakan 22)*, Jakarta: Penerbit Dian Rakyat, 2010. 本节所有引文均出自此书，由笔者所译。

② Karim Halim, "Pudjangga Baru", 1940, in *Belenggu (Cetakan 22)*, Armijn Pane, Jakarta: Penerbit Dian Rakyat, 2010, p. 9.

③ *Mingguan Merdeka Pesat*, pimpinan S.K. Trimurti, 22 Juli 1940, in *Belenggu (Cetakan 22)*, Armijn Pane, Jakarta: Penerbit Dian Rakyat, 2010, p. 9.

为斗争实现如今的发展，先辈们经历了怎样的艰难困苦。”① 总而言之，无论从体裁还是题材上看，《枷锁》都是战前印尼现代小说的巅峰之作，代表了当时印尼知识分子探索实践西方现代文学的最高水平。

在《枷锁》中出现了深受西方文化影响、特立独行的现代女性蒂妮和惨遭封建包办婚姻荼毒、为谋生沦为暗娼的传统女性罗哈雅。此外，还有一位勤奋敬业、颇具声望的男主角托诺医生。蒂妮是托诺的妻子，年轻貌美，多才多艺，仰慕者众多。她“在万隆时受到男人们的奉承追捧，自由自在，随心所欲。人们称她为舞会女王”（p.55）。蒂妮嫁给托诺的初衷是为了排遣旧日情伤，正如她对托诺所说：“我们只能做朋友，我不会爱你。现在我们已经结婚了，男人的确贪婪，只想着自己的喜好。你希望得到我的爱，希望得到我的奉承，希望被当成亲爱的丈夫一样侍奉。如果你真的知道我从前的样子，你就会发现我的心像冰一样冷。”（p.61）托诺追求蒂妮是为了满足男性的征服欲和虚荣心：“在朋友们中间，他以善于制服厉害女人而闻名。越是厉害，他越是喜欢。他把制服女人看成是一项运动。”（p.59）根据“没有爱情的婚姻是不道德的婚姻”的现代价值观，托诺和蒂妮自由组成的现代核心式家庭并不以爱情为基础，只是徒有其现代表象。夫妻二人表面郎才女貌，实则同床异梦，“无法交流思想，交谈也充满讽刺挖苦和剑拔弩张的味道”（p.39）。

蒂妮和托诺都是接受西方教育的高级知识分子，对于现代启蒙精

① H.B.Jasin, *Pudjangga Baru*, Des. 1940, in *Belenggu (Cetakan 22)*, Armijn Pane, Jakarta: Penerbit Dian Rakyat, 2010, p.11.

神具有自觉的认同和渴望。蒂妮个性突出、爱出风头，不甘心困守家庭充当“家中的天使”。她对托诺说：“你能外出，为什么我不能？你我有什么差别？为什么我就必须默默守在电话旁边？我结婚不是为了听你指挥接电话。……你为什么这么愚蠢？我已经提醒过你了，不要跟我结婚，否则日后你会后悔，可是你不信。……你们男人自以为是，实则愚蠢不堪，就像被调戏的牛一样哞哞叫。”（p.62）托诺生活西化，认同西方价值观，在内心深处却依然留恋传统的两性观念。他理想中的妻子必须对丈夫百依百顺、体贴入微，正如他认可一位老夫人所说：“现在的女人希望跟男人平等，什么平等？女人的职责就是相夫教子，料理家务。现在的女人只会索求。丈夫下班回家，妻子也会笑脸相迎，但会忘记服侍丈夫坐下脱鞋。现在的女人不知道，难道跪在丈夫面前为他脱鞋不是爱和忠贞的表示？除了全心全意服侍丈夫，女人还有什么权利？”（p.17）两人对彼此的需求无法获得满足，继而出现感情危机。“人们说婚姻就是夫唱妇随，而我们却同床异梦，各行其是。”（p.37）

蒂妮是男性知识分子塑造的与《扬帆》中“男性化”杜蒂不同的另一种新女性形象。她不仅接受高等教育，实现经济独立，还在很大程度上特立独行，既颠覆了传统男权文化定义的温柔随顺、宽容牺牲的女性特质和贤妻良母、相夫教子的女性职能，又没有表现出时代影响下“男性化”女性的沉稳理智和清醒勇敢，显得敏感叛逆、乖张狷狂。作为时代叛逆人物，她遭到所有旧式女性的敌视，她们“总是讥讽她时髦、崇洋”（p.95），说她“受过西方教育就成了这样，忘了自己的文化，忘了加美兰音乐”（p.86）。她张扬自我，努力维护个人主体和自我个性，不愿一旦走进家庭就立即抛弃昔日的斗志和热情，埋没于家庭内部庸常的生活之中，扼杀个性与意志。她认为“我也有权利使自己愉悦和开心。我也是人，有自己的愿望。根据您的看法，我的愿望必须服从我丈夫的愿望。这不对，每个人都有自己的愿望。如果他独自外出，没时间陪伴我，为什么我不能也独自外出，找寻快乐呢？……（老一代）就像存货一样，涂脂抹粉穿上新装，一年在外晾晒一次，等着丈夫愿意带自己外出。……我们不一样，我们掌握自己的命运，不愿等待男人的恩赐”（p.53）。她自信强硬，“总是能够使别人服从她的愿望”（p.69）。她热心工作，从现代家庭内部空间走向广阔的社会外部空间，因为“孤儿院的孩子都很喜欢她。她将去梭罗参加妇女大会。……她没有时间，因为她忙于联合会的工作。不论有什么工作，她都不会拒绝。在会上她被推举为代表，该决议全票通过，她也很乐于此行”（p.94）。她向往爱情维系的婚姻：“如果必须如此（接受无爱婚姻——笔者注），我宁愿粉身碎骨。我也愿意走正道，但必须跟爱人一起。如果跟别人一起，我不愿意……内心坚强的人会实现愿望。”（p.70）她在婚前就已经将贞操交给爱人：“她想起那一年的舞会，跳完舞已经夜深，在回家的路上，她突然想去兜风，然后就被带到……”（p.55）她以为爱人意外丧生，痛苦万分，心如死灰。为疗治情伤，她嫁给托诺。当她发现自己逐渐爱上托诺后深感惶惑，不愿因为爱情放弃女性的主体意识：“如果女人只记得男人的喜好，遗忘了自己，全心全意照料他，就是真正陷入爱里？如果没有这种感觉，是否我们还没有真正堕入爱河？我很迷惘。难道我们没有权利过自己的

生活？难道我们没有自己的愿望？我们必须牺牲自己的愿望吗？不，我还没有这样做。”（p.71）

由此可见，在现代婚姻中，传统“男主外女主内”的角色分工和男主女次的性别秩序依然处于支配地位。由于女性的从属地位没有改变，被纳入现代婚姻的新女性很有可能会遭到自我价值和自身愿望的压抑，从新女性再次倒退成为旧太太，陷入女性自我心理欲求与女性传统性别角色间的冲突。而且，让蒂妮更为担忧的是，爱情是鼓励女性追求现代的动力，也可能成为导致女性放弃自我的原因。这种对爱情既追求又畏惧的心理，也成为她敏感焦虑的原因。蒂妮不愿丧失女性的个体独立，一方面通过极端张扬自我释放困惑无奈、复杂矛盾的身心分裂：“她必须要演奏钢琴，她要展示给全世界看，她根本不怕风言风语。……这是她勇敢地对抗自己混乱的灵魂、获得胜利的标志，是战胜自我和敢于直面内心苦楚的标志。”（p.69）另一方面通过工作和事业的成就来战胜传统性别定位和女性自我实现之间的矛盾。在慈善晚宴上，她“更加起劲地为来宾服务，让他们开心。希望托诺能看见她兴奋殷勤的样子，好让他知道，她也能像他一样努力工作。她想让他知道，他的妻子也被人们尊敬爱戴，她的灵魂没有死亡”（p.84）。蒂妮的乖张与惶惑正是获得解放的新女性与新男性组建了现代家庭同盟后，女性面对依然陈旧的性别秩序和角色分工时心灵苦苦挣扎的写照。在改头换面的传统性别秩序中，可供主体觉醒的新女性援引、用来自我表达的话语体系和精神资源十分匮乏。借由启蒙现代性推翻封建父权和家族权威后，获得短暂自由的新女性在进入现代夫权专制家庭后再度面临丧失女性自我的危险，依旧无法实现女性的自我价值和个人欲望。她们面临着男女依然有别、自我再度缺失的困境，表现出焦躁骄纵、喜怒无常的态度。这体现了她们对于现实生存处境的焦虑和对于女性性别意识的捍卫，属于激进的自我保护策略。男性作者真实再现了这种“反家庭”的叙事，塑造了既追求爱又质疑爱、既希望爱又不敢爱的现代女性形象，蕴含着对于现代婚姻关系本质的审视和反思。

罗哈雅是托诺儿时的邻居，她是幽禁、童婚和强迫婚姻等封建陋习的受害者和遗留者，不得已沦为暗娼谋生。罗哈雅身世经历是印尼当时千千万万旧式底层女性的写照：

> 我的经历与别的女人一样。……去问问在丹戎不碌港的女人，如果换上“雅”的名字，身世都是相同的。……我被嫁给一个不爱的男人。……我们相差二十岁，我被带到巨港。……然后我跑到巴达维亚，回到万隆。我的父母已经不在了。我居无定所，住在一个又一个宾馆里，从一个城市到另一个城市。……如果有男人被我吸引，我心中的魔鬼就会狂笑。如果他自贬身价跟我上床，我会觉得很快活，因为他也陷入我身处的泥潭中。直到我听说你在巴达维亚当医生。……我想见你，回顾那些旧时光，当时我还待字闺中，纯洁无瑕。……为了短暂的见面，我假装生病。你为我检查时，我产生了要勾引你的欲望，想要赢，想要击败你，使你像其他男人一样。你抗拒了。我对自己想要玷污自己回忆的行为感觉很懊悔，……如果你像其他男人一样，……我的希望、我

的回忆就会被玷污。……我将完全堕落，再也没救了。（p.51）

她的迷惘源于封建陋习导致的无法忘却的惨痛经历和毫无希望的未来人生，所以她宁愿沉湎于虚无之中，游戏人生："思考有什么用？思考只会使人难过。"（p.45）她认同男性将女性物化的传统，甚至开始自我物化，放弃救赎的希望："托诺，你不记得我也不足为奇，就连我也忘了自己是谁。……有时候我忘记自己的真名，因为时常改名换姓。……因为人们听到旧名字会说……旧东西。如果人们看到新名字，也想当然地认为是新东西。……人们因为境遇和重负而改变，我就是这样。我已经关上心房，我的内心世界里没有一丝阳光。"（p.47）在这部小说中，妓女形象是一种表达意识形态、民族认同、现代性与传统性和妇女解放等重大社会命题的隐喻。罗哈雅是被社会伦理道德放逐的社会边缘人，是在封建陋习、资本主义制度、男权压迫等多重作用下产生的，是控诉社会黑暗、反抗殖民霸权有力的时代主题。她也曾清白无瑕，封建陋习和命运泥淖将她变成被侮辱被损害的人，变成消极玩世的女人，成为堕落的殖民地文化和资本主义文明的畸形产物。但她并没有完全堕落，她行为方式放荡，思想上却恪守传统妇女温柔随顺、牺牲奉献的优良品德，本质上仍然具有积极的自我建设性，希望获得男性启蒙者的指引。所以她想方设法接近托诺，想要通过托诺这个寄托往日美好回忆的载体获得自我救赎。作者安排医生托诺救赎罗哈雅，不仅能够体现出托诺的人道主义情怀，还重复书写了知识分子与普通民众之间"拯救"和"被拯救"的现代性关系想象。

托诺与罗哈雅的相遇，与其说是情欲苦闷，不如说是源于托诺的精神孤独。托诺无法在家庭之中获得蒂妮如同“天使般”传统妻子的对待，但罗哈雅的温柔体贴和百依百顺让托诺获得了极大的安慰和满足，她“没有等待托诺医生的回答便立刻服侍他脱下外衣，挂好后回来跪在托诺面前，为他脱下鞋子，并从椅子下拿出拖鞋为托诺换上。……托诺觉得理想似乎已经实现，受到这样的服侍，他觉得非常幸福，这就是长久以来他的期待”（p.33）。罗哈雅的家仿佛成为托诺的避难所，用来逃避现实。两人从最初的逢场作戏到最后的假戏真做，直至深陷爱河不能自拔。“诊疗结束后，托诺一般会去罗哈雅那里缓解疲惫。在那里他心绪平静。他读书看报，雅在身边编织。最初他心里觉得对不起妻子。这难道不是欺骗吗？但是他又想：‘如果我离开雅，她能去哪里？’这个问题慢慢地变成：‘如果她离开我，我会怎样？我在哪里还能找到安慰？’”（p.39）无法在现代家庭中构筑男性权威的托诺从旧式女性身上寻求慰藉，其实是心理满足胜于情欲满足，是身处东西方文化、“现代”与“传统”夹缝中的本土知识分子在面对先进的西方文明和落后的东方文明时显得无所适从，于是转向传统性别秩序寻求自我信心和心灵平静的表现。他们一方面在理性上接受自由平等的现代理念，另一方面留恋认同传统的性别规范。他们无法控制与把握独立自由的新女性，无法重构现代家庭中被打破的传统性别权力秩序，只能在传统的底层妓女身上治疗自身缺乏信心的症候，获得征服救世的感觉。从本质上看，这里隐含着男性知识分子在传统欲望与现代理念之间挣扎的隐喻。通过罗哈雅这一具备传统女性美德的妓女客体，托诺宣泄出自己作为徘徊在东方与西方、传统与现代之间的民族精英的焦虑，既把自己建构成身份断裂的迷惘者，又把自己想象成底层大众的拯救者。从这种意义上看，罗哈雅是为备感“现代”和“传统”之惑的知识分子治疗心灵创伤的载体，为理想受挫的本土民族精英提供重振士气的信心。

蒂妮获知托诺出轨后前去罗哈雅家兴师问罪。罗哈雅的温文尔雅和善解人意让蒂妮袒露心扉：“有时候我希望他对我发脾气，扇我耳光，打我，有时候我希望自己被他的思想控制，就像从前一样。但是他什么都没有做，他让我随心所欲，让我面临沉溺，却不伸手施救。”（p.134）罗哈雅谴责蒂妮不懂为妇之道，“是没有灵魂的玩偶，只会佩戴珠宝而不懂珍惜。”（p.132）她建议蒂妮“改变自己的态度，做一个合格的妻子，让他在家中心情舒畅，把家庭变成宁静的港湾，……男人都一样”（p.134）。蒂妮不愿丧失自我，也不愿拖累丈夫，深思熟虑后决定与托诺离婚，全心全意为事业奋斗。而罗哈雅也意识到自己的妓女身份十分不堪，不利于托诺的事业发展，决定独自离开。人去楼空后，托诺无限感慨，幡然醒悟，决定把自己的全部精力放在医疗事业上。

现代女性蒂妮、传统女性罗哈雅和医生托诺在时代转折、社会动荡的时期都面临着人生的迷惘与困惑。知识分子托诺属于以作者为代表的一部分知识分子的投射，年轻有为、事业有成、受人爱戴。作为已经摆脱父权束缚的“子一辈”男性，他将独立自由掌握在自己手中。然而，实现婚恋自由的年轻男性知识分子，徒有西化进步的表象，内心仍倾向于传统性别身份的规训。所以托诺既不舍蒂妮带有攻击性的现代美，晚归看到睡在沙发上的蒂妮时想：“她的身材还是很美。蒂妮的确很美，穿什么衣服都很美，百看不厌”（p.57）；又贪恋罗哈雅温柔随顺的传统美："他的思绪又回到刚刚分开的雅，很有女人味，温柔和顺，善于奉承调情，愉悦人心。"（p.57）由于具有等级秩序的性别关系模式属于社会权力关系中最为基础的部分，托诺无力约束个性张扬的蒂妮，性别秩序的坍塌连带引发他对生活、事业和自我产生困惑："为什么蒂妮想要随心所欲？……为什么她要不一样的生活？……是否所有一切都是臆想而非真实？是否这些都是我的幻觉？都是妄念？果真如此，又何必活着，追求爱和理想？"（pp.124-125）当发现自己作为医生却对病人的死亡无能为力时，他开始怀疑一切都是虚空："他的心在哭泣。为什么我要做医生？总是疲于思考，总是想个不停？有什么意义？没有收获。不是没法对抗死亡吗？不是一切都要灭亡吗？"（p.91）当他试图在罗哈雅身上找寻慰藉却发现她拥有多重不为人知的身份时，觉得梦想无所依附，人生虚无荒谬之感更是溢于言表："你的声音是虚假的，如同你的内心也全是虚假的。我还以为你诚实可靠、不玩伎俩。但是你们女人都爱玩伎俩。没有真实的，表面看起来诚实，内心却……"（p.120）"目之所视，耳之所闻，全是虚假，……一切都是虚无，一切都在坍塌，没有真相，……也许我的思想也不真实，我的妄念是虚幻？"（p.118）

接受现代启蒙后，托诺所代表的知识分子表面上将自我命运掌握在自己手中，志得意满，实则面临身份断裂与信仰危机的困境。在西方文明的冲击下，本土传统文化遭到质疑、割裂和否定，导致在建构现代民族认同时产生了民族自信心的极端低落。这种无"根"的焦虑导致托诺心中充满令人沮丧的矛盾冲突和令人困惑的无所适从，灵魂惶惑不安，认为理想和虚无只有一步之遥，追求和奋斗全部毫无意义。

当他转而面向貌似稳固的性别传统寻求自身慰藉和主体信心时，才发现性别规范的动摇、家庭观念的坍塌和伦理道德的脆弱使他无法找到可供栖息的精神家园。这种无家可归感和空虚寂寞感代表了当时一部分知识分子在民族运动低潮期普遍的内心体验。他们打破了习俗，切断了传统，割断了自身的文化之根，却无法在西方文明中找到灵魂安放之地。作者通过看似平静的日常细节和琐碎纠葛，体现了他们内心的迷惘与困惑。托诺对现代女性背离传统性别规范的焦虑，体现出男性精英对女性接纳现代启蒙的顾虑；对传统女性丧失传统伦理道德的失望，体现出男性精英对女性疏离本土传统的担忧，表达了知识分子在西方现代和东方传统之间“上不着天、下不着地”的无所适从和主体失落。

小说的基本线索既可以看作是男性知识分子托诺在代表西方价值观的蒂妮和代表东方价值观的罗哈雅之间作出研判选择时遭遇的精神困惑，又可以看作是女性知识分子蒂妮在家庭和事业、情感和理智之间艰难挣扎的心路历程，全都反映出他们在民族认同探索期里对待启蒙现代性和印尼传统性的态度和观点。而罗哈雅则通过其拥有的传统身份和履行的传统职责辅助托诺和蒂妮展开叙事，同样不可或缺。面对截然不同的蒂妮和罗哈雅，托诺显然更倾向于后者。“雅是‘真正的女人’，就像‘一首轻快的歌，就像阳光照耀下碧波荡漾、银光粼粼的水面’。”（p.67）“雅让他心绪飞扬，如同风儿吹散层云，天空豁然晴朗。”（p.94）“雅，没有阴暗面，没有隐瞒，她就像阳光下的广阔景色，一望无际，毫无遮拦。蒂妮是阴暗的，心门是封闭的，思想是隐藏的，就像随时可能喷发的火山。”（p.67）对于男性知识分子而言，只有罗哈雅这类遵守传统性别规范的女性才能让他获得心理优势。“男性统治将女人变成象征客体，其存在（esse）是一种被感知的存在（percipi），所以男性统治的作用是将女人置于一种永久的身体不安全状态，或确切地说，一种永久的象征性依赖状态：她们首先要通过他人并为了他人而存在，也就是说作为殷勤的、诱人的、可用的客体而存在。”[①] 女性对于男性的从属性和依附性能够使男性通过一个被动、感性、弱小、低劣的女性他者形象感受自身的主动、理性、强大和优越，让他能够以“启蒙者”的姿态拯救女性他者：“雅，人生在世没有不受挫的，如果跌倒要试着自己站起来。如果一直跌倒不起，别人会继续践踏你，没人会帮助你。要善于掌控自己的命运，善于自己独立。”（p.40）“要勇敢地掌握自己的命运……回想过去的时光，是没有益处的……未来蕴含希望。”（p.30）然而，男性在面对自由独立、个性张扬的现代女性时，无法发挥“拯救者”和“启蒙者”的作用，无法获得救世的心理优势，所以显得无所适从、被动抗拒。面对不同客体的态度变化体现出男性精英既畏惧现代启蒙精神对于性别秩序的重塑，又担忧本土传统规范对于女性约束的固化，其本质同样指向知识分子在东西方文化夹缝中无所适从的精神状态。

蒂妮接受教育后获得现代品质，个性张扬，自由独立。她与托诺所持的传统性别观点针锋相对，不愿被感情和婚姻束缚，希望在现代婚姻中保有女性的自我意识，实现女性的社会价值。蒂妮的乖张狷狂和喜怒无常体现出她对现实生存处境的焦虑，蕴含着捍卫女性主体的

---

① ［法］皮埃尔·布尔迪厄：《男性统治》，刘晖译，中国人民大学出版社 2013 年版，第 96 页。

意义。然而，她一方面被旧情所困，无法释放真心；另一方面被新愁所累，觉得托诺不再爱自己时，“把脸埋进枕头里，欲哭无泪，心里难过得无以复加，灵魂仿若沉溺般无力”（p.64），只得通过投身社会运动和民族事业来彰显自我价值，掩饰内心惶惑。由此可见，接受现代启蒙的新女性对于现代意义的性别关系重建尚无清晰定位。在她的潜意识中，还存在传统女性意识的残留，希望被男性掌握控制。男性依然是女性的力量来源和心理后盾，男性的爱、肯定、支持和引导仍然被现代女性无意识地援引为建构自身主体的重要辅助力量。

迷惘困惑的蒂妮听从了旧情人哈尔托诺的劝导：“为什么对过去念念不忘？……我们不要被妄念玩弄，不要小题大做，不要把简单复杂化，否则思想就会被束缚。……忘了吧，抛却妄念，抛却枷锁。执着于往日有什么用？……勇敢地生活吧，过全新的生活。让我们履行我们的职责，挣脱我们的枷锁。”（pp.114-116）此后，蒂妮下定决心，开始正视情感婚姻对于女性的桎梏和传统性别规范对于女性的束缚。她已经接受了现代启蒙，无法再度回归女性的传统性别职能，无法满足现代婚姻中男性对女性的期望，为了全身心投入社会事业，开始全新生活，她向托诺提出离婚：“在我心里已经决定了，这是最好的出路。一般而言，女性要承担离婚风险。我的决定仍然不变。我理解面临的风险。”（p.138）摆脱情感和婚姻约束的蒂妮感觉“已经挣脱了束缚灵魂的枷锁。在她眼前清晰地看见自己要走的道路”（p.136）。此后，她便积极投身于社会运动之中，为妇女解放和民族解放事业奋斗。由此可见，新女性已经从庸常的婚姻关系和琐碎的日常生活中发现了恋爱自由、婚姻幸福等启蒙话语的虚假性，发现在貌似西化的新式婚姻家庭范式中，传统性别秩序仍未改变。男性行使主导权，依然青睐传统性别规范，舆论也一边倒地支持男性霸权。女性的从属地位没有改变，实现个人愿望的机会依旧渺茫。在婚姻家庭中重塑两性关系的努力遭到抵制和压抑后，为了维护自我主体，保持独立自主、个性张扬的精神面貌，新女性选择“逃离”新型夫权之家的束缚，“逃离”传统性别规范的枷锁，更加深入地进入社会领域，在民族运动中实现自我价值。

罗哈雅经历了改善个人境遇的挣扎后，面对托诺既看重女性相夫教子传统美德又纠结于女性贞操名节传统道德的矛盾心态，带着对托诺无尽的爱，选择了离开。“雅笑了，也哭了……她感到没有遇到托诺前束缚自己的枷锁又锁上了，只是这枷锁变轻了，为她带来无尽的快乐和悲伤。”（p.149）作为传统女性，罗哈雅虽然遭遇生活的玩弄，仍没有放弃自我救赎的希望。然而，因为旧女性以及旧传统是时代发展的对立面，先进男性虽然可以担任她的启蒙者和引导者，但不是她的终身伴侣。离开男性启蒙者的旧女性无法完全挣脱传统枷锁，开始全新生活。她的前景并不明朗：“雅离开甲板，走向狭窄的小巷，巷子左右是小小的房间。……尽头处看起来更加狭窄低矮，就像受苦受难的人们要走的前路一样，越走越苦难。”（p.150）这不仅是传统的底层印尼女性在社会转型中面临的真实生存处境的隐喻，说明有限的主观努力无法改变无限不可测未知命运的安排，更象征着旧女性及其代表的传统旧文化终将堕入历史无尽的黑暗中，被时代无情地抛弃。

《枷锁》其名，主要指代各色人物精神上的旧思想、旧传统、旧理念："所有人都是如此，被各自的妄念所束缚。这枷锁逐渐约束压抑精神、思想和灵魂，就像脖子上了刑枷、手脚上了镣铐的人群一般，感到越来越沉重。"（p.107）托诺经历了情感之谜、存在之惑和虚无之痛后发现："如果我们放任自己，的确会被束缚。如果我们从最初就使出全力，坚持尽力摆脱枷锁，用上所有可得的工具，必定能够摆脱枷锁。妄念与理想之间的距离并不遥远，妄念可以变成理想，使内心喜悦、灵魂复苏，使自己摆脱所有束缚年轻精神的枷锁，只有新鲜的理想才能带来全新的生活……活跃的妄念成为理想，理想使人类朝气蓬勃。"（p.107）知识分子由对自身精神枷锁的感悟生发出对于民族建设的设想："我们的民族一贯过于沉湎于幻梦之中，需要回到现实一点，重视理性思考一些。千万不要被带往幻境，躺卧于地，沉思千年。"（p.127）

> 只要有刺激，有快感，自信心高涨，在哪里都可以追求理想。只要意志坚定，热爱求索，结果完全一样。如果没有坚定的信念和狂热的意志指引，科学的确没有用处……忍耐并不意味着灭亡、软弱和失败，而是胜利的标志、觉悟的标志、智性成熟的标志。思想已经统一，精神灵魂中所有的声音都已平衡。要投身事业，即便没有实现梦想，获得成就，也要忍耐，微笑接受，使自己勇于追求……仿佛突然从梦境中醒来，仿佛长久以来束缚思想和梦想的枷锁咣当落地，仿佛手脚被捆缚的人枷锁落地，他可以双手伸向太阳，迎接崭新的世界。……有时人们觉得精神思想遭到束缚，这只是暂时的，是抵达新时期前的暂停处。当旧时代的枷锁被完全挣脱，眼睛就能够看到广阔的未来。（pp.146－148）

对于每个人而言，“枷锁”的内涵都有所不同：托诺受困于理想妄念之惑，蒂妮受困于爱情婚姻之痛，罗哈雅受困于身世遭遇之殇，都像枷锁一样束缚身体和灵魂。正如印尼民族一样，经历了封建和殖民的伤痛，仍旧耽于幻想、逃避现实，无法脚踏实地，奋发图强。只有以理性、自信、务实、坚定的现代启蒙精神为指引，才能用实实在在的工作将幻想变成理想，使暂时进入低潮期的民族运动保持旺盛的生命力。托诺告别真实虚无的人生矛盾，蒂妮挣脱今时昔日的感情创伤，都投身于广阔的社会洪流之中，致力于个人价值的实现和民族事业的发展，寄托着作者对于社会转型时徘徊挣扎的民族精英尽快挣脱旧日身心枷锁、投身民族大业的希望，也凸显了作者在启蒙现代性和印尼传统性之间经历了身份断裂的困惑迷惘后，最终选择挣脱传统束缚、追求现代理想的巨大转变。

作者认为：“这个国家的人民是生活在具有不同性质的东西方文明的双重性社会，他们生活在殖民地社会。毫无疑问，作家在其心灵中必然要描绘那个殖民地社会和两个文明的汇合。”“这个时代是彷徨的时代，各方面都还捉摸不定。所有的人都好像悬在半空中，上不着天下不着地，连立足点也还没有。”[①] 从这种意义上看，作者将现实与想象之间的矛盾及其导致的焦虑不安、迷惘虚无投射到人物形象身上，通过设置截然相反的女性形象隐喻东西方文明，表达自己的倾向和诉求。在这种情况下，男性是主体，女性是客体。叙事中隐含着男性知识分子对于传

① 梁立基：《印度尼西亚文学史》，昆仑出版社 2003 年版，第 519 页。

统女性规范的留恋认同和对于新式女性品质无法掌控的担忧焦虑，体现出男性在建构现代性别规范时的无所适从和左右为难。从另一种意义上看，作者刻画了在民族生存危机变动中，知识分子阶层以民族解放和国家独立的现代目标为指向，经历迷惘困惑、反思求索后对自身追求进行的抉择和修正的历程。在这种角度下，男性知识分子托诺和女性知识分子蒂妮都是主体，罗哈雅是辅助叙事的客体。小说虽然肯定了传统女性罗哈雅的温柔乖巧和顺从忍耐，对她的“物化”与“沉沦”抱以深切的同情，但她表征了落后于时代的传统，终将被处于社会变革的现代民族抛弃。而现代女性蒂妮张扬个性，追求自由，符合民族主义和启蒙精神的话语策略。蒂妮所面对的家庭和事业、感性和理性的矛盾不仅是现代女性所面临的普遍矛盾，更能上升到传统与现代关系层面，体现出作者对于同样被裹挟进入时代洪流的女性群体所面临的主要矛盾的清醒认识。蒂妮最终挣脱情感家庭的羁绊，毅然投身于社会运动之中，用事业实现个人价值，具有放弃男性盟友、背离女性传统职责的隐含意义，虽然在某种程度上走向了杜蒂的对立面，但蕴含着民族话语对于女性进步的殷切期望，是女性社会性进一步加强的表征。

本章小结

在印尼民族认同探索期里，殖民政府的高压政策迫使民族运动进入低潮，思想领域的变革深入推进，主要偏重“新文化”的价值塑造。

在思想领域中，构筑“印度尼西亚民族”的宏大叙事以“东西方文化论战”的形式呈现出来。知识分子在“西方性”与“东方性”之间进行权衡取舍，对民族新文化的建设方向提出种种设想。在这一时期，西方文化的影响超过本土传统，不仅出现“印（尼）学为体，西学为用”的调和理想，甚至出现“全盘西化”的激进观点，引导知识分子设计现代民族认同。在这一时期出现的《时运不济》《失去珍宝》《扬帆》《枷锁》四部长篇小说中，现代启蒙思想的影响逐步上升到思想层面，开始批判本土传统中的神秘主义和精神至上主义。“爱情”和“婚姻”的命题从批判封建传统的工具转变为遭到批判的对象。在现代民族探索发展道路的背景下，小说中的女性形象不再满足于争取家庭内部的个人权利，而是步入外部社会，实现自我价值；不仅以对家庭和社会、情感与事业的权衡取舍隐喻现代文化建设的规划和方向，而且说明追求现代的民族是女性寻求自我发展的外部驱动力量，女性解放程度的提高象征着民族现代变革的深化。

在《时运不济》中，女性作家的出现具有重大的性别进步意义。拉斯玛妮摆脱依附、进入社会、获得经济独立，在保有传统性别职能的前提下实现自我价值和社会价值，具有现代女性解放意义。在《失去珍宝》中，女性作家的社会关怀意识有所提升。哈密达获得个人自由和经济独立，并明确强调了女性的“民族母亲”身份，具有将自身解放与民族解放联系起来的进步意义。在《扬帆》中，作者表达出“全盘西化”的理想。杜蒂实现男性与女性、理智与情感、事业与家庭之间的平衡，成为标识新女性乃至新民族的典范。在《枷锁》中，作者刻画了东西方文化对立所引发的知识分子的心理困惑和身份断裂。蒂妮张扬个性，追求自由，挣脱情感家庭羁绊，毅然投身于社会运动，是女性社会性进一步加强的表征。

在民族认同探索期中，反封建话语已经逐渐退出叙述中心，现代启蒙精神的影响深入精神领域，对于本土的批判从习俗传统上升到精神信仰，显示出知识分子“弃旧图新”的激进倾向。长篇小说中的女性形象随着印尼现代性的推进逐步摆脱了“追随者”和“依附者”的身份，获得主体自由、实现社会价值，承担起男性“同盟军”的角色，参与到塑造新民族、新国家、新文化的宏大叙事中，总体呈现出一种变化的、昂扬的现代性。女性作家将自身独特的性别经验融入文学叙事，有利于提升女性性别意识。男性作家在创作中主动引入自身所持的意识形态，参与民族认同建构。获得个人启蒙的拉斯玛妮、哈密达、杜蒂和蒂妮走出家庭内部空间，进入社会外部空间，体现出女性解放程度的进一步提升。这种积极的变化与现代民族的发展途径和建设方向紧密相连。民族精英对于现代民族的总体构想决定着长篇小说的叙事逻辑和女性形象的必备品质。虽然女性作家基于个人经验的叙事描摹尚处于实验性表达阶段，男性作家叙事的主要着眼点聚焦于隐喻民族命运，都存在一定局限性，但是拉斯玛妮对于婚恋自由的质疑、哈密达对于妇女解放的引领、杜蒂对于两性关系的构想和蒂妮对于男权枷锁的反叛都体现出女性意识的进一步觉醒，蕴含着现代性别解放的重大意义。

·第三章·

印度尼西亚
民族认同抉择期的女性形象

从1942年日本占领印尼到20世纪50年代初苏加诺总统宣布恢复“统一的印度尼西亚共和国”，在历史表现上都属于印尼争取独立的战争阶段，是印尼民族认同抉择期。在这一时期内，印尼经历了日本军国主义的占领、印尼共和国宣布独立、荷兰殖民者卷土重来、“八月革命”最终失败等反抗新老殖民主义、争取国家独立的波澜壮阔的历史过程。新生民族的主体意识伴随国家独立和反殖斗争达到巅峰状态，又随着“八月革命”的最终失败而迅速跌入谷底。妇女运动全面介入民族独立进程，成为重要的战斗有生力量。在“求独立”的目标诉求下，现代与传统的对立和断裂受到人们前所未有的关注。随着荷兰殖民政权的倒台，民族精英开始抉择自身独特的发展道路，质疑西方中心神话，反思启蒙现代性，强调塑造具有印尼特色的民族精神。这种反思是在印尼现代性内部展开的，是对西方文化与本土传统、个体与集体、物质与精神等话语以及建立在这些话语上的观念和立场的再理解。这一时期的印尼现代文学包含日占时期文学和“八月革命”时期文学，虽然两者在社会、历史和文化上存在巨大差异，但大体上都是以战争为背景的文学叙事。长篇小说中的女性形象在民族话语的驱动下，以前所未有的昂扬姿态进入民族战争叙事，又在民族话语的规训下，疏离现代启蒙品质，回归传统性别职能，呈现出多元变化的样貌。

第一节
民族独立斗争期的民族意识消长

第二次世界大战期间日本横扫东南亚，于1942年3月以极小代价迫使荷兰投降，继而占领印尼。为了实现其“大东亚共荣圈”的罪恶理想，日本军国政府实行残酷的法西斯统治，解散所有政治和群众组织，建立傀儡团体，严酷镇压一切抗日和反日分子，以维持其罪恶的殖民统治。他们一方面大肆搜刮印尼的粮食、原材料和劳动力，实施臭名昭著的“强制劳工制度”（romusha），强迫数千印尼女性充当日本军队的“慰安妇”，另一方面大张旗鼓地开展混淆视听的宣传活动，把自己伪装成印尼民族的大救星，宣传“日本是亚洲的领导者，日本是亚洲的保护者，日本是亚洲之光”，以允许印尼独立为诱饵，骗取印尼人民对战争的全力支持。在日本占领印尼的三年半期间，印尼人民对待日本的态度经历了复杂的变化，从最初盲目崇拜日本人颠覆了白种人不可战胜的神话、满怀希望地相信日本能够带领亚洲人民获得独立，转变为认清日本人的法西斯侵略实质、产生失望情绪直至反感憎恶。

在日本占领初期，印尼人对日本人的好感是有一定根源的。1904—1905年的“日俄战争和俄国革命特别有力地推动了亚洲人民在政治生活方面的觉醒”[①]。从此，亚洲国家开始进入“资产阶级民主革命时代”和“一系列资产阶级民主民族运动的兴起”[②]的时代。日本战胜俄国的历史事件“引起了许多好动的印度尼西亚人的深思”[③]，苏门答腊的《中马文》报刊进而提出“亚洲是亚洲人的亚洲”[④]的口号。另外，“十二世纪爪哇一个国王佐约博约的宗教式预言，说印尼在经受白种人的长期统治之后（按预言的一些说法为三个世纪），有一种黄种人自北方而来，把白种人赶走，印尼将获得自由。这个黄种人在印尼停留了一季农作物的生长时间。所以，当日本侵略印尼时，他们就认为自由之日即将到来”[⑤]。第二次世界大战爆发后，由于荷兰殖民政府的顽固态度，反法西斯统一战线无法建立，不能动员民众团结起来抵御日军侵略。再加上日本在占领印尼之前曾刻意输入经济、文化和宗教影响，将自己伪装成亚洲被奴役民族的解放者，拉拢并培养了一批亲日力量，所以，日本才能用最小的代价轻易攻占印尼。

占领印尼后，日本军国政府煞费苦心地拉拢以苏加诺为首的民族主

---

① 《巴尔干和波斯的事变》，载《列宁全集（第十五卷）》，人民出版社1959年版，第194页。

② 《论民族自决权》，载《列宁选集（第二卷）》，人民出版社1972年版，第517—518页。

③ Sal Tas, *Indonesia: The Underdeveloped Freedom*, New York: Pegasus, 1974, p.107.

④ Taufik Abdulla, “Modernization in the Miangkabou World”, in *Culture and Politics in Indonesia*, Claire Holt (ed.), Ithaca and London: Cornell University Press, 1972, p.216.

⑤ 黄焕宗：《东南亚宗教在民族解放运动中的地位与作用》，《南洋问题》1986年第6期。

义者，将他们从流放和监禁中释放出来，吸收进入日占政府并许以相对重要的职务，根本目的是帮助巩固日本在印尼的统治。苏加诺权衡利弊后认为："我们站在日本一边，我们做日本的后盾。我们这样做，是由于我们深信：采取这种态度是我们的国家和人民将来取得幸福的唯一途径。"[①] 苏加诺的态度代表了上层民族资产阶级的普遍观点，既盼望民族独立，又不愿依靠人民，而是寄希望于外部力量。这一时期的民族运动虽然被限制在日本统治的框架内，但相比于荷兰时期仍不失为一个难得的发展时机。苏加诺获释后成为日本政府在印尼的最高代理人，先后担任民众力量总会会长、爪哇奉公会主席、印尼独立筹备委员会主席等职务，带领民族主义者组织行政和军事系统，沟通群岛之间的联系，有效宣传民族主义事业，使印尼民族思想和国家观念得到更大程度的渗透，使苏加诺－哈达二元领导地位得以巩固，获得了更为广泛的群众基础。

随着太平洋战争局势的日益紧张，日军由进攻转入防御。日本政府为了最大限度地调动民众力量，起用印尼人填补荷兰人的行政空缺，建立起印尼人主导的行政系统；为了保障印尼的战略补给基地，动员和训练了几十万印尼人"兵补""青年团"等日军辅助部队，成立"乡土保卫军"，参加太平洋战争。这些举措在主观上帮助达成日本人的政治和军事目标，配合日军在东南亚苟延残喘，在客观上却为印尼独立提供了非常重要的政治和军事准备。一旦出现国家权力真空，印尼人民就可以在政治上掌管印尼，在军事上保卫国家。在战争后期，日

① ［澳］莱格：《苏加诺政治传记》，上海人民出版社 1977 年版，第 175 页。

本人本着进一步争取印尼人支持、尽量避免一败涂地的目的，于1944年9月公开允诺印尼独立。1945年3月，日本宣布成立“印度尼西亚独立筹备工作调查委员会”（BPUPKI），起草了调和各种政治派别的《雅加达宪章》。8月7日，“印度尼西亚独立筹备委员会”（PPKI）成立。但8月15日日本宣布无条件投降后被命令保持现状，直到把权力交给战胜的同盟国军队。在这种局势下，苏加诺和哈达抓住时机，以印度尼西亚人民的名义签署了一份简短的独立宣言，并于1945年8月17日在小群民众前宣布独立。

独立前夕的印尼地区存在多种势力，各自拥有不同的立场和诉求，存在大量由于地区情感、文化、宗教、种族等差异所导致的分裂，出现了伊斯兰主义者力主建立伊斯兰教国和世俗民族主义者倡导建立世俗民主国家的分歧。为了最大限度地整合力量，苏加诺提出了印度尼西亚建国五项基础——潘查希拉（Pancasila），即“民族主义、人道主义/国际主义、社会公正、代议政府和信仰神道”①。这种折中方案是建立民族国家的基础和对未来发展道路的规划，照顾了各方利益，获得大部分人群的支持。克利福德·格尔兹（Clifford Geertz）提出：“潘查希拉概念是借古典传统的比喻性延伸来构筑新的符号体系，以便用它来赋予新生的共和政体以形式和意义的最突出努力。”②“潘查希拉”是以印尼主体文化——爪哇文化传统为源头、融合本土传统性和启蒙

① ［澳］史蒂文·德拉克雷：《印度尼西亚史》，郭子林译，商务印书馆2014年版，第74页。

② ［美］克利福德·格尔兹：《文化的解释》，韩莉译，译林出版社1999年版，第18页。

现代性的“独立的印度尼西亚的哲学基础。……可以在那上面建立起永恒的独立的印度尼西亚的大厦”[①]。从本质上看，“潘查希拉”属于广义印尼性，可被视作对于印尼现代民族认同的正式规定，标志着印尼现代性变革的重大飞跃。

印尼宣布独立后，苏加诺和哈达出任正副总统，成立内阁，颁布《一九四五年宪法》。在以英国军队为代表的盟军尚未抵达的几个星期内，印尼政府拥有了武装自己并巩固政权的短暂时机。根据二战同盟国间订立的条约，英国军队将接受日本投降，把印尼归还荷兰。由于印尼政府已经接管了大部分日本控制区，英国更加倾向于与印尼政府媾和。荷兰并不甘心就此失去统治三百多年的殖民地，企图卷土重来。然而，二战后民族主义运动风起云涌，非殖民进程成为历史发展的必然。战时的经历，使任何人要退回到旧殖民地关系的秩序已不可能。[②]

面对丧心病狂的殖民者，印尼人民同仇敌忾，与敌人展开浴血奋战，从而爆发了印尼民族运动史上著名的“八月革命”。荷兰当局拒绝承认印尼共和国政府，着手在比较容易控制的地区设立“自治州”。相应地，由于一些地区的传统统治者将印度尼西亚共和国视作个人利益的威胁，所以他们更加倾向于支持荷兰回归。在 1945 年 10 月“泗水之战”中，印尼人民以自己的武装力量第一次抗击来犯的英国盟军，虽然遭遇了军事失败，但有力地证明了共和国具有坚定的民众支持。

---

① ［印尼］苏加诺：《苏加诺演讲集》，世界知识出版社 1956 年版，第 7 页。

② ［美］约翰·F. 卡迪：《战后东南亚史》，姚楠等译，上海译文出版社 1984 年版，第 30 页。

1946 年 11 月，印尼共和国政府在英国的斡旋下被迫与荷兰人签署《林牙椰蒂协定》（*Perjanjian Linggarjati*）。协定规定，荷兰承认印尼共和国在爪哇、苏门答腊和马都拉的“事实权力”，印尼则同意建立荷印联邦。由于双方对协定的理解存在重大分歧，荷兰诉诸武力解决问题，于 1947 年 6 月对印尼发动第一次荷印（尼）战争，史称“第一次警卫行动”。由于印尼共和国武装部队处于劣势，不得不撤出城市进行游击战争。在联合国调停委员会的斡旋下，印尼共和国政府于 1948 年 1 月与荷兰签订了《伦维尔协定》（*Perjanjian Renville*），规定双方就地停战，印尼共和国必须加入荷兰在印尼领土上组成的“印度尼西亚联邦”，由荷兰继续行使主权。该协定将印尼再次置于被殖民的境地。1948 年 12 月，荷兰发动第二次荷印（尼）战争，史称“第二次警卫行动”。这一次荷兰军队占领了共和国首都日惹，逮捕了苏加诺和哈达，引起了全世界的广泛关注。美国出于反共战略考虑，强迫荷兰同意印尼独立。1949 年 8 月至 11 月，在海牙举行的圆桌会议上，最终确立了以共和国主体爪哇和苏门答腊与荷兰创建的外岛州联合起来的印度尼西亚联邦共和国。这意味着印尼共和国只是诸多邦国中的一个，必须同样听命于荷兰政府。轰轰烈烈的“八月革命”就此失败。1950 年 8 月 15 日苏加诺总统宣布恢复“统一的印度尼西亚共和国”，取消印度尼西亚联邦制，印尼才逐渐步入国家建设轨道。

宣布独立后，印尼人民的民族自信心和认同感得到极大的增强。由民族资产阶级领导的“八月革命”爆发后，印尼人民同仇敌忾、一致对敌。民族主义者提出“一旦独立，永远独立”的口号。新生民族的凝聚力在以自己的武装力量第一次抗击盟军的“泗水之战”中达到顶峰。革命爆发时，在印尼形成了包含社会主义、民族主义和宗教三种政治力量的民族统一战线。由于共和国内不同的利益集团对于新生国家性质的设想完全不同，统一战线内部产生尖锐分歧，加上荷兰当局蓄意破坏和挑拨离间，在“八月革命”期间，发生过地方对抗中央的武装叛乱和新兴势力对抗传统精英的社会革命，比如“达鲁伊斯兰叛乱”[①]和“茉莉芬事件”[②]等，都严重损害了统一战线和共和国的力量。随着《林牙椰蒂协定》和《伦维尔协定》的签署以及两次警卫行动的发生，印度尼西亚共和国被迫成为“印度尼西亚联邦共和国”的组成部分，仍需听命于荷兰政府。战争失败的悲惨现实、独立受挫的惨痛教训、毫无改观的苦难生活导致人们对民族解放和国家独立产生深刻的疑虑，也对黑暗社会和惨淡人生心灰意冷、悲观失望，整个社会中人心沮丧，充满失败主义情绪。

在日本占领时期，印尼女性面临的问题更为突出。日本殖民者对印尼年轻女性的性剥削非常严重。许多女性，甚至尚处学龄的少女都成为日本男人的性猎物。为了避免遭到日本人侵害，大部分印尼女性只能困守家中，无法出门求学，活动范围非常狭窄。在这样的社会背景下，印尼妇女大会除传统议题外，开始批判性剥削、强迫卖淫和

---

① “达鲁伊斯兰叛乱”是指印尼宣布独立后，伊斯兰势力之一真主党的军队与政府军在西爪哇岛开展游击战，并与伊斯兰教其他派别在南加里曼丹岛等地区呼应，一直持续到20世纪60年代才完全结束。

② “茉莉芬事件”是指1948年9月印尼右派势力在茉莉芬市镇压印尼共产党人的事件。茉莉芬事件不仅严重削弱了印尼共的力量，也使新生的共和国元气大伤。

买卖妇女等犯罪现象。为了遏制妇女运动领域的民族主义情绪，日本殖民政府取缔了几乎所有妇女组织，妇女大会也被迫停止一切活动，只有正式宣布支持日本建立“大东亚共荣圈”的妇女组织才被允许活动，改善妇女命运的努力几乎停止。日本军国政府成立了“妇进会”（Fujinkai），其作用是在当局领导下辅助宣传日本“大东亚共荣”的理念。为了支援日本赢得战争，她们也接受军事训练，帮助护理日本伤员，甚至直接参与战斗。印尼共和国宣布独立后，“妇进会”解散，成立了具有替代性质的民族主义妇女组织“印度尼西亚妇女团结会”（Persatuan Perempuan Indonesia，Perwani）。该组织与“印度尼西亚妇女会”（Perempuan Indonesia，Wani）联合后，在1945年全国妇女大会上更名为“印度尼西亚共和国妇女团结会”（Persatuan Perempuan Republik Indonesia，Perwari）。在同一时期内还出现了许多奉行不同意识形态的妇女组织，如伊斯兰妇女组织（Muslimat Masyumi、Muslimat Nachdatul Ulama）、基督教妇女组织（Persatuan Perempuan Kristen Indonesia）等，还有一些与军方联系紧密的妇女组织，如“军官妻子团结会”（Persit）和“警察妻子团结会”（Persatuan Istri Polisi）等，她们的主要任务是为丈夫外出参战的军官妻子和军人寡妻提供帮助。

“八月革命”时期印尼妇女运动的主要内容与民族运动一致，都是保卫国家独立的成果。印尼独立后第一届全国妇女大会（1945年12月17日，日惹）宣言明确表示，当前最为紧迫的是“在保卫国家独立的框架下建立后防”（membentuk pertahanan belakang dalam mempertahankan kemerdekaan negara）[①]。针对荷兰妄图将印尼颠覆为联邦制国家的阴谋，大会明确宣布全力支持统一的印度尼西亚共和国。在1946年全国妇女大会召开前夕，大会设立了“印度尼西亚妇女大会组织”（Badan Kongres Perempuan Indonesia），并组建了“印度尼西亚妇女大会联盟”（Kongres Wanita Indonesia，Kowani），以便加强妇女组织间的团结和联系。印尼全国妇女大会的主要目的是在印尼妇女界构建一个共同体，号召共同保卫祖国独立，例如当时成立的“印度尼西亚妇女战斗力量中心”（Pusat Tenaga Perjuangan Perempuan Indonesia），成员是各地战场的妇女团体和组织成员，她们的任务是设立红十字站、公共食堂，给前线输送补给被服，甚至直接参与战斗。另外，在“八月革命”期间，“印度尼西亚妇女大会联盟”通过与外国妇女组织建立联系的方式辅助共和国政府获得国际上的承认。大敌当前，民族国家利益高于妇女利益，穆斯林妇女组织与其他宗教和世俗妇女组织之间的分歧暂时偃旗息鼓，一致对外。

印尼妇女参与“八月革命”，一方面是社会历史背景使然，另一方面是基于以苏加诺为首的民族主义者的承诺，即妇女只有首先参与民族运动，才能在新生的民族国家里获得相应的地位。[②]民族战争这一特

① Departemen Penerangan Republik Indonesia, *Surat Keputusan Menteri Penerangan Republik Indonesia NO. 20/SK/M/1968*, p.14, in *Pergerakan Perempuan Indonesia 1928-1965, Perempuan Indonesia dalam Masyarakat yang Tengah Berubah*, Tita Marlita, Jakarta: Program Studi Kajian Wanita Program Pascasarjana Universitas Indonesia, 2000, p.89.

② Christine Doran, *Perempuan dan Nasionalisme Indonesia (Women in Indonesian Nationalism)*, Jakarta: Pustaka Argu, 1994, p.11.

殊背景，使传统性别规范遭到某种程度的颠覆，使女性进入社会外部空间的要求进一步合法化，在某种程度上推动了印尼妇女运动的发展。在战争期间，妇女走出闺房，走进社会，进入工厂和战场，直接或间接参加武装斗争。成千上万来自印尼各地的妇女与她们的男性战友一起拿起武器对抗荷兰殖民者，成为印尼历史上规模最大的女性参与社会、介入政治的尝试。民族国家的危难为女性摆脱传统性别秩序和道德观念、从家庭私人空间突围、进入社会公共领域提供了名正言顺的机会。战争改变了传统的性别分工和性别壁垒，使得女性获得一定的发展空间和社会地位，获得社会认可和国家民族的尊重，并由此获得民族身份。然而，在战争中，女性主动参与战斗或辅助男性保家卫国的话语遮蔽了妇女的自身意愿，改革婚姻制度、改善女工状况、要求同工同酬等性别化诉求遭到民族国家利益的掩盖。

当年轻的印尼共和国化解了民族危机，真正获得独立和主权后，活跃在印尼政坛上的妇女组织基本都被整合进入不同的政党，奉行不同的意识形态。为了回报女性在民族独立斗争中的英勇表现，男女平等的条款被写入宪法。但民族主义者认为妇女在独立斗争中已经被赋予了足够的政治权利，这种权利不应该扩大到其他领域。苏加诺在《萨丽娜：妇女在印度尼西亚共和国斗争中的职责》[①]（*Sarinah:*

① Sarinah 是印尼第一任总统苏加诺儿时的保姆，对苏加诺的影响很大。在她的教导下，苏加诺产生了传统道德观和热爱人民的朴素人道主义情感。为了纪念她，苏加诺将印尼第一座现代商厦命名为“Sarinah”，并于 1963 年撰写著作《萨丽娜：妇女在印度尼西亚共和国斗争中的职责》（*Sarinah: Kewajiban Wanita dalam Perdjoeangan Repoeblik Indonesia*），强调印尼妇女对于民族国家的义务和职责。

Kewadjiban Wanita dalam Perdjoeangan Repoeblik Indonesia，1963）中谈道："只有男女双方能够并肩相互支持，各自保存本性差异，才能实现精神平等。那些违背自然规律的人将被毁灭。"[①]也就是说，现代印尼民族接纳的女性必须以天然生理性别及其对应的性别规范和性别职能为首要前提，必须满足民族国家的建设发展需要。由此可见，印尼妇女运动虽然具有一定自主性，但始终被限制在民族运动框架之下，受到民族主义的制约。

从卡尔蒂妮开始，印尼妇女运动便将反对"一夫多妻"作为斗争焦点，甚至在1935年全国妇女大会上讨论了"一夫一妻"的提案。由于伊斯兰教义中明确支持"一夫多妻"，传统习俗中也存在"一夫多妻"的规定，所以提案遭到以伊斯兰妇女组织为代表的多方势力的强烈反对，这也成为印尼妇女运动中存在的最大分歧。从1950年恢复"统一的印度尼西亚共和国"后，印尼妇女运动的议题主要聚焦于改善妇女婚姻地位，反对一夫多妻制。讽刺的是，1953年颁布的第19号政府法令（*Peraturan Pemerintah Republik Indonesia Nomor 19 Tahun 1953*）仅是规定给予一夫多妻的妻子公平的生活补贴，变相默许甚至纵容一夫多妻的现象。1953年12月17日在印尼发生了大规模妇女示威，要求取消第19号政府法令，出台婚姻法。1954年，曾口口声声宣称支持妇女解放、将会废除一夫多妻制的苏加诺总统迎娶第二个妻子，导致印尼妇女运动遭受重大打击。当时最有影响

① Saskia Wieringa, *Kuntilanak Wangi: Organisasi-Oraganisasi Perempuan Indonesia sesudah 1950*, Jakarta: Kalyanamitra, Pusat Komunikasi dan Informasi Perempuan, 1990, p. 223.

的妇女组织“印度尼西亚共和国妇女团结会”举行示威活动，支持苏加诺的时任妻子法特玛娃蒂（Fatmawati）。在妇女运动内部针对一夫多妻问题也产生了巨大分歧：伊斯兰妇女组织根据教义支持一夫多妻，最大的左翼妇女组织“印度尼西亚妇女运动”（Gerwani）为拉拢苏加诺表现出模棱两可的暧昧态度。[①] 印尼妇女运动一方面面临以苏加诺为首的民族主义者的背信弃义，另一方面经历自身成员之间的离心离德，内忧外患之下处境艰难。1975 年生效的《婚姻法》中没有规定“一夫多妻”违法，所以印尼妇女运动对“一夫多妻”的斗争宣告失败，印尼妇女运动对于保障妇女家庭地位和婚姻权益的诉求暂时告一段落，女性对于男权的反抗以失败告终。在苏哈托“新秩序”时期，印尼妇女运动处于政府严格的控制下，继续围绕着担任好妻子和好母亲的“民族母亲”目标进行，因为东南亚女性主要是和“家庭”“家庭妇女”这样的词紧密联系在一起的，她们独立的基础是家庭。在“新秩序”时期成立的以“民族母亲”为宗旨的妇女组织（如 Dharma Perempuan、Perkumpulan Istri 等）或者认为女性关乎“建设家庭福祉”（Pembinaan Kesejahteraan Keluarga，PKK）的观点，都是对印尼女性在民族国家中的身份、地位和职责进行不断定义的动态过程，是现代民族国家持续制定现代性别规范的表现。

---

① 具有女权性质的妇女组织 Gerwani 在苏加诺的婚姻问题上的表现很矛盾：该组织的规定十分严格，如果其成员成为第二个妻子，她将被开除出组织。如果印尼共产党党员的妻子知道其丈夫将娶第二个妻子，她将立刻向组织寻求帮助，组织出面处理相关人员。然而，在对待苏加诺一夫多妻的态度上，Gerwani 认为印度尼西亚共和国妇女协会（Perwari）不应插手国家领袖的家庭事务。

第二节
独立战争叙事中的民族认同抉择

从日本占领时期开始到“八月革命”结束，总体属于争取国家独立的战争时期。在这一时期内，印尼文学基本都以战争为背景或主题，围绕战争展开叙事。占领印尼后，日本政府实施出版审查制度，关停《新作家》杂志，禁止发行方言出版物，禁止使用荷兰语。为了满足自身宣传需要，日本政府设立“文化中心办公室”（Keimin Bunka Shidosho），组织全国文学家和艺术家进行宣传创作。从客观上看，荷兰殖民政府的倒台动摇了西方文化对于印尼的长期垄断，使印尼文学摆脱了旧束缚。日本政府的措施推动了印尼文学艺术的发展，促进印尼语的迅速普及，增强了印尼语的群众整合能力。这一时期的作家在战胜殖民主义的鼓舞下表现较为活跃，在多方面的创作中都有突破性发展，由青年作家创作的宣传性诗歌、短篇小说和戏剧比较丰富，能够更为自由地在文学作品中表达其宣传目的和意识形态，增强了新兴民族国家的想象力度。由于环境恶劣和物质匮乏，长篇小说难以创作，只产生了卡林·哈林（Karim Halim）的《五谷杂粮》（*Pala Wija*，

1944）和苏丹・伊斯坎达的《热爱祖国》（*Tjinta Tanah Air*，1945）两部长篇小说。这些文学作品都忠实体现了日占时期文学家主动或被动宣传“大东亚共荣”的理想，更重要的是，利用民族语言文学等特殊元素组成的“有机的共同体之美”[①]，超越个人局限，宣传民族解放和国家独立，激发人民对民族和国家的无私热爱之情。

日本为印尼人民虚构了国家独立的诱人前景，即便这种独立必须在日本设立的框架下进行，必须纳入“大东亚共荣圈”的范畴，也成为一个激动人心的宏大目标，召唤不同文化背景、地域部族和意识形态的民族主义者共同奋斗。以苏加诺为代表的民族资产阶级具有一定程度的软弱性，不愿发动群众争取独立，所以他们采取“西方殖民者是真正的敌人，日本人也是敌人，但却可以利用来达到印度尼西亚的目的”[②]的态度与日本人合作，并同时依靠合法手段积极发展本土政治和军事力量，宣传印尼民族意识和国家理念。这种独特的建设性对日占时期的文学创作产生了重大影响。这一时期的文学文本一方面响应日本政府号召，为日本统治和大东亚共荣的宣传效力，另一方面积极为民族独立运动和建构民族国家服务，不仅塑造了“觉醒的亚洲人”，更塑造了“舍个人为民族”的“觉醒的印尼人”，表现出强化民族认同、建构民族国家的宏大意愿。这种具备双重功能的文学被称为“双刃文学”，在日本占领初期，为日本宣传效力的功能较为突出，而在日

① ［美］本尼迪克特・安德森：《想象的共同体：民族主义的起源与散布》，吴叡人译，上海人民出版社 2011 年版，第 139 页。

② ［澳］莱格：《苏加诺政治传记》，上海人民出版社 1977 年版，第 149 页。

本占领后期，宣传民族独立的功能则日益凸显。[①]

更重要的是，西方人不可战胜的神话在日本军国主义面前表现得不堪一击，对印尼民族主义者产生了巨大的心理震撼。他们发现西方中心论和西方先进性并非毋庸置疑，开始用理性的目光重新审视“西方-东方”“先进-落后”的二元对立命题，并当仁不让地成为宣传民族意识、倡导国家独立的中坚力量。这种现象的产生首先源于日本政府铲除西化的宣传和措施，其次，以苏加诺为首的民族精英废除荷兰殖民旧制度，订立印尼特色新规范，也在客观上促进了印尼民族意识的发展。在文学文本中，作者一方面反思启蒙现代性，批判唯个人论、唯物质论在日益紧张的社会和民族矛盾中显示出的软弱性和虚幻性；另一方面，“本土知识分子都迫不及待地想躲开可能吞没他们的西方文化”，“决心与他们民族最古老的前殖民地时期的生命重新对接”[②]，开始聚焦于重塑现代民族认同中的印尼特色，在文化传承中选择有利于国家建设的特色元素，使“过去”成为有用的“现在”，将起源于传统共同体的集体意识和无私精神书写为新生印尼民族的固有本质，从而激发出人们强烈的民族自尊心和自豪感。

“八月革命”的爆发意味着印尼民族开始正式摆脱对于西方殖民者的畏惧心理。这种与旧时代彻底决裂、热情创造新世界的潮流投射到文学上，催生出一批具有强烈叛逆精神的青年作家。烽火连天、物资

① 梁立基：《印度尼西亚文学史》，昆仑出版社 2003 年版，第 570 页。

② ［阿］法侬：《论民族文化》，载罗岗等主编：《后殖民主义文化理论》，中国社会科学出版社 1999 年版，第 278 页。

匮乏的革命时期带给印尼作家们无穷的创作灵感和写作动力，他们以饱满的激情和昂扬的斗志歌颂革命、鼓舞士气。在高涨的民族主义情绪之下，知识分子开始全面反思西方文化，揭示启蒙唯物思想在印尼精神文化领域遭遇的水土不服，将本土传承的宗教信仰和终极关怀等人文思想定义为现代民族认同的精神基础，使本土优秀传统重新成为人们的灵魂栖所和精神家园。他们的文学作品不仅在语言和创作风格上发生重大变化，主题思想更加贴近现实生活，客观描写出“八月革命”时期的社会风貌和民生百态，还开始揭露启蒙现代性话语中存在的西方陷阱，批判文化激进主义，批判人性欲望的无限夸大和人欲泛滥，反对用物质欲望取代精神追求，反思以人性和物性代替神性的西方哲学观点，呼吁印尼民族在人文思想领域内不要盲目接受西方价值标准，要求坚守印尼优秀文化传承，增强民族文化自信。

然而，因为国家独立遭受挫折，加上社会局势动荡、人民生活毫无改观，焦虑和沮丧的失败心态弥漫于社会之中。这种由高潮向低潮的演变同样投射到文学创作中，在独立战争最终失败的催化作用下，斗争过程中的所有苦难都被放大，战争的残酷气氛和惨烈牺牲都成为文本叙事的主题。“八月革命”初期文学文本中对于革命的宣传和赞美在荷兰殖民主义者鼓吹的“普遍人道主义”和“世界主义”的影响下，以及与浪漫的革命理想和独立幻梦相差甚远的现实生活的对照下，变成了对民族主义的困惑、对战争苦难的控诉和对阴暗社会的失望。知识分子发现，现代民族话语构筑的民族国家理想并不像想象般瑰丽，在革命失败的影响下，所有悲剧性的过程和结果都显得触目惊心，极大地对冲了民族话语的正义性与合理性，引起人们的深思。

在“八月革命”期间，以凯里尔·安瓦尔为首的青年作家成立了“独立艺术家文坛”，集中在《策略》杂志上的“文坛”专栏上发表作品，被称为“文坛派”或“45年派”。这部分作家在1950年发表《文坛派宣言》（*Surat Kepercayaan Gelanggang*），阐明了其“世界主义”和“普遍人道主义”的思想核心。[①] 按照耶辛的观点，“45年派”是“核心的文学影响，他们的文学不服务于某种主义，而是服从于人道。他们不是根据各种概念而思考，而是根据人性而生存”[②]。“45年派”作家能够反映当时文学潮流的一个侧面。他们“以世界主义反对民族主义，以普遍人道主义反对民族性和阶级性”[③]，反对文学的倾向性和意识形态性，将文学视为审美性强于政治性的独立的特殊事物。“45年派”作家的核心观念一直延续到50年代以后，并深刻地影响了60年代出现的“两种文艺路线”斗争。从某种意义上看，“45年派”是深受西方文学思潮影响、以唯美主义为文学使命、强调表现自我意识和主观情感，反对文学的意识形态功能和政治说教色彩的文学流派。“45年派”虽然与发挥“民族寓言”作用、与政治环境息息相关，与具有浓厚政治性的文学派别产生一定程度的疏离，却有其产生的合理性。因为日本占领时期过度的政治色彩损害了文学的审美、情感和道德价值，使文学丧失独立性，成为政治的附庸。“45年派”的主张虽然忽略了

---

① 梁立基：《印度尼西亚文学史》，昆仑出版社2003年版，第614—615页。

② Hans Bague Jassin, *Kesusastraan Indonesia Modern dalam Kritik dan Essai*, Jakarta: Gunung Agung, 1955, p. 192.

③ 梁立基：《印度尼西亚文学史》，昆仑出版社2003年版，第615页。

文学不可能完全脱离社会的现实，但作为对沦为政治附庸的文学潮流的反拨，仍然具有重要的进步意义。与此同时，另有很多作家拒绝被列入“45 年派”，而是继续将主观感受和意识形态融入文学创作之中，折射出客观历史发展的独特印记。

第三节
争取独立的民族与面临抉择的女性

民族认同抉择期的长篇小说大多与战争有关，属于广义上的战争叙事。战争是人类解决矛盾冲突的暴力活动，是与人类文明相伴相生的客观历史存在。奥斯瓦尔德·阿莫德·哥特弗里德·斯宾格勒（Oswald Arnold Gottfried Spengler）认为："战争的精华，却不是胜利，是在于文化命运的开展。"[①] 印尼独立战争是以实现国家独立为目标的暴力活动，集中反映出民族意识的曲折消长。为了重塑印尼民族的自信心和自豪感，缔造具有印尼特色的民族认同，在文本中，西方个人主义和唯物理念遭到反思和批判，本土古老的精神传承和宗教信仰重获新生，成为印尼民族的灵魂寄托。民族战争不仅缔造了男权统治秩序，也决定了女性的身份变动。女性通过认同、支持、维护和疏离男性的方式介入战争，参与国家独立进程。民族话语一方面促使女性走进社会外部空间，在客观上加大了女性解放的力度，另一方面在民族危机压倒一切的时刻，要求女性放弃个人利益，服从民族需要。

① ［德］奥斯瓦尔德·阿莫德·哥特弗里德·斯宾格勒:《西方的没落》，齐世荣等译，商务印书馆 2001 年版，第 110 页。

一 《热爱祖国》：舍己为国的阿斯蒂娅（Astiah）

在日本占领时期，“双刃文学”一方面为日本宣传效力，另一方面宣传民族意识。随着西方中心神话的破灭，知识分子开始批判西方个人主义，将东方传统中的共同体意识纳入现代民族认同的建构范畴，使之成为民族解放和国家独立的重要保障。长篇小说中塑造的女性形象放弃个人欲求，成全民族大义，追随男性参加战争，介入社会变革过程，在民族运动中发挥女性的社会价值，体现出民族话语对女性职能的收编和民族精英对女性地位的设想。

苏门答腊作家努尔·苏丹·伊斯坎达从“图书编译局”时期就活跃在印尼文坛上，是印尼著名的高产作家，他的长篇小说《热爱祖国》[①]（*Tjinta Tanah Air*，1945）是日本占领时期仅有的两部长篇小说之一。在小说中，男子阿米努丁与少女阿斯蒂娅偶遇相恋，在双方家长的支持下缔结婚约。太平洋战争局势逆转后，阿米努丁在家人的支持下奔赴前线，与阿斯蒂娅一起，一个在前方战斗，一个在后方支援，共同保家卫国。小说里塑造的阿斯蒂娅属于深明大义、舍己为国的女性形象。

作为日占时期“双刃文学”的典型代表，《热爱祖国》完全响应时代的号召，既为宣传日本效力，又为民族独立服务。日本军队战胜了西方殖民者，为长期遭受荷兰殖民的印尼地区带来独立的前景，使人

① Nur. St. Iskantar, *Tjinta Tanah Air*, Djakarta: Balai Pustaka, 1953. 本节所有引文均出自此书，由笔者所译。

民深受鼓舞。他们认为，日本武士道精神是击败西方殖民者、重振东方自信心的思想武器。所以在这一时期里出现了两种思想：一方面由于日本政府的宣传，人们“相信亚洲将会重新崛起。亚洲繁荣将惠及亚洲人民。西方长期的剥削压榨将不会重演”（p.20），“西方余孽已然消失殆尽，取而代之的是灿烂耀眼的‘东方’光芒”（p.8）；另一方面，印尼民族的自尊心和自豪感也在与日俱增，“印尼人民不是无所作为，时机具备，一定大有可为”（p.20）。“好品性仍存在于我们民族之中，仍蕴含在传承于祖先的战士品质之中。”（p.85）

“双刃文学”的另一个重要职能就是号召印尼人民向日本政府效忠：“我们要奉献所有力量，获得最后的胜利。”（p.89）为此，“我们不能盲目乐观，不能因为幸福而忘乎所以。因为，如果没有我们的流血牺牲，就无法体会幸福快乐！牺牲，我特别强调这个词，因为战火频仍，愈演愈烈！每时每刻我们都不能忘记这战争的后果。仍有许多艰难困苦等待着我们……所以，我们必须战斗，必须奔赴战场。”（p.90）重要的是，替日本卖命的最终目的是获得印尼民族解放和国家独立：“我们的祖国，必须由我们自己保卫，而不是拱手让人。这样的信念已经根植于印尼人民心中，不论男女老幼。”（p.116）这种态度与苏加诺等民族资产阶级借助日本力量获得民族独立的理想完全一致。

为配合日本政府铲除西化的政策，小说开始抨击西方，赞美东方。对于西方的抨击，源于西方不可战胜神话的破灭，表现为批判现代个人主义，揭露种族政策和西式教育的虚伪本质。在荷兰殖民时期，殖民政府推行种族歧视和种族隔离政策，严重阻碍了现代民族认同的形成，导致“印尼民族内部不同群体的高低贵贱被刻意凸显。高贵的更为高贵，低贱的愈发低贱。群体差异日益巨大。如此一来所有群体之间便产生隔阂。……无论印尼民族领袖如何努力，民族统一都非常困难，甚至无法实现”（pp.5-6）。殖民政府推行的西式教育在本质上属于奴化教育，是荷兰人宣传西方中心神话、维持殖民统治的工具，不是“为了开发民智，使我们堂堂正正做人，而是为了帮助他们攫取这里的财富”（p.46）。“父母不是不知道从前的学校是西式学校，西式教育会改变我们民族前进的方向。但是，由于眼睛被其表面的光芒所蒙蔽，才会遗忘我们自己的本性。”（p.107）批判种族政策和西式教育代表着西方中心话语的动摇，是建构具有印尼特色的现代民族认同的前提。

与此同时，知识分子意识到为了实现国家独立，必须重塑民族自信心和自豪感：“现在必须以人民的利益为重。所有努力都必须以实现最终的胜利为目的。”（p.49）“如果不能坚定决心重塑祖先的优良本质，不知会发生什么。”（p.110）而民族自信心和自豪感来源于本土古老的文化传承：“在这十年、二十年间，我们中间出现了许多有见识的人。这不是荷兰人的意愿，而是我们自身的觉醒。”（p.46）“一下子祛除数十年残留的影响的确很难，只能逐步进行。在近几个月内，因为我们领袖的努力，因为政府、领袖和人民间的睿智合作，感谢真主，东方精神已经开始在年轻一代心中激荡。”（p.107）“现在（互助品质）已经重现。同胞的困难就是自己的困难。”（p.111）在小说中，“东方精神”可以被表述为“有福同享，有难同当”（p.111）和“个人利益远远抛弃，集体利益推动前进”（p.38）。正如苏加诺阐释建国五项基础“潘查希拉”一样，“如果我把五项基础合成三项基础，又把三项基础合成一项基础，那么我能够用纯粹的印度尼西亚语说出来，那就是：互助合作”[①]。

根据德国哲学家斐迪南·滕尼斯（Ferdinand Tönnies）的观点，人类群体生活存在两种结合类型，即共同体与社会。共同体类型主要是“在建立在自然的基础之上的群体（家族、宗族）里实现的，是建立在有关人员的本能的中意或者习惯制约的适应或者与思想有关的共同的记忆之上的”。社会“产生于众多的个人的思想和行为的有计划的协调，个人预计从共同实现某一种特定的目的会于己有利，因而聚合一起共同行动，是一种目的的联合体”[②]。滕尼斯认为，“国家”与“社会”（主要指以个人为本位的公民社会）出现在近代以后，与传统的“共同体”存在二元对立。在前现代时期的印尼群岛范围内，广泛存在着村社社会形态。这种村社社会是封建制度和殖民统治的基础，属于传统“共同体”，要求约束个人意志，强调整体利益和整体和谐。现代启蒙思想传入印尼后，为了实现构筑现代民族国家的理想，人权、自由、理性等现代理念成为个人向封建陋习宣战的武器，打破传统共同体束缚，追求现代个人主义，进而推动现代民族意识的发展。在批判西方文明、争取国家独立、

① ［印尼］苏加诺：《苏加诺演讲集》，世界知识出版社 1956 年版，第 21 页。
② ［德］斐迪南·滕尼斯：《共同体与社会》，林荣远译，商务印书馆 1999 年版，第Ⅱ—Ⅲ页。

民族矛盾空前激化的时期，起源于印尼（爪哇）传统村社社会的共同体意识在民族解放理想的要求下，经过印尼现代性的洗礼重新获得崇尚和谐、强调等级、互助合作、大公无私的时代价值，演变为与西方个人主义二元对立的印尼“集体主义”，成为现代民族认同中具有印尼特色的重要组成部分。

从某种意义上看，现代性不外是现代民族国家主权的建立和现代个人主体的建构。所以，印尼现代性中包含个人启蒙和民族解放两个重要命题，民族命题可被视作印尼现代性中的支配性命题，影响个人启蒙的程度和力度。也就是说，个人在民族解放话语驱动下获得启蒙，同时也被纳入民族轨道，民族的目标会对个人行为进行干预和塑造。在荷兰殖民统治时期，民族理想驱动个人启蒙，两者同向发展。传统家族主义和部族主义成为个人与民族之间的主要障碍，对传统的批判在本质上都是对家族和部族共同体的否定。民族话语将个人从家族部族中解救出来，获得民族身份。这时的个人主义体现出独立自由、积极进取的正面价值。在日本占领和“八月革命”时期，民族危亡压倒一切，成为时代核心命题。民族话语关怀的不是个人解放，而是超脱于个人之上的民族解放。抽象的“民族”成为掌握统治权的主体，具体的“个人”成为被支配的客体，必须服从民族支配。民族主义运用强势的意识形态工具向人民灌输民族意识、民族形象和民族认同，要求个人认同民族并甘愿牺牲奉献，以实现民族独立的目的。这时的个人主义被书写为自私贪婪、见利忘义的负面意义。由于民族主义在普通人群中的普及程度较低，无法有效号召群众，加之前期对于家族和部族主义的否定导致传统文化中的团结力受到严重伤害，进而影响到现代民族国家的凝聚力。所以，本土传统中的共同体意识被重新发掘出来，被赋予崭新的时代内涵，成为民族解放和国家独立的思想武器。

在历史时代的感召下，男性成长为大公无私、牺牲奉献的典范，“努力工作，在履行职责时不看重个人利益。保家卫国的精神在他们心中激荡。他们勇敢地参加战斗，毫不担心个人安危。……作为印尼男儿，必须对祖国的安危负责”（pp.114-115）。他们发出振聋发聩的吼声：“宁愿战死在沙场，不愿苟活于压迫。”（p.121）“宁愿流芳百世，不愿苟活为奴。”（p.140）“宁为玉碎，不为瓦全。”（p.140）阿米努丁在民族主义的激励下，希望为民族事业贡献力量：“现在荷兰殖民已经结束，但是战争依然如火如荼。我作为印尼民族领袖的儿子，作为真正的印尼男儿，有义务保卫祖国和人民……”（p.62）与此同时，“不仅男儿是民族希望，女子也是民族之花”（p.62）。新女性阿斯蒂娅丰盈适度，黝黑甜美，恪守礼仪，坚强勇敢，“直爽坦率，身心纯洁，与人交往落落大方，善于适应习俗要求”（p.108），兼具传统和现代品质。战争摧毁了日常生活秩序，动摇了传统性别观念，为女性带来了较大的自主空间，使女性能够名正言顺地参与社会运动：“哈亚蒂和阿斯蒂娅热衷于谈论妇女阵线，通过教育儿童、运送食物的方式支援战斗。”（p.113）在全民皆战的大背景下，女性不完全是被动参战，而是有着自身的现实诉求。阿斯蒂娅认为：“对女性而言，‘后方阵线’也能够起到鼓舞士气的作用，比如维持治安、提供生活物资等，一句话，就是保卫国家安宁。如此一来，每个人都必须根据自身所长保家卫国。农民依靠农业生产，妇女通过料理家务，勇敢的青年依靠武装斗争！”（p.116）

妇女介入族裔和民族进程时，可以“作为民族、经济、政治和军事斗争中的参与者”[①]。在这部作品中，男性先驱阿米努丁是女性阿斯蒂娅的革命导师。男性将女性纳入民族，看重的是女性自我牺牲、无私奉献的传统品质，以及这种品质对于建立现代民族国家的积极意义：“如果妇女没有愿意牺牲的品质，民族将会何种模样？”（p.98）阿斯蒂娅的言行也印证了女性牺牲奉献的品质：

> 明天，阿米努丁哥哥将要参加入伍训练。即便他没说我也知道。我会阻拦吗？如果出于女子对未婚夫的爱，谁愿意忍受分离？上山下海，必定追随，……生同床死同穴。但是，有一种爱比我的小爱更神圣，那就是对祖国的爱。当我们忠于祖国，为同胞奉献，当我们对祖国充满感情、衷心祝福，感谢她承载我们的生死，就体现出大爱全心奉献的本质。所以对祖国纯洁神圣的爱必须放在首位。（p.150）

她不仅在情义两难时放弃小爱成全大爱，更以昂扬的姿态追随爱人，共同保家卫国：“哥哥当战士，我也当战士。哥哥爱祖国，我也爱祖国、爱人民、爱全人类。所以，明天哥哥去军训，我也进入医院当护士……我与哈亚蒂将坚守后方。哥哥的部队开到哪里，我们战地护

① 陈顺馨等编：《妇女、民族与女性主义》，中央编译出版社2004年版，第71页。

士部队就保障到哪里。”（pp.151－152）

从表面上看，虽然阿米努丁和阿斯蒂娅参与的太平洋战争并非民族解放战争，只可能为维持日本军国主义暴政作出无谓的牺牲，但是由于以苏加诺为首的民族资产阶级与日本政府进行合作，希望用全力支持日本的方式获得自身独立，所以，印尼人民将参与战争视为民族独立的必由之路，等同于爱国主义。在这一过程中，女性追随男性先驱参与民族斗争，介入民族叙事。女性对于男性的爱情，蕴含着女性通过自我献身的方式肯定和褒奖男性先驱的意义；女性对于民族的作用，在于女性具备奉献牺牲的传统精神。阿斯蒂娅将个人之爱上升到民族之爱和国家之爱，表面上向日本效忠，本质上却凸显出女性群体对于现代民族国家的高度认同，彰显了文本叙事的宣传力量，符合日本占领时期文学发展的总体特色。然而，被纳入民族轨道的女性同时面对着民族话语的干预和安排，面临着主体丧失的风险。阿斯蒂娅主动响应民族理想，放弃个人需要，通过爱国行为发挥个人价值。与前期追求自我、张扬个性的女性形象相比，阿斯蒂娅已经成为具有民族理想的抽象行为个体，目标是辅助男性实现民族国家的独立。

从女性角度看，战争对于社会资源的全面需求改变了陈旧的性别分工，支持女性走出闺房、走向战场，赋予女性崭新的社会地位与合法的民族身份，意味着女性解放程度的进一步提升。然而，在社会运动中，传统性别秩序依然发挥作用。“对于女人来说，进入公共领域有两种情况。一是把女人定位于男人的支持者，二是通过‘安全空间’

的观念使她们得到社会的认可。”[①] 这里的“安全空间”是指男性规定的有限空间，可供女性获得部分社会价值。阿斯蒂娅无法独立参与社会运动，必须在民族精英阿米努丁的引领下，通过追随、支持和辅助男性参与民族斗争，才能在民族内获得一席之地，获得身份归属感。她复述男性精英的声音，成为男性精英的变体。无论她表现出怎样的自主性，都受到民族的驱动和性别的制约，皈依民族主义伦理和传统性别规范，完全放弃个人主体以及女性主体的建构。作为回报，这类女性形象对于民族的意义不再局限在民族再生产层面，而是通过发扬牺牲奉献的传统美德被男性精英直接吸收进入民族群体之中，获得民族接纳。

另外，不同于前期作品中存在感低、话语权弱，或者虚张声势、顽固保守的母亲形象，小说中阿米努丁的母亲被提升到“民族母亲”的高度，进一步宣传女性无私忘我的品质：“我们女人不像你们男人总想着自己。我们总是考虑到大家的需要、现实情况和子孙后代。对于我们女人而言，最重要的理想不是个人享乐，你明白吗？我们获得尊严和安慰的源泉并非来自自身，而是来源于我们爱的人和爱我们的人，即丈夫和孩子，你知道吗？”（p.95）这样的母亲，是弗吉尼亚·伍尔夫笔下“天使”母亲的变体：“她是彻底的无私。在操持家庭生活的那种困难的艺术上她简直无与伦比。她每一天都在牺牲自己。如果餐桌上有一只鸡，她拿鸡脚；如果吹着穿堂风，她就坐在风

① 陈顺馨等编：《妇女、民族与女性主义》，中央编译出版社2004年版，第144页。

里——总而言之，她生来就是这样造就的，绝没有属于她自己的什么意见和愿望，而总是宁愿赞同别人的意见和愿望。”[①] 唯一不同的是，她的忘我无私和不畏牺牲是受到民族主义驱动的，从家庭范围升华至民族领域，服从于更高级别的民族国家道德主体。她不仅教导儿子子承父志，还鼎力支持儿子参加部队，上前线杀敌，以顾全大局的姿态激励更多的女性投身于民族独立大业中。她认为：“热爱祖国甚于世界上其他任何小爱……因为这是高于一切的爱，是最为神圣的爱。”（p.127）母亲与祖国这种互文式的表达成为民族独立时期特定的集体隐喻。

在前期的文本中，“民族母亲”的意义主要是发挥“强国保种”的生物和文化民族再生产作用。母亲的身份赋予女性特殊的民族价值，从而获得民族话语的接纳和民族身份的确定。在社会危机时刻，母亲用自己的无私与奉献，为受难的祖国牺牲一切，不仅能够激发女性的爱国意识，使女性获得自我崇高感，还能够响应民族话语的号召，要求女性甘愿为民族奉献，支持民族独立。母亲的形象成为阿斯蒂娅的理想，两者相互呼应，互为表征，共同构筑了“民族母亲”的基本品质。这种女性形象既保有了觉醒时期女性所获得的启蒙素质，又反拨了探索时期女性所张扬的个人欲望，更突出了女性不怕牺牲、无私奉献的传统品质，符合日占时期民族话语对于女性群体提出的要求和设想。

作为“双刃文学”的代表，《热爱祖国》具有强烈的倾向性和浓厚

① 吴庆宏：《弗吉尼亚·伍尔夫与女权主义》，中国社会科学出版社 2005 年版，第 6—7 页。

的宣传意味，不仅符合日本当局宣传“大东亚共荣”和向日本效忠的政治需要，更是号召人们为获得民族解放和国家独立进行英勇斗争，蕴含着激昂的民族意识。经历了20年代反抗封建的启蒙主义和30年代自由奔放的个人主义后，日占时期的民族精英对于民族国家的想象更为大胆和激进，可以说，这是知识分子建构民族认同、强化民族意识较为集中的时期。由于印尼现代民族观念的形成是一个伴随着被殖民和被掠夺的被动过程，所以反抗殖民和要求独立势必成为印尼现代性的基本诉求。人们对于民族国家的信仰、民族身份的确认和彼此之间凝聚力的形成都是在反抗殖民统治的过程中不断塑造的。在国家独立的前景下，西方价值遭到批判，东方传统重获新生。印尼（爪哇）文化中的传统共同体意识经历现代改良后，更是成为这一时期民族认同想象的关键部分，成为整合民众信仰、增强民族凝聚力、塑造民族身份的重要思想资源。在这一过程中，女性追随男性先驱走入社会、参与战争、直接获得民族身份、进一步介入社会历史进程，说明女性群体获得了更高层次的解放。但是，在民族话语统摄下，前期那些受到启蒙现代性影响，追求个人主体、张扬个人欲望的新女性已经完全湮没于民族独立的理想之中。这一时期需要的，是既拥有积极进步的现代素质又保持奉献牺牲的传统价值的女性形象，是无私的“民族母亲”，因为“她们能够迅速跟上时代发展的脚步。虽然接受了全面的荷兰教育，却没有丧失其东方性。拥有这样的女性，建设新社会又有何难”（p.107）。然而，在这种民族叙事下，女性既丧失了个人自由，服从崇高的民族国家理想，又丧失了性别自由，遵守“男性主导、女性从属”的传统性别规范，面临着主体双重失落的危险。

更进一步看，女性与战争的关系历来矛盾重重，既存在积极的建设性，又存在消极的伤害性。李小江提出：“战争是残酷的，女人总是战争的受害者；但战争却可能为参战妇女走出传统性别角色和性别屏蔽打通道路（二次世界大战欧洲妇女的广泛就业和中国妇女解放道路都证明了这一点）。”[①] 战争对社会资源的全面需求改变了陈旧的性别分工，赋予女性崭新的社会地位与合理的民族身份。女性冲破道德传统束缚，踊跃步入社会舞台，参与民族宏大叙事，获得合法民族身份，呈现出青春健美、斗志昂扬的姿态。但是，不同的社会都是“严格的男性统治社会，而且具有普遍的等级制度和极权主义的社会结构、社会暴力，特别是战争十分频繁”[②]。战争与男性统治密不可分，权力的流动主要集中在男性之间进行，其结果是建立起以男性为主体的权力秩序，实现对社会、对女性的全面控制。在打破和重建常规秩序的民族战争文本之中，在带有强制性质的民族国家话语面前，女性只能接受规训、听从召唤。女性既没有主体，又无法回避，只能通过爱情婚姻、自我牺牲成为“社会控制”的巨大机器中可被替换的零件，以成全民族大义的方式参与民族宏大叙事，虽然在一定程度上彰显了主体意愿，但仍然是男性的陪衬，就像小说最后所写，“阿斯蒂娅坐在阿米努丁身边，就像月亮伴着太阳”（p.152）。这样看来，女性虽然经历了从闺房到战场的跨越，但对男权却没有丝毫僭越。“她们在战争中曾经怎样勇

① 李小江：《亲历战争：让女人自己说话》，《读书》2002 年第 11 期。

② ［美］理安·艾斯勒：《圣杯与剑》，程志民译，社会科学文献出版社 2009 年版，第 8 页。

敢或怎样有所作为，婚姻（男人）还是最终决定了女人的身份、境遇和历史评价”，“即使在非正常秩序下的战争时代和革命队伍中，女人的社会身份和人生道路，仍然更多地取决于传统社会中心的意志，而不尽是她的自然命运”[①]。

更重要的是，这部诞生于战争初期的小说，还处于宣泄高涨的爱国热情和昂扬的民族情怀的理想主义阶段，尚未描绘出战争的悲痛与苦难。在男性作家的叙事里，女性与男性一起分享全身心投入民族事业的伟大与自豪，完全忽略了女性在战争中面对的独有的现实诉求和巨大的性别苦难。这种想象的确能够提升女性的解放程度、扩大女性的社会参与程度，但其中的致命隐患在于所有关乎女性的建构都是在去女性化的基础上完成的。“在革命中，女性与男性一样，根据阶级属性而不是性别类属占据革命的位置，服从政父的领导，将性别差异纳入了普遍性的阶级范畴，这种表面看起来的男女平等实际上掩盖了将女性作为一个性别群体被革命区别对待的真相，制造出一个以阶级划分为表象的性别盲区，女性往往在革命的轰然运行中做出牺牲，她们所受的痛苦被视为获得人类解放的一个必须的代价，这样女性解放就有可能被忽略与遮蔽，女性的性别需要被深深压抑，在强大的革命话语霸权下，最终强塑了女性的身体和精神感受，并获得女性‘忘我’的认同和奉献。”[②] 在民族话语下，挣脱家族父权的女性又被身不由己地

① 李小江：《亲历战争：让女人自己说话》，《读书》2002 年第 11 期。

② 杨晶：《从革命女性到女性革命——现代女性革命的女性关怀》，博士学位论文，吉林大学，2006 年，第 105 页。

置于民族父权的统治之下。战争中女性遭受的困顿劳苦和悲哀绝望无处诉说，女性遵从的男权话语和性别规范无可避免，跟随男人参战的女人、送别儿子杀敌的老母，心中激荡的不一定是爱国情怀。无论胜败，女性都将承担更多的战争苦难本质。

总之，在日本占领时期，民族话语成为统摄性话语，号召民族解放和国家独立，符合历史发展潮流。在这一过程中，民族主义不仅批判西方价值，还成为一种霸权，凌驾于个人之上，“因为在政治上，它的涵盖性把民族/国家凌驾于其他范畴和性别、阶级、宗教等之上；在叙述上，它提供一套整合性的‘语法’和‘修辞’，把性别、阶级、宗教等统摄其下”[①]。被民族解放了的个人，被同时统摄进入民族话语，导致民族解放命题压倒个人启蒙命题，“民族”取代“家族”和“部族”成为父权的集中代表。“在如此严峻、艰苦、长期的政治军事斗争中，在所谓的你死我活的阶级、民族大搏斗中——任何个人的权利、个性与自由、个体的独立尊严等等，相形之下，都变得渺小而不切实际，个体的我在这里是渺小的，它消失了。”[②]在抽象“民族”支配具体“个人”的背景下，本土文化中的传统共同体意识重新焕发出生机与活力，成为建构民族认同的重要思想资源。虽然战争动摇了传统性别观念，为女性带来了较大的自主空间，但传统性别秩序的重要性再次增强，女性重新成为男性的追随者。经过启蒙现代性洗礼、追求个人

① 陈顺馨：《导言之一：女性主义对民族主义的介入》，载陈顺馨等编：《妇女、民族与女性主义》，中央编译出版社 2004 年版，第 2 页。

② 李泽厚：《中国现代思想史论》，安徽文艺出版社 1994 年版，第 27 页。

独立、张扬个性精神的现代女性消失在文本之中，取而代之的是忘我牺牲、无私奉献的时代女性。女性牺牲奉献的传统品质和夫唱妇随的性别身份受到民族话语的青睐，成为支持民族解放、国家独立的重要力量。

二 《无神论者》：迷途知返的卡尔蒂妮（Kartini）

共和国宣布独立以后，印尼民族对于本族文化和传统的自信日益增强。文学作品开始聚焦于以个人主义、唯物主义为基础的、众声喧哗的西方现代意识形态给印尼民族造成的精神困惑和信仰危机，重塑民族传统文化自信心。在民族主义驱动下，知识分子发现追求物质性、背弃精神性、张扬个人性的现代女性与印尼民族格格不入，通过这种女性对传统价值观的回归彰显民族话语对于时代女性的约束力量。

爪哇作家阿赫迪亚特·卡尔达·米哈查（Achdiat Karta Mihardja，1911—2010）曾在《新作家》杂志社、图书编译局等多家报刊杂志社供职，是澳大利亚国立大学印尼文学首席教授，曾加入多个文学组织，担任多家大学的客座教授。他在“八月革命”时期的代表作《无神论者》①（*Atheis*，1949）是第一部以民族革命风暴为背景，描写新生民族对于自身面临的精神和文化矛盾进行反思的长篇小说。为了凸显男

① Achdiat K. Mihardja, *Atheis (Cetakan 36)*, Jakarta: PT Balai Pustaka (Persero), 2004. 本节所有相关引文均出自此书，由笔者所译。

主角哈桑的信仰矛盾和精神苦闷，塑造了从身体到心灵全面物质化、张扬个性、个人至上的女性形象卡尔蒂妮。

经历了三年的日本占领，印尼处于民族国家的独立前夕。“两周以前，他们（日本军队）还自认是嗜血雄狮，现在却已成为俎上之肉。他们已经被盟军和苏联军队打败。……这世界上没什么是永恒不变的，所有一切都变动不居、此消彼长。”（p.1）在国家获得独立之时，民族身份的建构却仍在进行，启蒙现代性和印尼传统性之间的冲突成为身份危机的根源。在小说中，产生身份危机、亟须重获身份确认的是男性哈桑。哈桑毕业于荷兰初级中学，在万隆政府办公室工作，属于现代知识分子。他的父母信奉的是掺杂本土信仰的非正统伊斯兰教派“苏非教团”（tarekat）。由于从小受到虔诚父母的影响，哈桑推崇虔诚的苦修禁欲，以求得内心纯净和精神慰藉。为此，哈桑“曾斋戒七天七夜，也曾从傍晚到天明在芝卡奔东（Cikapundung）河里整夜沐浴四十次。……还曾将自己锁在房间里三天三夜，不吃不睡不交谈。就这样，他与喧嚣的世界日益疏远，也常常忽视办公室的工作”（p.24）。在他的人生中，经历了两次“启蒙”，首先是西方现代物质启蒙，其次是本土传统精神启蒙：

> 进入超自然世界后，我仿佛成为新人，一个实实在在的新人。这种感觉曾经出现过。那时我刚刚离开乡村进入万隆的荷兰初级中学，我觉得自己也是一个新人，进入了全新的世界。但是，现在的感觉与当时毫不相同。我从未面对过如现在一般的神秘神圣之事，若非虔诚信奉，必将面临超自然的惩罚。我从前因为升入

高等学校，学习英语、法语、德语等学科而感到无比自豪，现在的敬畏则是由心中更加响亮的声音所驱使，鞭策我更加用心地履行职责。从前的自豪感时常显露在外，促使我勤奋学习。但是现在这种感觉已经消失。在我心中仍有类似的声音，即如果虔诚信仰真主，我将成为完整的人。我如同从高处俯瞰众生，俯视那些疏于履行宗教义务的人们。这种“完整感”促使我幻想帮助他人理解苏非教团的真善美，促使我热衷于宣传我的信仰。（pp. 22–23）

接受西方教育，象征着哈桑认可现代物质世界；获得宗教启示，意味着哈桑保有传统精神追求。经历西式启蒙的哈桑仍将掺杂了本土神秘主义的非正统伊斯兰教作为最高信仰，希望通过苦修实现自我欲望断灭，在精神上摆脱现世束缚，达到与神秘实在的合一。由此可见，在几十年的印尼现代性进程中，西方文化对于印尼的影响更多停留在“器物”层面，并没有触及“精神”本质。“毫无疑问，殖民统治留下了很多重要遗产，并深刻地影响到了印度尼西亚，但印度尼西亚社会很多更深层更潜在的方面以修正的形式与独立再次出现，这一点并不值得惊奇。当殖民时期在时间上进一步回溯时，它对印度尼西亚的历史影响或许没有印度文明和伊斯兰教所实施的影响更大，这是显而易见的。”[1] 印尼人，尤其是爪哇人，内心深处还是保存着“爪哇神秘主义”（kebatinan），这种意识形态“以统一的神秘主义为特点，即教导造物主和人是一体的，带有激进的性质和臆想的色彩，被爪哇人代代

① ［澳］史蒂文·德拉克雷：《印度尼西亚史》，郭子林译，商务印书馆 2014 年版，第 50 页。

相传，保持至今，其根基一直未变”[①]。外岛地区所受西方文化的影响更为有限，许多偏远地区时至今日仍完整地保留着原始习俗和信仰。

在卡尔蒂妮出现之前，小说首先铺垫了曾与哈桑情投意合的恋人鲁克米妮。鲁克米妮是一位万隆富商的女儿，属于新兴资产阶级。她“虽然在天主教学校学习，但仍勤于礼拜、斋戒和其他伊斯兰教功课。伊斯兰教对她的影响很深。即便如此，她在社交中不拘谨，总是开心愉快、态度可亲、高谈阔论。她与我志同道合，都希望献身宗教”（p.46）。鲁克米妮代表了哈桑对于现代女性的理想，既在物质领域不拘泥旧习，又在精神领域不疏离传统，这种以传统文化为本，调和与之相宜的现代理念的改良观点代表着启蒙现代性与本土传统性的完美结合。然而，由于当时社会上的新兴资本主义和旧式封建主义存在矛盾，哈桑所属的封建贵族阶层不愿接纳现代资产阶级，所以他与鲁克米妮被迫分离，两人的“爱情最后成为封建阶级和资产阶级斗争的牺牲品”（p.47）。

卡尔蒂妮是哈桑通过老同学鲁斯利认识的新女性。她深受现代启蒙思想影响，“容貌姣美，鼻梁高耸，眼睛像印度女人一样闪亮。嘴唇上方的黑痣和浓密的波浪卷发增添了她的美丽。她的身材纤盈适度，恰到好处”（p.26）。卡尔蒂妮是封建包办婚姻和一夫多妻的受害者。就读荷兰初级中学二年级时，母亲为了钱财和房产把十七岁的她嫁给一个富有但老迈的阿拉伯放债人，她被迫辍学。“她是青春少女，热爱

① Harun Hariwijono, *Konsepsi Tentang Manusia Dalam Kebatinan Jawa*, Jakarta: Penerbit Sinar Harapan, 1983, pp. 12-13.

学习，无忧无虑，却要嫁给那个阿拉伯老男人（做第四房妻子）。她必须像阿拉伯女人一样不能抛头露面，就像被关进监狱一般。不足为奇，当母亲去世后，卡尔蒂妮立刻从那个阿拉伯老男人的监禁里逃出来。而且，当她这个曾经接受过些许现代教育的女人从那个‘封建东方监狱’里逃跑后，立刻过上西化的生活”（p.35）。她的家中陈设着钢琴、沙发、施华洛世奇茶具、飞利浦收音机。她抽香烟，穿真丝睡衣、真皮拖鞋，会弹奏施特劳斯的《蓝色多瑙河》。卡尔蒂妮是前期在民族话语推动下获得个人启蒙、挣脱传统陋习的女性形象的延续，并沿着现代变革的道路“弃旧图新”，无条件地信奉西方。在她的生活中，首先革新的是西方物质文明，进而不加选择地全盘接受各种具有双面性质的现代西方意识。从卡尔蒂妮的生活状态可以看出，现代消费成为她生活的重心，也成为她彰显自身现代性的主要方式，代表了西方价值观中的物质至上主义，体现出西方现代消费社会的意识形态，“遵循享乐主义、追逐眼前的快感、培养自我表现的生活方式、发展自恋和自私的人格类型，这一切都是消费文化所强调的内容”①。她背弃了传统的精神追求，不看重哈桑传统的苦行僧般的身体操控所带来的灵魂救赎，而是沉湎于物质世界，寻找身体快感和存在感，并不可避免地面临被物化的危险。

卡尔蒂妮与鲁斯利之间是“被启蒙者”和“启蒙者”的关系。鲁斯利是深受西方文化影响的知识分子。他“差不多二十八岁，容貌英

① ［英］迈克·费瑟斯通：《消费文化与后现代主义》，林精明译，译林出版社 2001 年版，第 165 页。

俊，眼睛闪烁着智慧锐利的光芒”（p.26）。他的生活完全西化，家中挂着马克思和恩格斯的肖像，用凡士林面霜和力士香皂，看西方电影。鲁斯利在雅加达学习期间被政治运动所吸引，“作为一个心中熊熊燃烧着民族精神的青年，他参加了一个政党。该政党遭禁后，许多领袖被捕，鲁斯利逃往新加坡。在那里他与来自不同民族的运动者交流。……这期间他学习了许多政治知识，不仅大量阅读政治书籍，还常常与国际运动者交流。……他认真学习了各种各样的思潮理念和政治意识形态，尤其是马克思主义”（pp.31-32）。遇见在资产阶级生活方式中“迷失”的卡尔蒂妮后，鲁斯利成为她的“保护者”“引路人”和人生导师：“如果说她‘堕落’，那么她的堕落之因是万恶的资本主义。她本性纯良，所以她现在成为反抗资本主义的女战士。她开始学习政治。她的悲惨遭遇将她变成一个立场坚定、勇敢积极的女战士。也许在封建保守者的眼中，她是个丧失信仰的女人。的确，她丧失的是封建伦理道德信仰和资本主义伦理道德信仰！”（pp.35-36）“我曾将她从泥淖中拉起，现在我努力将她带向正道。她是本性纯良的知识女性。现在我尝试唤醒她，让她的注意力集中到我们的政治斗争上。”（p.52）卡尔蒂妮也承认：“他（鲁斯利）是我的保护人。”（p.129）她常常在鲁斯利的带动下参加党派活动，参与政治学习，讨论时事政治和资本主义、封建主义、社会主义、共产主义等意识形态话题。他们保持着一种亲密随意的关系，交往非常自由，以至于传统保守的哈桑惊叹道：“她太随意了！我认为她太随意了！”（p.38）

卡尔蒂妮与鲁克米妮的外貌非常相似，哈桑觉得“鲁克米妮仿佛重现般化身为卡尔蒂妮”（p.50），自然而然地把对鲁克米妮的理想投射到卡尔蒂妮身上。一次英雄救美式的邂逅使两人的关系迅速拉近，共堕爱河。卡尔蒂妮不仅成为哈桑的爱人，更成为他了解西方思潮、产生信仰变化的媒介。通过卡尔蒂妮的媒介作用，哈桑接触到多种与人类终极关怀紧密相关的西方现代思想，对自身世界观产生了重大影响。这些西方思想虽然具有不同的内涵，但都是以物质性的世界观为基础。鲁斯利认同马克思主义宗教观，认为宗教是人类为了对抗现实苦难而创造出来的：“神和宗教是身处艰难困苦的人类的心灵慰藉，是遗忘这不圆满世界所有悲伤和苦难的途径之一。我们不要忘记，宗教和神是不圆满社会的创造物，是处于匮乏状态的人类的创造物。”（p.109）印尼本土文化中的神秘主义思想正是来源于残缺的现实社会：“从现实世界逃避，是因为原始的封建殖民社会如此残破不堪，不能为人们提供幸福，迫使灵魂软弱的人们逃避，在神秘主义中寻找慰藉。这就是为什么人们说印尼人‘天性神秘’（mistisch aangelegd）。印尼人不是天性爱好神秘，而是因为社会如此破败，人们不得不从神秘主义里找寻慰藉。无论哪个民族置身于同样残破原始的社会环境中，都容易被神秘主义所吸引。”（p.135）鲁斯利认为，印尼民族应该积极入世，不应沉湎于来世幻想和精神幻境中：“生活在这世界上并了解自身职责的人们要首先关注现世生活，而不是那些超出现实的事物。他们要对世界上的同胞负责，要根据自身能力解决各种问题。他们明白，每个获得解决的问题都将帮助人类更加接近真理，接近真实圆满的生活。”（p.72）

在党派聚会中，哈桑又了解到更为激进的西方思潮，比如科技崇拜观点，认为“技术就是神”（p.120），“神不存在，科技存在，科技就是我们的神！因为科技会为我们带来生活的机遇。……科技是具体而明确的，而神是模糊而难以捉摸的，无法用理性解释、游离于神秘地带”（pp.121-123）。来自雅加达的艺术家安瓦尔是极端自我的无政府主义者。他狂妄好色、自私贪婪，叫嚣“没有真，没有善。所有他与他人的联系纽带——无论是被他称为保护封建阶级和殖民权威的传统陋习，还是被他视作‘资产阶级宗教’的伊斯兰教——都要被打破、被毁灭。因为他认为伊斯兰教支持‘自由贸易’和‘自由竞争’，导致财富聚集在少数人手中”（pp.137-138）。在对待传统信仰的问题上，安瓦尔的态度同样激进：“这两种‘主义’（浪漫主义和神秘主义）曾经毁掉我们的民族，让我们的民族逃避现实世界，以至于数世纪以来被外来民族统治和压榨。”（p.149）“我们必须立刻消除民族中所有的迷信！实施精神革命！从愚蠢到智慧、从黑暗到光明的革命！我们要将半开化的人变成真正的个人主义者、知性论者、唯物主义者，甚至变成无政府主义者。就像我不愿灵魂受到束缚一样，我们所有人确需成为无政府主义者，必须摧毁所有束缚我们生活的规范和约束、所有遮蔽我们思想的宗教和迷信。”（p.156）安瓦尔不仅宣传宗教是人造物，还将人的地位推向极致，因为“神也是人创造的”，所以“人类才是最高造物主”（pp.165-166）。极端个人至上的安瓦尔甚至宣称：“我认为，我就是神。在我的思想深处，我就是神。”（p.108）“神是我自己，是人，不是技术和机器。”（p.123）

现代化进程开始后，各种西方现代思潮纷纷进入印尼。“启蒙现代性建立了一种进步的时间观念和进步主义的信仰，对科学技术解放意义的肯定，对理性力量的尊崇，对工业文明和市场竞争体质的信任，对个人主义——它既指向人类从自然中解放出来的主体自由，也指向个人利益至上主义——的肯定。”[①] 印尼民族精英接受现代启蒙后，首先从家族和部族传统中解放出来，获得主体自由。在这一过程中，知识分子利用的是人权理念，并没有反对宗教神学，只是对伊斯兰教“去蔽”，即要求伊斯兰教正统化，祛除其中掺杂的神秘主义和精神至上信仰，而不是革除伊斯兰教。伊斯兰教作为世界三大宗教之一，具有鲜明的入世性和政治性。“入世性意味着伊斯兰教反对出世，把宗教与世俗视为议题；政治性意味着伊斯兰教拒绝政教分离式的世俗化，坚持宗教与政治的紧密结合。”[②] 伊斯兰教“去蔽”的目的是希望印尼民族不要以宗教信仰借口逃避现世矛盾，而应该积极入世，运用理性能力，直面问题，解决问题，属于根植本土传统的现代性改良。

然而，随着资本主义的迅速发展、物欲膨胀和人的异化日趋严重，出现物质对精神、理性对感性的压抑，导致人性出现分裂。个人主义、唯物主义等现代理念批判传统神学，与以宗教信仰作为主要意识形态的印尼社会产生了严重的对立，引发了一系列信仰危机。西方现代性在物质领域的进步无法抹杀其在精神领域巨大的异化力量。根据

① 林秀琴：《寻根话语：民族文化认同和反思的现代性》，博士学位论文，福建师范大学，2005 年，第 131 页。

② 李福泉：《论伊斯兰教的入世性与政治性》，《江南社会学院学报》2011 年第 4 期。

汤因比（Toynbee A.）的理论，近代西方世俗化进程是重新偶像化的过程，知识精英转而崇尚科学技术，“技术作为西方人至上的利益和追求取代了宗教”[①]，技术被神化了。托马斯·卡莱尔（Thomas Carlyle）在《时代的标志》（*Signs fo the Time*）中提出，“由于我们对机器技术的掌握，我们在处理外在事物方面超过了所有的时代，但在纯粹的道德理想、灵魂和人格的真正的尊严方面我们也许不如很多文明的时代。”[②] 工业文明造成人与自然的对立和异化，导致人类盲目夸大科学理性的进步意义，造成人欲泛滥，产生个人至上和自我中心思想。

在某种意义上，自我中心主义是人从自然中解放出来以后将主体自由推向极致的结果。“自我中心不仅是人类，而且是地球上所有生物都具有的一种内在的限制和缺陷。”[③] 由启蒙倡导的个性解放，绝不是摆脱自我中心的过程。相反，它在走向一种更加狭隘的自我中心。“个性解放的逐步发展使自我中心从第一人称复数过渡到第一人称单数。”[④] 由此产生现代社会的精神空虚、信仰崩溃并引发的总体性精神危机早已受到人们关注。无政府主义者作为自我中心主义的极端状态，对社会

---

① ［英］阿诺德·汤因比：《一个历史学家的宗教观》，晏可佳译，上海人民出版社 2014 年版，第 168 页。

② Thomas Carlyle, “Signs of the Times” , originally published in the *Edinburgh Review* in June 1829, Cited from *A Carlyle Reader: Selections from the Writings of Thomas Carlyle* (Cambridge: University of Cambridge Press, 1986) ,p46，转引自曹莉：《反思现代性：吴宓新人文主义文化观的价值与局限》，《杭州师范大学学报》（社会科学版）2016 年第 6 期。

③ ［英］阿诺德·汤因比：《一个历史学家的宗教观》，晏可佳译，上海人民出版社 2014 年版，第 12 页。

④ ［英］阿诺德·汤因比：《一个历史学家的宗教观》，晏可佳译，上海人民出版社 2014 年版，第 72 页。

持整体性否定态度，奉行浓厚的空想性社会理想，倾向整体性社会改造方式。虽然无政府主义在某种程度上具有启蒙的意义，但无政府主义者一般都具有强烈的“个人本位主义”，标榜与追求极端自我和极端自由。对于自我和自由的极端追求导致自我神化，其结果是彻底脱离神，成为与神相反的异在，成为他人的地狱。随着印尼现代性进程的深入，印尼社会在追求西方文化的同时，还输入了与之相伴而生的苦恼困惑，对人们传统的精神家园产生了强烈的冲击和震撼。二三十年代知识分子向往和倡导的启蒙精神，到如今已然发展到颠覆宗教、自我神话的地步，这无法不让人产生困惑和迷思。

本想将“误入歧途”的鲁斯利和卡尔蒂妮引入宗教正道的哈桑，反而被他们的唯物观点所影响。哈桑承认“鲁斯利说神秘主义者是灵魂软弱的逃避者，无法直面现实人世，对我当前的立场影响很大。我对坟墓背后来世世界的关注日益降低，最后我的焦点从来世回到现世”（p.135）。“人类的首要标志是能够思考。人类需要面对和解决问题。我越是关注鲁斯利提出的新问题，就越少关心宗教和神秘主义。”（p.111）在民族认同建构过程中，女性自然成为意识形态争夺的对象，男女间的权力关系进而成为占有话语权的象征。卡尔蒂妮最初受困于封建主义，从包办婚姻中逃离后，沉湎于资本主义生活中。遇到鲁斯利后，她一方面受到西方现代意识形态的引导和规训，另一方面辅助鲁斯利改造保有传统精神理念的哈桑。在与鲁斯利的关系上，卡尔蒂妮是“被拯救者”；在与哈桑的关系上，卡尔蒂妮非但没有被哈桑“拯救”，反而辅助鲁斯利规训哈桑。哈桑通过卡尔蒂妮这一柔化媒介接受了这些与传统信仰相悖的理念，感情方式是催化哈桑改弦易辙的关键手段："我必须承认，在这之上还有更为重要的，即如果没有卡尔蒂妮，实际上一切不可能发展得如此顺利。鲁斯利是通过催化剂一般的卡尔蒂妮影响我的。"（p.112）"总之，我与她交往越久就越爱她，她对我的影响也越来越大。而鲁斯利的影响则是通过她。"（p.115）卡尔蒂妮的身份意义不仅蕴含反传统的进步性，还成为各种意识形态分歧对抗和相互争取的联结点，侧面印证了印尼社会中各种现代与传统意识形态和思想观点的纷然杂陈。然而，女性不是意识形态的生产者和传播者，无法直接参与社会变革。她只能接受男性规训或者充当男性欲望对象、通过爱情影响男性。从这一点看，她对于鲁斯利是"物"，对于哈桑也是"物"。

为了与卡尔蒂妮结婚，哈桑不惜与家庭决裂，放弃从小秉承的信仰，成为无神论者。进入现代核心式家庭的卡尔蒂妮仍然信奉个人主义，要求个人自由，时常与安瓦尔一同外出。哈桑下班后，几次发现卡尔蒂妮不在家。"的确，这不是第一次我下班回家发现卡尔蒂妮不在，也不是第一次因此丧失食欲。"（p.178）妒火中烧的哈桑"日益怀疑卡尔蒂妮对爱情的忠贞"（p.177）。一次卡尔蒂妮与安瓦尔晚归后，哈桑爆发了："门才半开，我就像饿虎扑食一样猛撞进去。啪啪，卡尔蒂妮被我扇了两耳光。'哎哟！'她捂住右脸哭喊道。我抓住她的头发，用尽全力把她甩趴到地板上。她的头撞到门上，哭喊着求饶。"（p.185）哈桑直到此时才开始反思自己的生活状态："现在，我所有的幸福都完结了。在这世界上，我形单影只，被妻子疏远，被父母疏远，远离我所有最初的梦想。”（p.187）蓦然回首的哈桑发现灵魂栖息之地已经消失，如今的自己变得如此陌生。现代启蒙理念冲击后对于传统人文精神的疏离，使哈桑沉浸在深深的罪恶感中：“对父母有罪；对……卡尔蒂妮有罪，因为态度粗暴；对至高无上的真主有罪，因为忽视了所有神启。”（p.193）与卡尔蒂妮离婚，象征着哈桑放弃重物质轻精神、倡人性反神性的现代启蒙思想。信仰动摇的罪恶感使其对本土传统内核——伊斯兰教的态度进行反拨，回归纯洁正统的有神论成为他唯一的精神支柱和出路。“他愈发虔诚地向真主祈求帮助，就愈发感到内心的平静。他忘记了鲁斯利所说的没有真主的话，他甚至感到自己现在愈发靠近真主。”（p.228）与新女性卡尔蒂妮的爱情和婚姻成为哈桑接纳现代物质性、放弃传统精神性的主要根源。然而，在貌似西化的新式爱情家庭范式中，哈桑依然固守传统性别秩序，无法接受卡尔蒂妮被标识为现代、有违传统性别规范的行为，进而导致他并不稳固的现代世界观整体坍塌，只能重返本土宗教传统，在曾经熟悉的精神家园中寻找慰藉。

被打后，卡尔蒂妮失魂落魄地离家出走，在路上偶遇打着爱情自由、个性解放旗帜玩弄女性的安瓦尔。卡尔蒂妮对于物质生活的迷恋使安瓦尔将她物化为感情游戏的猎物。为了得到卡尔蒂妮，安瓦尔将她带到一家小旅馆。就在安瓦尔欲行不轨时，她果断逃离了。几个月后，哈桑在机缘巧合中也住进那家旅馆，看到住客登记。发现卡尔蒂妮与安瓦尔曾经独处一室后，哈桑彻底崩溃了。精神信仰缺失之殇、伦理道德沦丧之痛，让哈桑万分敌视那些造成他灵魂迷失的西方意识形态。迷途知返、浪子回头的心态促使他对于真主产生赎罪性崇拜，并以卫道士、圣战士的姿态向种种奉行西方现代思想的无神论者宣战："哈姆雷特虽然优柔寡断，最后也报仇雪恨了！因为他不愿受到侮辱！生存还是死亡！杀戮还是放弃！他杀了！他杀了！你呢？你？！"（p.248）"你就如此听之任之？……已经忘了宗教教义、真主教诲、人性教育、道德操守……以这所有的名义，你必须复仇！你必须摧毁所有违法者……"（p.247）在愤怒激动的状态下，他不顾宵禁的警告在街上横冲直撞，最终被日本宪兵射杀，临死前还不忘喊着"真主伟大"。

印尼著名作家、评论家苏巴吉约·萨斯特洛瓦尔多约（Subagio Sastrowardoyo）在《小说〈无神论者〉的分析》中提出，《无神论者》不是指"与主角哈桑对立的特定角色，而是哈桑面对的生活现象"①。在印尼建国五项基本原则中，"信仰神道"排在首位，充分说明宗教信仰在印尼原生文化中的基础性地位。在启蒙现代性与本土传统性的矛盾对抗中，尤其是在物质性世界观对本土传统有神论思想的冲击影响下，年轻一代经历了物质享受丰富与世道人心崩坏之间的落差，产生了深刻的精神困惑和激烈的思想斗争。哈桑则代表了那些在"传统"和"现代"、精神和物质、有神和无神之间徘徊挣扎的灵魂。为什么原本虔诚的有神论者会轻易受到无神论的影响？因为哈桑是"一个探索者。他寻寻觅觅，总是被迷惘和怀疑所困扰。然而，他不是一个

① Subagio Sastrowardoyo, *Sastra Hindia Belanda dan Kita*, Jakarta: Balai Pustaka, 1990, p. 179.

优秀、激进的探索者，因为他不善于思考，不会深入研究、追根刨底”（p.7）。哈桑的形象具有典型的象征意义，代表了大部分印尼“名义穆斯林”的形象。他们结合本土神秘主义解释伊斯兰教，没有从本质上理解《古兰经》和《圣训录》的要义，信仰常常流于浅表，不够坚定，所以在追求民族发展时，容易被西方文化的华丽外表所吸引，轻易放弃印尼传统精神。经历了意识形态的抉择取舍，承受了道德信仰的迷失悔恨，身负民族国家建设重任的知识分子逐渐醒悟，发现并非一切西方舶来品都适用于自己。印尼民族的发展必须具有印尼特色，立足于本土优秀传承，有选择地引进西方先进理念，正如作者提出：

> 人生在世的首要任务是“活”。真主让我们活在世上，生活是真主赋予我们的首要重任，我们必须将生活视作首要之事。死亡和地狱并不是“生前事”和“身后事”。所以，我认为活着比死亡和地狱更重要。生活，就是为实现人性圆满而在所有关系中寻觅自我圆满。这些关系包括与他人的关系、与自然的关系、与至高无上的真主的关系，最后，是与自己的关系。……在努力完善各种关系的过程中什么才是指导方针？我认为就是人性。人性以这世界上所有生物相互爱护、相互体恤为基础。相互爱护、相互体恤是生活的首要基础，是永恒的，我们每个人必须用心维护。作为指针和基础，我们首要的完善生命的工具是健康的理智和思维。……理智和思维是首要工具，用以解决现世问题。我们最好认为这些问题比来世问题更重要。我们需要首先解决现世问题，因为这些问题可以通过使用理智、思维、智慧、力量和意愿解

决。……有一种看法，就是现世生活只是真正现实的影子。……他们将现实事物放置一旁，比如政治、经济、社会、文化等，转而关注乱七八糟的事。实际上他们已经背叛了真主赋予的职责。（pp.203－206）

由此可见，印尼现代性变革虽然起源于外部输入，具有一定被动性，但同样存在文化自主性，特别是荷兰殖民者遭遇失败、西方中心话语遭到颠覆之后，印尼现代性进程日益显示出独立性和特殊性，即根据本土现实，因地制宜地再生产和再创造出多元化的现代性方案，确保印尼特色不断增强。印尼现代性进程的发展特色主要体现为西方现代性和本土传统性的消长与调和。在文学文本中，民族认同觉醒期里的西方影响主要集中于个人权利领域，与本土文化的精神基础相互调和；民族认同探索期里的西方影响触及精神层面，批判本土神秘主义信仰，提倡用启蒙理性激发入世情怀；民族认同抉择期里的知识分子反思西方唯物主义世界观，选择入世的伊斯兰教作为民族的精神基础，辨别吸收现代启蒙思想，推动民族发展。在小说《无神论者》中，作者致力于改善印尼民族耽于幻想、脱离实际的传统弱点，将自然人性视作调和物质世界和精神世界的基础，将理智和思维视作解决现世问题的首要工具，关键在于，这些元素都可以被包含在积极入世的正统伊斯兰教的框架之下。祛除现代启蒙思想中反宗教反神学的成分和本土传统信仰中重精神重来世的内容，调和积极入世的伊斯兰教和科学理性的启蒙精神，才能确保民族建设不偏离正确的轨道，推动新生共和国不断发展。这种观点标志着印尼民族认同建构取得巨大进展，对于国家民族建设具有重要意义。

卡尔蒂妮作为贯穿文本始终的重要女性形象，在民族话语的激励下获得主体解放，实现社会价值，是30年代接受启蒙、步入社会的新女性形象的延续。然而，在各种现代和传统思潮往来博弈的社会背景下，女性往往遭受多种意识形态的争夺和规训，导致自身主体意识模糊不清。卡尔蒂妮痴迷西化生活方式，表征了西方消费主义和享乐主义对于当时印尼社会里部分中上阶层人群产生的深刻影响；社会主义者鲁斯利成为她的“启蒙者”和“引路人”，用唯物主义教导她反抗封建神学和资本主义；无神论者安瓦尔本质上热衷于玩弄女性，却打着妇女自由解放的旗号鼓动她接纳西方性自由和性解放。从卡尔蒂妮身上体现出来的世俗物质性的兴起、宗教信仰的沦落和传统道德伦理的式微正是印尼现代性变革时期过度肯定和接纳西方文化、引发本土道德匮乏和信仰危机的深刻隐喻。哈桑对卡尔蒂妮从认同追随到疏离反思象征着印尼知识分子对于西方物质性世界观从盲目迎合到怀疑抵触的演变过程。

具体的卡尔蒂妮与抽象的鲁克米妮如镜像一般相互照应，共同构筑起民族话语对于启蒙现代性和本土传统性的总体态度。在民族认同探索期里，“时不我待”的紧迫性导致知识分子形成强烈的现代性焦虑，希望在个人和民族层面上进行双重现代建构。这种具有功利性目的的启蒙理想导致知识分子以激进的态度否定本土精神基础，意欲以西方价值观取而代之。在追求民族解放、宣布国家独立之时，“在战后宗教狂热与反殖民主义情绪高涨时期，一切来源于荷兰的主张，统统不打自倒，威信扫地”[①]。强烈的民族自豪感抵消了西方话语的压倒性优势，西方启蒙思想在日益激烈的民族矛盾中显示出软弱性与虚幻性，被民族话语定义为不道德的个人主义和利己主义。在重塑民族自信心的目标驱动下，知识分子开始反思启蒙现代性，西方思想造成的对本土宗教信仰的疏离、对精神家园本真自我的背弃和对个人欲望的极端张扬都成为人们批判的目标。印尼本土掺杂地区原始信仰、神秘主义和传统价值观的伊斯兰信仰体系遭遇了西方无神论危机后，亟须通过宗教纯正化运动“拨冗存真”，在民族危急存亡时刻重新成为人们赖以寄托的精神家园。卡尔蒂妮从身体到精神都接受了西方文化的规训，鲁克米妮接受了西方启蒙，在精神上仍然保有本土信仰。从哈桑的选择可以看出，鲁克米妮类型的女性才符合民族建设的需求：

> 鲁克米妮作为忠实的妻子陪伴我，信仰虔诚，与我一起接受所有宗教福音，在平静的家庭中过着简单的生活，在宗教气氛中教育孩子，为晚年储存积蓄。……总而言之，我的梦想正如我父亲走过的人生旅程一样。现在我已经疏远了我最初的梦想。这段时期我走过的人生之路对于我而言是完全陌生的。……我又想起爱上卡尔蒂妮时心中怀有的梦想。正如我曾说过的，卡尔蒂妮就像“消逝”的鲁克米妮的另一半，她是鲁克米妮的“化身”。所以，我所有的梦想从鲁克米妮转移到卡尔蒂妮也是自然而然的。但是现实与梦想之间的差别多么巨大！（pp. 187-188）

---

① ［美］约翰·F. 卡迪：《战后东南亚史》，姚楠等译，上海译文出版社 1984 年版，第 218 页。

哈桑被意外击毙后，卡尔蒂妮与“前夫复合的希望”（p.210）破灭，内心无比伤痛：“现在希望完全破灭。她再也没有生活支柱了。……再也无人听她述说这些日子灵魂深处的懊悔。是啊，向谁说呢？这个问题没有使懊悔减轻，反而愈发沉重，愈发压抑，愈发折磨。如果哈桑还活着，这该多么容易！卡尔蒂妮会更加忠实，更加忠诚，会满足顺从他所有的愿望。总之，她所有的懊悔都会轻易消除，所有的罪孽都将获得救赎。”（pp.4-5）相夫教子、忠实顺从正是印尼女性的传统品质。由此可见，被启蒙思想重塑的卡尔蒂妮最终选择向传统性别规范妥协，回归传统道德伦理，陪伴在男性身边，履行服侍者、陪伴者、追随者的职能，成为符合男性期待的合格妻子。也只有这样，回归传统的卡尔蒂妮才能再一次接受鲁斯利的规训，转变为获得民族接纳的女性：“人类的生命是短暂的，但是人类的精神是永恒的，努力工作吧，忘记你所有的悲伤。为了民族而努力工作吧……”（p.5）

总之，小说中饱受身份断裂和信仰危机折磨的人物形象真实地反映了独立时期知识分子精神领域里“现代”和“传统”的激烈冲突，隐喻了民族认同抉择期里，知识分子反思西方文化、强调本土特色的社会现实。作者将女性书写为引发自身信仰矛盾的媒介，主要是用来转嫁因为自身信念动摇而产生的困惑、忧虑、愧疚与不安，获得道德上的安慰。为了响应民族话语的号召，小说里的女性形象首先接受现代启蒙、挣脱封建传统、获得主体自由，然后在男性精英的影响下，回归传统性别身份。在这一过程中，女性形象在各种意识形态的争夺与规训中再一次扮演了智性未醒的角色，毫无个人主体和女性主体可言。然而，作者似乎认为，追求自由、张扬个性的女性可能引发民族精神危机，必须受到批判，只有既接受现代启蒙、又坚持传统精神的女性才能满足民族话语对于女性品质的总体要求，获得现代民族的接纳。

三　《游击队之家》：为国奉献的萨拉玛（Salamah）

在“八月革命”后期，印尼独立进程遭遇了巨大挫折，社会中弥漫着悲观失望的情绪。国家独立的失败和战争残酷的现实使知识分子放大了理想与现实之间的反差，聚焦于战争中的个人受难，揭露现代民族话语与个人话语的内在矛盾。在小说中，以男性为主角的民族主义者在斗争失败后陷入民族主义和人道主义的对立困境之中，折射出个人与民族利益相悖的侧面。围绕男性出现的女性形象因为自我牺牲受到民族主义的肯定，被纳入民族叙事之中。

爪哇作家普拉姆迪亚·阿南达·杜尔（Pramoedya Ananta Tur，1925—2006）是印尼独立后最负盛名、最具代表性的多产作家，其作品带有浓厚的时代气息和独特的艺术风格。印尼独立后，他以满腔热情投入到“八月革命”的历史洪流之中，在“人民保安队”（印尼国民军前身）从事战地新闻报道工作，从此开始文学创作生涯。两年多的监狱经历（1947—1949）不仅没有摧毁他的精神，反而磨炼了他的意志，激发了他的创作热情。他通过与各色犯人的接触，深思熟虑反复推敲后创作了一批题材多样、内容深刻的作品。他在“八月革命”初期坚持民族主义立场，到后期更加重视人道主义立场。《游击队之家》[①]（*Keluarga Gerilya*）是他在“八月革命”时期的代表作，据作者所说：“《游击队之家》的灵感来源于爱国思想，从另一方面看也是来源于人性——一种因拒绝现实而生存和消亡的乌托邦理念。”[②]小说叙述了一个游击队之家在三天三夜中遭遇的重大变故，通过揭示战争的残酷本质表现了现代民族主义与普遍人道主义的尖锐矛盾，反映出作者对于爱国主义和人道主义难以取舍的矛盾心态。

在西方殖民者卷土重来的背景下，在一个被称为“独立区”的地方，居住着阿米拉和她的七个孩子。阿米拉曾是活跃于荷兰军营的印尼妓女，七个孩子几乎全都同母异父。她泼辣粗鄙、好逸恶劳：“著名的阿米拉曾是高个子，想当年也是身轻貌美，但如今走路已经不太利索，被大家戏称为‘逗号’。年复一年的战争毁了她的身体、生活和命运。在邻居和熟人们眼中，这女人越来越愚蠢了。……大家都因为她的头脑顽固、不可救药而疏远她。正是因为愚蠢和顽固，她常常与别人产生冲突。”（p.9）“邻居说她是旧时代的军营母鳄鱼。……她就像旧笤帚一样，唯一的用处就是死了当肥料。”（p.8）阿米拉属于原住民妓女形象，生活在社会最底层。作为被侮辱和被损害的人，她对自己

---

① Pramoedya Ananta Toer, *Keluarga Gerilja (Cetakan 2)*, Jakarta: P.T. Pembangunan, 1955. 本节所有引文均出自此书，由笔者所译。

② 刘宏：《论中国对当代印尼文学的影响：以普拉姆迪亚·阿南达·杜尔为例》，转引自刘宏：《中国——东南亚学：理论建构·互动模式·个案分析》，中国社会科学出版社 2000 年版，第 55—80 页。

的身份和职业毫无羞耻感和罪恶感，甚至为自己曾经的绰号“军营花披肩”（Selendang Majang Bunga Tangsi）而沾沾自喜，时常追忆昔日的风光。她的存在既是社会黑暗与殖民压迫的有力罪证，又象征着落后衰败的国家只能任人宰割。

阿米拉的大儿子萨阿曼是小说的主角，他“曾在共和国政府担任中级职务，以积极著称”（p.127）。现在，他是“地下组织的领袖，在第一次警卫行动后组建了该组织”（p.127）。在他的领导下，“‘独立区’战士们在白天销声匿迹，夜晚勇敢抵抗。战争还在继续，毫不畏惧荷兰人发动的第一次警卫行动”（p.7）。萨阿曼是勇敢的战士，曾消灭了五十多个敌人；他是孝顺的儿子，一直尊重、爱护年迈的母亲；他是和蔼的兄长，“总是尊重自己（萨拉玛），尊重米米，尊重法蒂玛，也尊重年仅八岁的哈桑。即便面对最年幼的弟弟，哥哥也总是彬彬有礼”（p.12）。作为地下组织的领袖，萨阿曼在人心背离的艰难处境中坚持斗争，直至遭到叛徒出卖后被捕入狱。他的两个成年弟弟米敏和玛曼参加了游击队。即便城外生存条件恶劣，游击队还是坚持与殖民者作斗争。米敏的脸被汽油弹烧毁了，玛曼已经参加了超过十九次战斗，他俩都参加过1948年9月武装镇压印尼共产党的“茉莉芬事件”，战斗经验非常丰富。

萨阿曼、米敏和玛曼代表了英勇抵抗殖民者的共和国英雄，他们牺牲小我、成就大义的精神深刻影响了身边的所有人，感召广大人民自觉树立爱国主义思想，参与民族独立的伟大进程。出卖萨阿曼的狱友向他忏悔：“你犯罪是自我牺牲，是为了让别人享受人性的快乐和独立的喜悦。你让自己犯罪，让自己失去自由，强迫自己作恶。”（p.112）荷印混血监狱长表露心迹：“我很尊重你的斗争，你们民族的斗争。”（p.140）“我知道，知道您牺牲了一切，牺牲了爱情、命运和自己。”（p.146）萨拉玛的未婚夫达尔索诺说：“如果一个人决心为了祖国战斗，他已经宣誓为国……上前线去战斗的人们不再属于家庭，而是属于为之战斗的土地和民族……阿曼哥是成千上万立志报国的年轻人中的一个，是那些誓为祖国民族奉献灵魂生命的人中的一个。”（pp.121-123）“我为自己感到害臊。我一直认为当一个拿着月薪、无足轻重的轻松的小职员是安全惬意的。……而我的同龄人们心甘情愿被荷兰人射杀。”（p.131）

除三兄弟外，还有萨拉玛、法蒂玛、萨拉米三姊妹和小弟哈桑。萨拉玛十八岁，是母亲与荷兰人生的荷印混血儿，上过小学，拥有“泛蓝的美丽眼睛、丰满美好的嘴唇、略显红色的头发”（p.13）。法蒂玛十六岁，在初中学习，成绩优秀，即将毕业。萨阿曼认为她“将成为女战士，因为她不仅聪明机敏，还品德高尚，具有强烈的人道主义精神”（p.13）。她自己的理想是“努力做一个好人，做一个对社会有用的人”（p.21）。在这个以战争为背景的叙事中，女性是通过直接参战的男性与战争发生关联的。三位兄长作为英勇杀敌的民族英雄，是唤醒萨拉玛和法蒂玛民族意识的引路人，使她们认识到民族和国家是超越个人和家庭的终极归宿，个人和家庭必须无条件地为民族和国家利益奉献牺牲，甚至献出生命。虽然萨拉玛没有凭借战争逃出封闭的旧式家庭、参与波澜壮阔的社会运动，但是兄长们对她进行的爱国主义教育使她超越个人情感和欲求，将民族解放视为个人发展的必要前提，认识到哥哥们英勇战斗、不怕牺牲，是为了实现民族解放和国家独立：

> 在森林、在草莽、在山巅、在峡谷，成千上万的战士，里面有米敏哥和玛曼哥，正在忍饥挨饿，甚于我们。他们比我们艰难多了。他们不断前进，拿着武器攀山越岭。他们与敌人战斗，有人死于敌人的枪弹。他们的身躯被炮弹炸碎，为国捐躯。在他们中间有米敏哥和玛曼哥。我们在这里很安全，不需要攀山越岭，不需要为国捐躯。……那些在丛林山峦间战斗的人们，也许在你正喝着热水的时候被射杀，咽下最后一口气，或者终生残疾。……如果游击队员牺牲了，不会有家人探望。家人也许已经变成敌人，加入荷兰军队。也许无人为他们收尸，任其在旷野山林间腐败，被野兽吞食。也许还没来得及方便他们就要加入战斗。也许在你安安全全冲凉的时候，他们就被炮弹炸掉手脚。在他们中间有米敏哥和玛曼哥。（p.72）

在民族话语激励下，萨拉玛甘愿放弃家庭亲情和血缘纽带，积极加入国家独立大叙事中，获得民族身份。同样，法蒂玛也被整合进入民族独立叙事，认为“米敏哥和玛曼哥，现在只能活在记忆中了。他们不再属于我们，不！他们属于祖国和民族。我们不再拥有他们，完全不能”（p.134）。她拒绝向荷兰政府求情，认为“我们向刽子手求情？多么可耻啊”（p.132），拒绝接受监狱长的援助，“我哥哥的德行不能用荷兰人的钱交换”（p.183）。

萨阿曼、米敏和玛曼作为民族运动先行者，用自己的英勇抗争与无私牺牲诠释了民族解放和国家独立所必须付出的代价，并引导、召唤不同种族、阶层和性别的人群进行道德反省和道德重构。在指向建立现代民族国家的印尼现代性进程中，民族切断了个人与传统家庭的联系，建立起个人与民族的关系。个人命运与民族命运紧密联系在一起，民族利益高于个人利益。在这一过程中，女性自觉放弃小家，放弃亲情，把一切奉献给民族："米敏哥和玛曼哥不再属于我们家，虽然他们是我们的哥哥。我认为，这两个哥哥现在属于民族和国家，以民族和国家的名义而战斗。"（p.68）女性响应时代号召，参与民族解放宏大叙事，在个人利益与民族利益发生冲突时，舍弃个人小我，成全民族大我，通过缔造坚实稳固的后防支持男性革命者，号召女性群体踊跃参加民族救亡运动。

然而，男性直接参与战争，心中除了激荡着深沉的爱国情怀以外，更加亲身体会到战争的异化性和残酷性，在不同程度上面对着民族主义和人道主义的道德困惑和心理矛盾。孩子们名义上的父亲巴依吉曾是荷兰军队的下士，在荷兰军队卷土重来后立即投敌。在当时，"印度尼西亚民族与英荷联军的战斗正酣，现在这战火蔓延至家中"（p.41）。由于立场不同，三兄弟趁父亲酒醉，开枪将他打死，抛尸河中。从此他们便沉浸在弑父的罪恶感中无法自拔。在小说里，"父亲"象征着与印尼民族严重对立的殖民势力，象征着一切需要被推翻的陈旧社会秩序。在民族主义感召下，年轻一代作为现代民族国家的建设者，必然要通过"弑父"的行为割断与殖民传统的联系。然而，"弑父"不仅与伦理道德相悖，还违反了爪哇文化里传统的尊卑等级观。所以，三兄弟虽然出于民族解放的正义动机“弑父”，却无法获得道义上的支持，无法减轻心理上的罪恶感。

“弑父”带来的痛苦促使他们进一步反思杀敌过程中犯下的人道主义罪行，从而陷入深重的心理折磨之中。在一次战斗前，玛曼的精神冲突达到高潮：“让我年纪轻轻就死去吧。……也许这样我就能摆脱一直以来压抑灵魂的罪孽……对于我而言，这是人类所能犯下的最严重的罪孽。谋害父亲！……这场战争也许不是罪孽……但是对我而言，谋害父亲就是罪孽！”（p.30）“真主啊，我明白您给我的启示。我自知罪孽深重。……我已经结束了数十条生命，就是为了献给您在这片土地上创造的新民族。……我对自己有罪，对人类有罪，对我杀害的敌人的家人有罪。”（p.38）玛曼是悲剧性的，其源头是人道主义与民族主义的矛盾，不可调和的心理折磨使他只能通过主体毁灭的方式获得解脱。同样，民族主义与人道主义的冲突在萨阿曼身上达到高潮：“这世界上我只后悔一件事，那就是杀害了自己的父亲，即便我必须杀死他。”（p.198）深重的心理痛苦让他发现战争和杀戮的罪恶本质：“活着没有意义，死去也没有意义……如果灵魂与肉体发生冲突，如果所作所为与理想中的尊严背道而驰，则意味着躯体必须被毁灭，使灵魂获胜，使理想中的尊严获胜。”（pp.102-107）“革命要求攫取一切，要求攫取选中的牺牲品……这就是革命的可怕之处。我牺牲了人性，现在还将牺牲我的肉体和生命。我就是这样强迫自己，强迫自己作恶杀戮，只是希望这片土地上的人们将无需如此，希望他们能够直接享受人性之善和独立之乐。”（p.150）

对于第三世界殖民地而言，现代民族国家是崭新的政治形态。民族国家是现代性的产物，是现代性的重要目标，也是彰显现代特征的基本标志。现代民族国家通过民族主义神话占据至高无上的霸权地位，号召个体压抑自身需求和欲望，牺牲个人利益，维护民族利益。“在所有‘超个体’的价值中，人极易隶属于民族主义价值，极易把自己许配给民族这个整体。民族似乎是人奉献激情冲动的永在的青春偶像，甚至一切党派都会毫不犹豫地将民族主义镌刻在自己的旗帜上。”[①]但是，由民族主义号召的、具有暴力性质的战争，常常有违基本伦理道德，会对个体命运造成不可逆转的改变。“从本性上说，民族主义背离道德，因此，凡企图把道德价值注入民族生命，以铸成民族主义的人，实在是煞费苦心。”[②]被卷入战争的个人因为拥有多重社会身份，往往会面临种族、阶级、性别等话语的两难处境，遭遇肉体、人格及精神的冲突和撕裂，甚至走向疯狂或死亡的结局。

投身民族运动的三兄弟经历了“超个体”的道德主体建立过程，用崇高正义的民族理想取代了个体的生存需要和情感欲求，将个人命运与民族命运紧密联系起来，相信为民族独立而进行的战争是正义的战争。但是，由“弑父”所引发的心灵震撼和道德反省促使他们正视战争与人性之间的矛盾。尼古拉·别尔嘉耶夫曾说过：“战争以及战争相关的一切，不仅是最极端和最无限量的暴力形式，而且也是最极端

① ［俄］尼古拉·别尔嘉耶夫：《人的奴役与自由》，张百春译，贵州人民出版社 1994 年版，第 170 页。

② ［俄］尼古拉·别尔嘉耶夫：《人的奴役与自由》，张百春译，贵州人民出版社 1994 年版，第 171 页。

和最无限量的反人格主义的形式。如果认可战争，那么人不仅丧失自己的个体人格，也丧失其他的个体人格。”[①] 所以，战争与人性是背离的，会导致人的异化。然而，虽然“战争的本性是非理性。战争受人的非理性本能的支撑，但战争生存的前提却是理性化”[②]。萨阿曼和玛曼是在民族主义驱使下参加战争、执行杀戮，其目的是正义的。吊诡的是，民族战争具有正义性，人道主义也具有正义性。所以，他们面对的矛盾更加不可调和。他们选择民族主义，放弃人道主义，始终无法获得内心平静，反而被拖入深重的精神受难中。为了调解理性与感性的冲突，最终只能双方共同毁灭，即主体毁灭。“悲剧性的冲突不仅仅是善与恶之间的冲突，而且更主要的也是善与善之间的冲突。”[③] 一心求死的萨阿曼行刑前虽然高呼“至高无上的真主”和“独立万岁”，但“与此同时，混乱、怀疑、困惑涌上心头。他的头脑一片混乱急迫。我的信仰正确吗？……谎言！谎言！全是谎言”（p.210）。

在作者看来，战争必然带来杀戮，杀戮终究有违人道，即便强行把道德捆绑在战争动机之上，将战争渲染成实现民族解放的正义之战，也无法遮蔽其血腥暴虐的反人类本质，无法用其正义性取代个体生命的永恒价值。只要是战争，无论正义与否，在人道主义面前都呈现为

① ［俄］尼古拉·别尔嘉耶夫：《人的奴役与自由》，张百春译，贵州人民出版社 1994 年版，第 160—161 页。
② ［俄］尼古拉·别尔嘉耶夫：《人的奴役与自由》，张百春译，贵州人民出版社 1994 年版，第 168 页。
③ 古典文艺理论译丛编辑室编：《古典文艺理论译丛第八卷》，人民文学出版社 1963 年版，第 192 页。

无意义。然而，作者当时倡导的普遍人道主义属于资产阶级人道主义，把人只看作自然人，完全脱离了社会关系，具有超阶级、超时代的假象。普遍人道主义反对阶级斗争和革命暴力，幻想剥削者、压迫者和殖民者的怜悯和慈悲，无法触动社会本质。由此可见，作者的思想受到了荷兰殖民主义者鼓吹的“普遍人道主义”和“世界主义”的影响，也反映出革命失败给知识分子造成的精神压抑和思想困惑。但是，思想的困惑无法撼动民族话语的支配性地位。虽然三兄弟全都面临民族主义和人道主义的矛盾，却依然义无反顾地为国捐躯，加重了小说叙事的震撼力量，能够引发读者深入的思考。

在小说中，阿米拉、萨拉玛和法蒂玛并没有直接参与战争，无法对于战争本质作出深刻的理解。但是，她们无法回避战争对于女性的伤害，只能用战争罹难的方式亲自呈现女性独有的苦难。而且，与慷慨的民族大义相对照，女性在战争中的苦难本质才尤为触目，因为“经由战争而建立或维护的民族或国家利益，与妇女的利益可能是背道而驰的”[①]。妇女的悲剧命运不仅是控诉时代暴行的最佳例证，还是社会动员的有力方式。与萨阿曼殉道者一般慷慨就义相对应的，是家中女性成员的悲惨遭遇。战争摧毁家庭，在最大程度上打破日常生活秩序，体现出饥饿、恐怖、死亡等意象。家中的老母幼妹如何在混乱时势中苦苦支撑，是民族主义者来不及考虑的。然而，正是对女性独有的离散、伤害和毁灭的书写，才能更加深刻地揭示出战争的苦难本质。

---

① 陈顺馨：《导言之一：女性主义对民族主义的介入》，载陈顺馨等编：《妇女、民族与女性主义》，中央编译出版社 2004 年版，第 1 页。

母亲阿米拉是军妓，是战争衍生的、“通过性去交换物质的生存条件”[①]的边缘女性。妓女与嫖客的关系，体现了“男人和女人之间的权力的转换更迭，有时被用来表示家庭与国家或国家与外部世界之间同样不稳定的权力关系”[②]。不同种族、阶级的男性对阿米拉身体的主宰具有民族遭受殖民苦难的隐喻，是国家与外部世界权力关系的真实体现。阿米拉对于出卖肉体换来的一群儿女并无多少母爱，唯独对萨阿曼视若珍宝，体现出她对自己残存母性和真爱的珍惜。萨阿曼被捕后，母亲日渐萎靡，疯疯癫癫，四处寻找儿子的踪迹。见到儿子的尸体后，母亲恸哭不止：“荷兰人逮捕你、杀害你，还不知羞耻地笑话你。我的孩子！我的孩子！世界开始疯狂了，疯狂的世界该被烧掉，让所有有罪的蜥蜴、鳄鱼和野猫都死掉吧，让所有的叛徒都死掉吧。”（p.225）在墓地里，“老阿米拉抱着儿子的木头墓碑恸哭，渐渐泪竭声消。她趴倒在坟头上，新掘的黄土没有任何回应。烈日透过褴褛的衣衫炙烤着她的身体。她越来越虚弱，哭泣声渐渐消失，动作渐渐停止。突然，微弱的声音和动作都停止了”（p.227）。

阿米拉曾是军妓，在民族独立的大叙事中，张扬的是赤裸裸的生命欲望和活生生的生存需求，毫不在乎权力更迭、民族兴废和国家存亡，关心的只是儿子的安危。母亲用女性独有的哀伤、绝望颠覆了民族话语的正义性和神圣性，揭示了个体与民族之间存在的深刻矛盾，

① 荒林等：《两性对话》，中国文联出版社 2001 年版，第 9 页。

② 贺萧：《危险的愉悦——20 世纪上海的娼妓问题与现代性》，韩敏中等译，江苏人民出版社 2003 年版，第 22 页。

拷问个体在民族中的位置。在她的思想中不存在民族战争与人道主义的矛盾，不存在个人欲求与民族大义的两难，所以就愈加凸显底层人民，尤其是底层女性在被民族主义收编的过程中，个体需求遭到无情碾压却无法获得有效物质和精神补偿的荒诞性，揭示出民族利益可能要求牺牲个人利益的实质。在阿米拉身上虽然没有铺陈出民族解放的宏大构想，但她遭遇的性别苦难能够更加深刻地讨伐和鞭挞社会现实，强化民族斗争的正义性，激励人们勇敢地为国斗争。

妹妹萨拉玛救兄心切，幻想用贞操换回哥哥，结果遭到敌人欺骗。从行为表现上看，萨拉玛是希望用“身体救国”的女性。“身体救国”属于国难临头时女性的无奈之举。这时，女性的身体成为具有政治意识形态的可供交换的“物”。在这部小说中，萨拉玛忠实于民族主义话语，牺牲身体解救革命者，符合民族要求女性在危机时刻挺身而出的逻辑。所以，萨拉玛的行为是女性无私奉献的表征，被纳入爱国主义范畴中。然而，在男权社会中，失贞是女性遭遇的最耻辱的经历。萨拉玛在萨阿曼的坟前说：“他让我作出选择：你被处死，或者我献出贞操……最后我献出了贞操……哥，为了你能自由，为了你能回家，为了你能跟我们团圆。但是我上当了，你没有获得自由，没有回到我们身边，我也失去了贞操……你已经被处死了。”（p.237）“我愧对太阳，愧对弟妹，愧对一切。我不再是昨天那个少女了，就像我离开家门时那样。我现在只是该被抛弃和焚烧的垃圾。”（p.238）萨拉玛遭遇的性暴力体现了男权社会普遍存在的犯罪现象，给女性带来了巨大的心理伤害。萨拉玛失贞后，这种男性的罪恶被转嫁到女性身上，变成女性自身的耻辱，要遭受传统性别规范的审判。所以，她表现出触犯性别规范后的焦虑和恐惧。从本质上看，女性这种羞耻感和赎罪心的自我设定是基于传统性别规范的制约。性别规范强大的压力迫使女性内化男权性别话语，导致女性既成为受害者，又成为被审判者。

由于她的失贞是由民族命题引发的，目的指向民族解放和国家独立，所以民族解救了失贞的女性，解除了她可能面对的巨大人生困境。正如民族斗争的“接班人”达尔索诺所说：“萨阿曼哥，你的妹妹受到侮辱，即便如此，我已经承诺代替你，我将履行所有承诺。……不论发生什么，你都是我的爱人……处女变成非处女只有瞬间，我关心这个有什么意义？你仍在我心里。你仍是我从前的萨拉玛。你作出如此巨大的牺牲就是为了让哥哥获得自由和平安，虽然失败了，我也没有权利增加你的痛苦和折磨。回家吧。”（pp.238-239）民族主义话语的出场认可了她的牺牲，赋予了她继续生存下去的合理性。女性也通过自身为了民族的牺牲得到民族接纳，获得民族地位和身份。然而，由民族主义赦免女性是否真的值得信赖？通过达尔索诺对萨拉玛的态度可以发现，失贞的身体只有在民族主义范畴内才能获得拯救，以身体救国的民族主义话语服从于男性主导的价值体系，男权话语是决定女性身体耻辱与否、有罪与否的关键话语。只要传统性别规范存在，萨拉玛必然将不断反刍失贞的痛苦，并通过参与民族斗争洗涤羞耻和罪恶。在民族遭受外来侵略、男性无法保护女性时，激发女性的羞耻感和赎罪心，在某种程度上可以补偿男性的受辱心理，有利于强化民族斗争的正义性。

当然，在这些女性形象中出现了女性主体觉醒的表征，具有一定的性别解放意义。在嘱咐即将外出工作的法蒂玛时，萨拉玛说："别理那些把女人视为玩物的男人……你绝对不是玩物。"（p.70）"谁能帮我们？我们自己，玛，是我们自己。人都必须首先自助。"（p.17）"你将成为好人，成为对社会有用的人。但不要忘了，你必须不断学习，明白了解这个世界，这个充满罪恶和专制的世界。"（p.21）玛曼的妻子拉特妮对米敏说："你是男人，很少有男人能够对女人感同身受。……我发现，无论在哪里，这个世界仅为男人而设。也许你从未觉察到，我们女人，感到如此孤独，不被真主垂怜。……如果我是男人，我该多么快乐。我可以拿起武器去前线，再也不需要担心丈夫去前线打仗，自己会成为寡妇。……如果我是男人，就不需要每一秒钟都向真主祈祷丈夫的平安。如果我是男人，想去哪里都可以。"（pp.156-160）波伏娃认为，父权社会将女性定义在第二性他者地位上，被男性视为物。萨拉玛和拉特妮对两性地位差异的判断，已经具备颠覆传统性别本质和男权意识形态的含义，表现出对于传统性别身份的批判性认知。然而，这种性别解放思想同样与男性先驱的教导息息相关。萨阿曼对法蒂玛说："只有通过自身努力和实力成为有用之人才值得尊敬。这是人们能够真正拥有意志、真正运用智慧、实力和才能的标志。你也必须这样做。你是女人，但男女之间在追求理想时没有差别。追求生活中的神圣理想吧，实现它，妹妹！"（pp.190-191）萨拉玛嘱咐法蒂玛："你要永远记住阿曼哥的话，这世界上没有愚蠢和病弱人的存身处。所以你必须不断学习，也要好好保护身体。"（p.19）

有理由相信，这些女性形象萌发的性别意识很可能是对男性精英话语的呼唤和应答，间接凸显出男性精英的理性智慧和勇敢坚定。

从文本叙事可以得出，现代国家的民族同质性基础，事实上是一个现代性神话。在民族话语中，人物全部面对具体的切己生存与抽象的民族大义之间不可调和的矛盾。萨阿曼和玛曼面对的是民族主义与人道主义之间的矛盾，因为两者无法兼顾而受难，既凸显了他们的无畏牺牲，号召广大人民英勇抗争，又揭露了民族对于个人的剥夺，表达出作者既爱国又反战的矛盾心理。阿米拉和萨拉玛面对的是战争与女性之间独有的矛盾。民族主义"嘲弄、实则恐惧女性主义所揭示的民族国家内部的诸多压抑、差异因素之一：公民群体的半数——女性群体在现代民族国家内部所遭遇、面临的问题、或苦难"[①]。阿米拉作为母亲，失去儿子；萨拉玛作为女人，失去贞操，都是女性所能遭遇的最为深重的苦难。两者的不同是：萨拉玛通过为民族受难被民族收编，在民族中获得一席之地；阿米拉虽然疏离于民族话语，却不断承受民族的苦难，直至生命的完结。阿米拉的遭遇成为女性本能冲击民族主义寓言的有力象征，不仅深刻戳穿了民族主义战争的残酷性和虚伪性，而且揭示了民族话语与女性话语背道而驰的实质。

反观当时的社会背景，宣布独立标志着印尼现代民族国家的形成，体现出印尼现代性变革的重大进展。国家独立意味着国内所有族群的统一和对国家的一致认同，极大地激发了印尼民族的爱国热情，促使

① 陈顺馨等编：《妇女、民族与女性主义》，中央编译出版社 2004 年版，第 28—29 页。

人们在国家排他性的驱使下反抗外来势力对祖国的威胁与侵犯。然而，“八月革命”的失败和国家内部根深蒂固的分歧导致社会政治动荡，文化对抗，种族对立。人与人之间相互压迫和相互倾轧的隶属关系遭到放大，人们更多地看到战争的残酷性和黑暗性，导致文学中出现大量“危机”主题。研究者认为，1953—1955 年“文学危机”论战围绕三个主题：危机是革命失败造成的；西方对印尼文学的消极影响是危机的原因之一；知识分子与人民的疏离进一步加重了危机。[①] 知识分子被悲观失望的情绪所控制，自然会对现代民族理想产生困惑。但是，暂时的困惑不会动摇民族话语的支配性地位，独立的民族国家始终是印尼现代性的重大成果。所以，文学文本塑造了受困于民族主义和人道主义矛盾、依然英勇为国捐躯的男性先驱。在这种背景下，女性在民族战争中遭遇的所有悲哀、不幸和绝望，都透露出民族解放与个人受难，尤其是女性创痛体验之间的因果联系，揭示了女性与民族间的裂缝和冲突，成为指证战争残酷性和非人性的有力表征。但是，萨拉玛在男性先驱的引导下产生民族意识，无惧自我牺牲，通过“身体救国”支持民族大义，符合独立战争时期民族话语对于女性的总体要求，成为危机时期女性群体援引的榜样。

---

① 刘宏：《论中国对当代印尼文学的影响：以普拉姆迪亚·阿南达·杜尔为例》，载刘宏：《中国——东南亚学：理论建构·互动模式·个案分析》，中国社会科学出版社 2000 年版，第 55—80 页。

四　《失落的心》：回归家庭的苏希（Susi）

“八月革命”失败后，女性作家加入到探索民族与个人关系的行列之中。在文本里，女性作家一方面主动向女性生存本相靠近，关注女性个体爱欲，思考女性主体的建构方向；另一方面理性看待民族话语，既肯定民族解放对女性发展的意义，又揭示女性权利被民族话语伤害的现实，表现出对于性别秩序的进一步体认。

爪哇女作家鲁吉娅（S. Rukiah，1927—2007）曾接受师范教育，在西爪哇担任教师。二战后，她为《新作家》杂志工作，并加入左翼文化组织“人民文化协会”（Lembaga Kebudayaan Rakyat）。在1959年的第一次全国代表大会上，她当选人民文化协会中央委员会委员（1959—1965）。她的作品有《贫瘠》（*Tandus*，诗集，1952年获BMKN国家文学奖）、《失落的心》等。苏哈托上台后，她的作品遭禁，再无作品问世。长篇小说《失落的心》[①]（*Kejatuhan dan Hati*，1950）在印尼文学史上虽然名气不大，却是70年代以前印尼女性作家发出的充满争议的、带有自传性质的主体最强话语。作品以女主角的第一人称视角切入，叙述了中产阶级年轻女性苏希在家庭情感与社会事业之间进行两难抉择的心路历程，刻画了民族大义和个体爱欲之间的矛盾和抵牾，对于革命持有一定的批判性态度。小说以主人公苏希从“逃离”家庭到“回归”家庭的情感演变为主题，叙述了女性在

---

① Siti Rukiah, *The Fall and the Heart*, translated by John H. McGlynn, Jakarta: The Lontar Foundation, 2010. 本节所有相关引文均出自此书，由笔者所译。

现代民族话语的激励下希望挣脱传统束缚，获得纯洁爱情，实现身心和谐；在发现民族利益伤害女性诉求的真相后，不得不选择向世俗妥协，承受身心背离的伤痛。小说揭示了女性受制于性别、民族和文化期待的真相，塑造了渴望叛逆却选择回归的苏希。

女主人公苏希从幼年起就是个“言行都很乖顺”（p.9）的小女孩，在家庭事务中是个“冷静的观察者”（p.10），“对新的探险、新鲜地方或事物没什么兴趣”（p.9）。苏希的“特长就是保持沉默，作出承诺，多数时候接受既成事实，很少反抗”（p.9）。她“从不通过抱怨或报复行为来表达感情，而是将怨恨、悲伤甚至快乐捆绑打包藏在内心，用优雅来掩饰”（p.12），是一个安静顺从、保守内敛的传统女性形象。她的两个姐姐蒂妮和丽娜则“固执、被宠坏、争强好胜”（p.9）。大姐蒂妮“像男人般固执，感情充沛，身体强壮，对理想坚定不移”（p.10）。二姐丽娜“最可爱最健谈，但是喜怒无常，毫不关心他人感受……总是为所欲为”（p.9）。三姐妹的母亲是“家里的权威”（p.11），而父亲“没有权威，总是默默顺从”（p.14）。

在父亲孱弱的情况下，母亲成为父权文化和消费社会教化下的父权帮凶，代表父权霸权在家庭中独断专行。她崇尚父权，认为子女必须顺从父母、回报父母，“听从父母的命令，全心全意照顾父母，用善意和物质回报父母”（p.13）。她希望女儿“成为像她一样的妻子，能够完全控制丈夫。毫无疑问，当看见丈夫屈从于她并将所有权力拱手相让时，她获得了巨大的满足”（p.15）。她遵守男权，认同父权社会对女性的所有传统性别规训，认为“女人必须优雅美丽，容光焕发，言谈举止充满魅力，能够捕获理想的富有丈夫，能够报答父母长期辛苦的养育之恩”（p.10）。她让女儿们学会“如何与男人打交道，必须关注男性朋友却不允许随意与男人外出。即便男人举止无礼或者面目可憎，也不能流露任何情绪。男人就是需要女人带着甜蜜的微笑奉承、服侍和等待的”（p.33）。她追求金钱，认为“女儿回报父母更加容易，只要她嫁给富有的丈夫。如果她能够完全驾驭丈夫的感情，就更加容易了”（p.13）。她习惯于“依据财富多少来确定感情深浅”（p.80），希望自己的女儿嫁给“‘不同寻常’的丈夫，一个政府高官、公务员或者成功的商人”（p.38）。父权、男权和金钱成为母女关系的基本组成，也成为女儿形成主体意识的重要障碍。

丽娜是男性眼中典型的理想女性，是母亲的骄傲。丽娜不爱任何人，只因母亲不断催促，在《独立宣言》签署六个月后，她为了让母亲开心与约诺结婚了，因为“他是母亲最喜欢的类型”（p.18）。丽娜“结婚是为了取悦母亲，根本不是基于爱情或者责任作出的决定，仅仅因为财富、金钱和物质”（p.19）。蒂妮固执、肥胖、不美，是“一个无视世俗规定的女人”（p.26），所以经常遭到母亲的嘲讽和耻笑，这些嘲笑使得蒂妮的内心“变得如同石头般坚硬”（p.11），她决定毕业后立即离家，永不结婚。她的“目标是知识，以及实现自己的理想。她将不断寻找直至找到它们”（p.82），她将“学会如何在这世界上独自生存”（p.12），成为“一个不愿接受任何男人帮助的、独立生活的女人”（p.74）。苏希在家庭之中无所适从，认为“我的家人都被一个不懂感情和爱的人毁了。父亲已经放弃获得爱的希望。蒂妮内心破碎，永不结婚。丽娜变得自负而傲慢。而我，作为最沉默的人，则变得更加沉默”（p.17）。

贝尔·切夫尼认为：“女性有关女性的写作是她们与母亲的内在关系象征性地再现，在某种程度上是再造自身。”[①] 母亲作为与女儿同性的形象通常会成为女性自我认同的对象。所以，沦为父权帮凶的母亲也成为女儿们建立自我认同时无法回避的性别指认对象，是女儿形成自主意识的重要障碍。蒂妮和丽娜代表拒绝规训和接受规训的两个极端。蒂妮是前期自由独立、个性张扬的新女性形象的极端表现，发现在喧嚣的外部社会变革中，家庭内部的女性依然遭受父权、男权和阶级的束缚与压迫。为了维护主体自由，她以激进的方式逃离家庭，放弃一切男性社会认可的女性特征，向女性“男性化”靠拢；丽娜是男权社会中典型的第二性客体形象，她的物化以及男性对她的欲望方式与她在社会中的性别功能是同源的，进入婚姻秩序象征着她被父权规训、被男权收编，也象征着她的物化价值的实现。

苏希的个人主体尚未明确，在是否接受规训的问题上摇摆不定。最初，苏希“听到母亲希望获得回报的要求，便暗自承诺将满足她的愿望。她说希望女儿们嫁给有钱人，便发誓将要嫁给一个富有的丈夫”（p.17）。然而，在生产方式经历重大变革、民族独立战争如火如荼的时代，女性走出家庭内部空间、进入社会外部空间已成常态，连带导致女性的自我审视也发生转变。特别是在听到父亲说：“你的母亲不爱我。她结婚的目的并非希望共同分享爱情的欢乐、分担生活的重

① 平路：《伤逝的周期——张爱玲作品与经验的母女关系》，载杨泽：《阅读张爱玲》，广西师范大学出版社 2003 年版，第 137 页。

负。她从未考虑过这些。她只有一个目的，就是拥有。……你母亲从不明白好婚姻不仅需要衣食无忧，更需要爱情滋润。她也从未意识到母女之间存在特殊联系，爱的联系。情感联系与物质回报毫无关系。”（p.16）父亲的话对苏希震动很大，使她意识到毫无爱情基础的包办婚姻落后于时代，集中体现了父权、男权和阶级对于女性的压迫和束缚。所以她决定：“如果没有爱情，我不会结婚”（p.17），“我将拥有爱情，不会像母亲和丽娜一样”（p.20）。

母亲希望苏希嫁给帕尔。帕尔“是一个非常普通的人，不习惯深入思考，目光狭隘……帕尔非常富有，拥有工厂，毫无疑问，这就是母亲喜欢他的原因”（p.24）。然而，主体觉醒的苏希不愿再服从母亲的命令：“如果这一切都是为了母亲，那么我就该努力满足她的愿望，像丽娜一样，与不爱的人一起生活。但是我足够坚强吗？如果不是，我就必须挣脱那些对母亲的誓言，像蒂妮一样，完全摆脱母亲。”（p.25）为此，苏希积极参与社会运动，加入红十字会，借助民族战争打破传统规范，进入公共领域，争取个人自由。苏希的行为引起母亲的不满：“我知道你出去加入那些下流的、不信神的组织……没有男人会娶那种女人……她们不会为家庭做任何事情。看看吉阿蒂，她母亲说她已经二十七岁。还有安娜和哈尼，都快三十岁了。还有你的姐姐蒂妮。现在轮到你了？这就是你想要的，做一个老处女？一个失败的女人？”（p.27）而苏希决心已定：“我曾发誓满足你的愿望，但如今无法继续忍受下去了。我不会嫁给帕尔，我不爱他。如果你强迫我嫁给他，恐怕我们的婚姻会像丽娜和你自己的婚姻一样……如果你为有我这样的女儿

而羞耻——适龄却未婚——那么我会像蒂妮一样离开。”（pp.26-27）

在当时社会环境中，婚恋自由具有挣脱传统道德束缚的现代象征意义。“爱情已经成为新道德的整体象征，成为被视为外在束缚的传统礼教的自在的替代品。作为解放的总趋势，爱情成了自由的别名。从这个意义上说，只有通过爱，只有通过释放自己的激情与能量，个人才能真正成为完整的人，自由的人。爱情也被视作一种挑战的举动，一种真诚的行为，一种抛弃虚伪社会中一切人为禁锢的大胆叛逆。”[①] 苏希作为主体萌发的女性，拒绝接受父权、男权和阶级的规训，拒绝从母亲身上获得性别指认，认为婚恋自由是摆脱传统束缚、获得主体自由的象征，意味着她保有了自身主体意识，参与了对传统的反叛，打破了以母亲为代表的霸权对女儿的规训，彰显了现代启蒙品质。在这一过程中，民族话语是苏希挣脱家庭内部空间、走向社会外部空间的力量。从这种意义上看，女性解放与民族解放同向发展。正是在民族解放的框架下，原本坚固的传统社会秩序开始动摇，带动女性获得个人解放。这种叙事，符合民族国家发展的现实诉求，与民族运动和妇女运动相互呼应。

苏希借由民族运动挣脱家庭束缚时，也曾满怀爱国热情。发现战争的阴暗面后，她开始质疑民族理想的虚幻性：“为什么我们献身革命，只为少数群体趁机渔利？更可悲的是贫民窟和小村庄里愚昧的参军者。……他们盼望荷兰人卷土重来，那时他们至少还能每天赚碗米饭。现在新式的‘自由’和‘革命’只能让他们面对残酷的现实而自

① 李欧梵：《现代性的追求》，人民文学出版社 2010 年版，第 96 页。

欺欺人。如果在群众集会上肚子饿得咕噜叫，他们只能自我安慰。他们顺从地忽略自身感受，积极回应那些令人疲惫、枯燥无味、从旧报纸和民族主义杂志上东拼西凑的演说。”（p.20）苏希认为，政府的军队里“有很多骗子，欺骗自己和人民，故意违反人权。对我而言，欺骗与强奸和谋杀的性质一样”（p.31）。

苏希不仅质疑民族理想，还反对一切束缚人性自由的道德伦理和社会规范：

> 如果我们能够摆脱社会为我们设置的规则该多好。如果婚姻不需要教堂和清真寺的仪式、牧师和长老的祝福，该有多么自由。放弃对财富的关注，挣脱父母的建议和决定。对我而言，爱情就是一切。为什么每个人都认为爱情决定婚姻的想法疯狂又不切实际？人性总有一种设置规则的倾向，即便这些规则只是桎梏……爱情和感情也要受到地位和财富的约束和权衡。人性通过所有这些规则和要求贬低自己。现在我们被规则控制，这些规则将亵渎和破坏可能存在的真爱和情感。（p.26）

在印尼现代性进程里，民族话语将女性从传统规则中解救出来，将理性批判精神赋予女性，使其开始独立思考，敏锐地发现民族理想中的阴暗面，并在启蒙精神的鼓舞下，向所有无视人权、扼杀人性的既定规则开战。这个时期的苏希斗志昂扬、意气风发，以为能够掌控自己，做人生的主人。

女性在民族运动中的作用和地位时常备受质疑。通常情况下，人们容易认可男性天生适合获得支配性权力，女性无法充当民族独立的主体力量，所以她们是以第二性和男性附属物的身份在民族中获得一席之地。女人若想去适应社会运动，就必须付出失去女性特性的代价，因为女性气质中的依附性、软弱性和摇摆性与民族宏大叙事并不匹配，必须成为革除的对象。为了获得民族运动的接纳，苏希刻意疏离女性气质，剪掉长发，不再装扮，疏远他人，隐藏内心，阅读枯燥的社会运动和政治历史书籍。苏希想要通过战争“剥离所有的女性情感，让自己的性格与那些男性革命者一致。一两个月后我的确有了这种感觉。我冷冰冰地对待男人，完全无视他们的笑容和言语，丝毫不像他们理想中温柔优雅的女人。我毫不在意，继续随心所欲地工作。我内心冷漠，不像大多数女人一样围绕在男人身边搔首弄姿或者卖弄风情。我很严肃，话题总是关注现实问题”（p.35）。苏希隐藏女性气质、模仿男性气质不仅是为了隐藏空虚和脆弱，表现得坚强和独立，更是为了规避传统性别规范对于女性的限制，不愿在民族运动中充当男性的附属物，也象征着以苏希为代表的启蒙女性独立建构新型性别身份的尝试。

当民族精英卢克曼从前线回到营地后，“我逐渐丧失了这种刚刚获得的力量”（p.37）。卢克曼英俊潇洒、自信优雅，“善于应对任何状况，能够坚持政治原则和立场，是营地里最受尊敬的人，是我们的力量”（p.37）。两人的相知相恋使苏希恢复女性特征，“感到曾经的优雅慢慢重现，逐渐控制我的内心”（p.38）。爱情让苏希感到自己“日渐软弱，刺激我的女性心理。我不能再听见枪炮轰鸣，不愿再看见鲜血淋淋。我已经重新振作，准备回归曾经的优雅和美丽。我已经结束了自己的游戏，准备现在回家去见母亲，去爱，去感觉”（p.43）。爱情的力量促使苏希的女性意识得以复苏，要求苏希不愿再被“保家卫国的故事干扰了，想要自己的爱情获得满足，想要爱情温柔纯洁”（p.53）。在这里，革命者卢克曼的出现恰好满足了苏希想要依靠婚恋自由彰显个人主体自由的心理需求。而且，通过与男性民族精英建立爱情关系，女性可以顺理成章地获得民族接纳。所以，脱离传统生活轨迹、寻求崭新性别身份的年轻知识女性终止了女性“男性化”的尝试，最终选择依靠“爱情 + 革命”的话语进入民族叙事。

苏希的爱让卢克曼感到别样的兴奋，但他更加重视民族事业和共产主义理想，无法因为爱情放弃信仰：“我是一个共产主义者，……为了实现理想，我们必须进行革命，必须成为战士，置身于战争风险之中，其他任何事情都是次要的。……人们必须明白世界上还有像我们一样的人，不愿用生命满足个人欲望。”（p.41）事业超越爱情的现实，再加上身边充斥着爱情将会“摧毁革命者灵魂”（p.48）的谴责，使苏希在深感苦闷的同时对男性先驱的革命理想和事业信仰产生了深刻的厌恶和痛恨，认为“所有被称作‘革命者’的人都疯了”（p.48），“‘战斗’这个词让我恶心！……‘革命者精神’什么也不是，只是过时的英雄主义和封建骑士精神。我们无病呻吟，假装嗜血”（p.52）。虽然苏希不愿离开卢克曼，不怕“战争、监禁、谋杀和鲜血”，不惜“让母亲蒙羞或承担社会骂名”（p.47），但由于“民族主义既受动于爱欲，也受动于对爱欲的拒斥”[①]，即民族主义既需要激情崇拜来激发，又

① ［俄］尼古拉·别尔嘉耶夫：《人的奴役与自由》，张百春译，贵州人民出版社 1994 年版，第 170 页。

需要压抑个体爱欲来发展，更需要忽略性别（尤其是女性）、超越个体，将个人消解于民族之中。所以苏希深深体会到女性诉求对立于民族利益的迷惘与焦虑，感觉自己“被摧毁了，自我意识被撕成碎片”（p.54）。

一次紧急撤离之前，卢克曼与苏希彻夜长谈。虽然两人都具有叛逆精神，但苏希迫于女性身份，希望用婚姻规范保护自己的爱情：“婚姻是社会规则，是赐予那些自认为有教养有道德的人的荣耀，……婚姻是那些自称安分守己、想证明自己比动物更有尊严的人们的表演。……我有母亲，有家庭，他们自认是正直道德的公民。我接受母亲的管教，在合适的时候必须回家，补偿犯下的罪孽和背弃的诺言。……我只是个普通人，仍然受到社会约束，会感到耻辱。”（pp.58-59）她发现卢克曼的共产主义信仰无法为爱情提供美好的前景：“你信仰一些大众不接受的事物。看看前方，那里有什么幸福之地，可以让你与爱人共度一生吗？”（p.60）她清醒地意识到卢克曼的“信仰会成为（爱情）的刽子手”（p.57），认为自己虽然“憎恶仪式、规则、虚伪的敬意和道德，但我现在是并将永远是女人。无论是否愿意，我都必须对这种骗局低头。我不愿成为夏娃，采摘禁果而引火烧身”（p.62）。然而，卢克曼追求绝对的爱情自由：“我们是相爱的，我们的爱由自己掌控”（p.61）。“我们有权快乐……我们有权品尝爱情的甜美，今夜，让爱情将我们带到幸福之巅。”（p.62）“这是我们爱的权利，我们有权跟着感觉走。忘掉别人的态度和看法。有爱就足够，我们的爱是真爱。我们不需要仪式，我们有爱就足够。”（p.64）苏希明白这种屈服的“后果将是灾难性的”（p.64），但是这些话让她顺从了自身欲望，战胜了恐惧和抗拒，“向卢克曼屈服了”（p.64）。在打破旧秩序、建立新世界的社会变革中，约束女性的道德体系和伦理规范改头换面后，在本质上并没有发生重大改变。女性在新型社会关系中仍然面对世俗压力和舆论非难，稍有不慎便会身处困境。叛逆男性占据社会结构的支配性地位，是社会变革的主导力量。他们将爱情自由视作打破既定规则、获得主体自由的象征，在追求爱情时更加勇敢、激进和纯粹。叛逆男性为叛逆女性提供了依靠爱情建立两性同盟的预期，激励女性利用婚恋权利向传统礼法示威。

沉浸在爱情幻梦中的苏希很快便遭到现实的沉重打击。苏希想要的是卢克曼暂时向社会仪式和规则妥协，正式宣布两人的结合，却遭到卢克曼的反对：“现在我失去了一切，而你要走了。如果因为昨夜的事而发生了什么，我该怎么办？”（p.67）“卢克曼，咱们都憎恨社会制定的仪式和规则，但如果我们不向它们屈服，就会被它们分开。……我认为我们没有足够的力量来承受外界的嘲笑和侮辱。我们软弱，无法做到与社会完全隔离。即便我们勉力强撑、固执己见，我也认为我们无法做到。”（p.68）“生活在这个世界上就必须承认其规则。没人是自由的。没人能够拒绝承受他那部分职责。而你只想承担你所谓的人道主义。你不愿承担更多责任，我们的爱将会灭亡。……对于我而言，革命没有任何意义。……令你骄傲的英勇革命日渐变得不近人情，令人沮丧。”（p.70）在卢克曼看来，苏希的想法只是小题大做、无理取闹：“我们都有自己的责任要承担……必须将感情置之一旁”（p.66）。“如果你陷入爱情，就不能责怪别人，相互指责只会破坏爱情的美好。没人该被指责，不是你，也不是我。……在爱情中没有罪孽或过错。……你责怪我，是因为你的爱是资产阶级的，是个人主义和自私自利的。”（pp.68-69）卢克曼的离开不可避免，苏希的爱情更无着落。她不得不忍受着无法摆脱的感情与失落、无法言说的伤痛与懊悔，以及隐隐约约的担忧和恐惧返回家乡。

在印尼男性作家笔下，女性或者被男性叛逆者启蒙，在男性引导下“睁眼看世界”；或者与男性并肩奋斗，共同投身于社会运动之中；或者用爱情褒奖男性革命者，辅助他们追求民族大业；或者为民族战争自我牺牲，获得民族救赎。在女性作家笔下，苏希也曾拥有追求新生活的勇气和热情，在时代大潮的激励下挣脱传统束缚，参与民族运动。然而，在个人利益与民族命运构成矛盾时，她的个人理想遭受打击，发现民族话语压抑个体生命和女性欲求的本质。这种女性形象是前期接受思想启蒙、要求个人权利、步入社会、获得独立的女性形象在战争年代的延续。在殖民统治时期，妇女解放受动于民族解放，两者同向发展，共同反抗家族和部族传统。在民族危机时期，妇女解放受制于民族解放，两者相互背离，女性自身的心理需要和身体欲求成为民族国家话语中的异质元素。

在这里，由叛逆的青年男女结成的反传统同盟出现了裂痕。当叛逆的女性在理智和情感之间痛苦挣扎时，男性往往自己全身而退，或者以责任和义务为职责，追求自己高尚的人生目标；或者以理想和信仰为借口，肩负自己“纯粹”的民族理想，留下女性独自承受随之而来的种种人生风险。“战场”与“情场”的矛盾正是民族要求个人放弃自我、献身民族的典型表现。如果说男性可以在两者之间自由潇洒地切换，女性相对而言则要受到生理心理、习俗传统和伦理道德的重重束缚，不可避免地遭到伤害。这也说明在依然以男性权力为中心的社会话语中，男女两性在社会容忍程度和自我身份建构上存在很大差异。叛逆女性此时突然发现，在新型社会关系中女性的性别身份仍然是他者或客体，两性之间通过爱情建立的同盟并没有改变女性的传统身份。所以苏希在“灵魂遭遇理智和情感冲突的困扰”后，在漂泊于外、“始于模仿男性最终回归女性”（p.75）后，决定回归：“在几乎两年战争时间里，我从家中逃离。我曾希望自己摆脱情感，最终毫无改变。我要带着曾经希望丢弃在旅途中的情感，回家。”（p.74）

回到家中的苏希见到亲人。昔日强势的母亲在苏希离家的两年时间里久病孱弱、性情大变、喜怒无常、疑神疑鬼，使得父亲不堪其扰、不思归家。在父亲弱势的家庭里，母亲表现出的阴鸷乖张虽然在有限范围内颠覆了男尊女卑的性别规范，却无意识地按照父权秩序统治家庭，成为父权的替身和被父权霸权及消费文化所扭曲的母亲，同样是女性自我异化的隐含象征。母亲的言行不断透露出她对女性生存充满焦虑，自觉认同女性的物化身份，希望把嫁女儿当成做生意。实际上，左右母亲行为的是统治社会的性别秩序和阶级秩序。这种生存焦虑呈现出赤裸裸的消费关系，扭曲遮蔽了母女之爱。为了挣脱父权和男权对自己的人生约束，女儿只能选择逃离，追随叛逆男性，用自由恋爱冲击包办婚姻。然而，当青年男女的爱情同盟因为男性的背离而瓦解时，逃离传统却无法独立建构主体的女性只能选择回归。这时，女儿回望与自己有天然性别联系的母亲，意识到母女之情虽被父权男权秩序伤害却从未割断，体会到母女之情对女性身心重建和自身主体塑造的重要性。母亲的病痛唤醒了母女之间久已消失的脉脉温情，促使苏希决定："我希望母亲好起来，我将满足她的任何愿望，即便我将永远压抑自己的梦想，我要这么做，只要她能够好起来。"（p.79）母亲是父权和男权的牺牲者，也是女儿挣扎于世的休憩港湾。渴望自由的新女性无法从叛逆男性处获得支持，遭受挫折时容易与母亲形成认同。向代表世俗道德伦理和传统性别规范的母亲妥协，也象征着希望用爱情挑战既定规则的苏希左右权衡后选择回到传统规范之中。

母亲的愿望就是让苏希嫁给有钱的帕尔。虽然帕尔仍是老样子，只会谈论生意经。与此同时，苏希发现丽娜在约诺的帮助下"改变了所谓的'邪恶特征'"，"最终妥协让步"变成"正常的女人"（p.90），抛弃本性，完全按照男性的要求改造自己。她一方面深感爱情匮乏的失落，怀疑自己是否能够"被迫追随丽娜的脚步"，因为卢克曼已经"教会我另一种方式"，使自己无法"顺从地接受社会模式或普适规范"（p.90），另一方面与那些所谓的时代"新女性""1945 年斗争女性"格格不入，因为"当时发生的基本上与 30 年代一样。这些女人有言论自由，但她们大部分的言论都关于服装、宴会、跳舞、孩子等。……她们离卢克曼及其朋友理想中的女性多么遥远啊。这就是自由和革命的新时代的女性"（p.92）。这些在印尼现代性进程中接受启蒙、步入社会的新女性在崭新的社会关系中放弃了理想和追求，在进入新式婚姻体系后又沦为庸常的家庭妇女，被重新纳入本质上依然陈旧的性别秩序之中。苏希不仅需要面对母亲扭曲的生存焦虑，缓解世俗人生与理想爱情的矛盾冲突，还需要面对脑海中自由独立、意气风发的现代女性理想与进入现代核心式家庭后重沦庸常的女性生存现实之间的巨大反差。苏希既发现民族诉求与女性命运之间不可调和的矛盾，又困惑于传统社会和现代社会之中本质相似的规则，面临着保持清醒思考和批判能力的新女性独有的人生困境。

卢克曼的不幸被捕、迟迟未至而苏希却意外怀孕的现实使她深感绝望，民族与个人的利益冲突达到高潮："我是自私的，希望荷兰再度统治这个国家。我不是没有意识到这片土地有成为主权国家的权利，而是希望关押卢克曼的政府倒台。……他的自由意味着我的幸福。我不在乎幸福是否自私，不管什么'我们国家''政治''军队'或者'反殖民反饥饿斗争'。"（p.94）"我仍然憎恨革命，这种憎恨与日俱增。我恨政治和意识形态，我恨荷兰人卷土重来，但我更恨那些打着革命旗号来寻找药物、供给和食物的'同志们'。"（p.97）"我不再将真心交给那些以革命为借口敲诈和欺骗别人的人。"（p.97）"如果军队不进攻，不是如此愚蠢，无法理解政权政治和卢克曼的信仰，我们就不会分离，我也不用背负如此众多的谎言。我恨革命的所作所为，我恨愚蠢的政府，我恨社会和所有的规则。"（p.104）

在危机时期，民族话语与女性话语之间的对立和冲突不断凸显，体现出女性通过民族运动获得自身解放的虚假性。波澜壮阔的社会变革并没有从本质上改变约束女性的社会规范，没有改变女性被操纵、被支配的地位，更没有为女性带来主体身份，反而使女性深感民族理想对于个人权利的碾压。女性独有的生理尴尬、心理苦闷和性别苦难并没有被民族话语改写，只是被遮蔽了。当女性需要独自承受生存苦难时，社会变革中的启蒙、民族、国家都成为一场骗局。“在我体内仿佛有两个声音，一个说屈服吧，让自大、骄傲、罪孽都被洗刷干净，而另一个声音则坚持不能欺骗本心。”（p.96）对于女人而言，民族利益与个人命运只是一个虚假选择，因为根本没有选择。为了避免女性将会遭遇的不堪与屈辱，苏希最终决定向现实和习俗妥协，嫁给帕尔，过起循规蹈矩的妻子和母亲的生活。

三年后的一天，卢克曼意外造访。卢克曼依然坚持“我爱你，也爱我的信仰”（p.107）。他要求与苏希再续前缘，遭拒后他谴责道：“你不愿为自己的行为负责。你怕将负担转嫁他人，转嫁给毫不知情的丈夫。如果你感到负担如此沉重，那是你的错误，是你自我的，不是别人，就是你自己。”（p.108）苏希内心酸楚：“你认为谁能真的与世隔绝，独来独往？我知道我不能。我只是人群中的普通人，非常需要别人。……对我而言，现在一切都无意义，无论革命、民族主义、苏加诺、共产主义还是监狱。”（pp.108-109）就这样，曾经浪漫相爱的俩人，最终在不可调和的理想和现实、信仰和生存之间渐行渐远。在女作家笔下，民族运动中的男性与女性无视世俗、勇敢叛逆的叙事呈现出可疑的荒谬感。即便是在女性获得初步解放的现代社会中，依靠爱情与男性“启蒙者”和“先行者”结成同盟依然是个伪命题，男性为女性规定的是“客体”和“他者”的身份，排在理想和信仰之后。

女性在依靠男性认知和确定自身形象的过程中受到打击，最终通过与母亲的内在性别联系再造自身，实现女性成长。

无论是旧式社会还是新式社会，都为女性规定了一系列社会身份和行为规范，如果贸然触碰必然遍体鳞伤。知识女性曾经试图模仿男性气质迎合民族需求，最终却依然无法回避自己身为女性的事实。女性的生理心理限制决定她必须向社会规则妥协，其性别认同是以回归被征服、被驯化的社会性别位置、将自身改造成为男性喜欢的样子而最终形成。从表面看来，这是女性精神成长的停滞和倒退，其实，这种转变体现出启蒙女性建构自身时的清醒判断和主动选择，代表着叛逆的女性在自我建构历程中性别意识的进一步觉醒。

纵观整部小说，叙述的是在民族独立的背景下，女主人公苏希在民族话语的影响下，逃离家庭又回归家庭的主题。逃离的动机是为了摆脱父权和男权束缚，逃离的目标是借助民族运动、获得女性主体解放。当苏希发现民族理想压抑和伤害女性利益的真相，看清毫无变化的新型两性关系的本质，在矛盾之中进行清醒判断和主动选择，通过回归世俗生活、遵从既定规则的无奈之举维护自身主体自由。从某种意义上看，苏希与易卜生《玩偶之家》(又译名《娜拉》)的主人公娜拉略为相似，两者都是为了反抗男权社会为女性制定的传统规则而逃离家庭、进入社会，只是苏希的逃离与民族宏大叙事发生了联系。但是，在社会没有为知识女性提供必要的身份认同前，盲目出走家庭的娜拉式女性是否真的具有光明的人生命运和生存景观？鲁迅在《娜拉走后怎样》中对新女性的生存判断是“娜拉或者也实在只有两条路：

不是堕落，就是回来”[①]。民族理想无法救赎女性摆脱困境。终结叛逆尝试、回归世俗规则是苏希所能作出的最能回避风险、保全自身的选择。

在身份抉择过程中，年轻女性都面临着“身体”和“心灵”的矛盾和冲突。根据福柯的理论，人类文化体系中的“身体”不仅是解剖学意义中的身体，还是权力和话语的焦点，是由权力借助各种话语建构的。男权社会对女性的规训首先是对女性身体的规训，以达到剥夺女性主体性、建构女性特质的目的。福柯提出：“用不着武器，用不着肉体的暴力和物质上的禁制，只需要一个凝视，一个监督的凝视，每个人就会在这一凝视的重压之下变得卑微，于是看似自上而下的针对每个人的监视，其实是由每个人自己加以实施的。”[②] 以父权帮凶面目出现的母亲要求女儿按照理想化、标准化的性别规范塑造自己，将自我客体化。蒂妮是完全不受规训的女性，只能极端地接近男性气质、疏离女性气质。丽娜是完全接受规训的女性，嫁人生子并最终自我调适成为男性欣赏的贤妻良母。苏希希望心有所属、身有所托，希望借助民族运动获得身心和谐。发现女性欲求与民族命运存在冲突时，获得心灵成长的苏希必须面对意外怀孕的身体困境。她发现“女人的空间不是一个可以自由实现她身体意图的场所，而是一个她感到自己被安置和禁闭于其中的围栏”[③]。在苏希的清醒思考和反复权衡下，身心分裂的痛苦让位于现实人生的艰难。她只能根据男权社会的现实作出最为实际的

---

① 鲁迅：《灯下漫笔：鲁迅诗文选》，哈尔滨出版社 2011 年版，第 102 页。

② 李银河：《女性主义》，山东人民出版社 2005 年版，第 68 页。

③ Iris Marion Yong, “Throwing Like A Girl: A Phenomenology of Feminine Body Comportment Motily and Spatiality”, *Human Studies*, 1980(3), pp. 137-156.

身份选择。从这里可以看出，“在父权秩序中，不论是对女儿还是对母亲而言，女性的生存处境大都是非常荒凉的，母女之战常常是一方为了在狭小的生存空间获得自我生存权，为了逃脱深受压抑的生命状态所致，但是，结果却是两败俱伤，获利的仍然是不变的男权社会”[①]。

在这部小说里，民族战争成为造成苏希感情悲剧的直接因素。民族理想要求女性放弃自身性别要求，现实处境又使女性无法违背社会既定规则。苏希的遭遇更加清楚地显示出女性解放与民族解放之间的对立，显示出女性无法通过脆弱的民族身份抚平和消除个人的创痛体验，必然会遭遇身心背离的对立困境，再一次印证了伍尔夫所说的“经由战争而建立或维护的民族或国家利益，与妇女的利益可能是背道而驰的”[②]这一事实。由民族解放启动的女性解放并不能真正将女性从客体地位中拯救出来，曾帮助女性获得启蒙、带领女性、与女性携手结盟的男性为女性规定的身份和地位没有改变，女性仍然被操纵、被控制。由于女性在民族战争中面对着独有的性别困境，所以她们更能理解民族与个人之间存在的对立。小说中的女性形象从家庭走向社会、从社会退回家庭的叙事一方面体现出危机时期民族理想对于女性群体提出的特定性别要求，彰显了家庭内部空间在女性职能里的基础性地位，另一方面使用女性独特的性别体验拷问民族叙事，依靠女性独有的清醒态度解构社会规范，通过女性的逃离与回归、坚持与妥协构成女性的主体抉择和主体成长，彰显出女性在自我建构过程中主体意识的不断增强。

---

① 刘传霞：《被建构的女性——中国现代文学社会性别研究》，博士学位论文，山东师范大学，2004 年，第 188 页。

② 陈顺馨等编：《妇女、民族与女性主义》，中央编译出版社 2004 年版，第 1 页。

本章小结

印尼民族认同抉择期主要呈现出“求独立”的行为表征。日本军国主义战胜荷兰殖民者，将印尼变成太平洋战争的后勤基地。日本投降后印尼宣布独立，号召人民与卷土重来的荷兰殖民者英勇斗争，最终以“八月革命”的失败而告终。随着“西方中心论”的瓦解，思想领域里对于西方文化的反思和对于印尼特性的重建日趋明显，总体呈现出多元和复杂的特征。在这一时期出现的《热爱祖国》《无神论者》《游击队之家》《失落的心》四部长篇小说中，知识分子主要围绕着印尼现代性进程中国家主权建构和个人主体建构两大目的之间的对立和冲突进行叙事。小说中的女性形象在不同程度上放弃个人主体自由，接受民族话语规训，体现出危机时期民族话语对于女性群体的基本要求和女性群体对于民族身份的主动抉择。

在《热爱祖国》中，西方中心主义和个人至上主义遭到批判，印尼传统价值重新焕发出生机与活力。阿斯蒂娅在男性精英的引领下，忘我牺牲、无私奉献，成为支持民族解放的重要力量；在《无神论者》中，知识分子开始关注众声喧哗的西方思潮给印尼民族造成的身份危机，致力于重塑民族文化自信心。卡尔蒂妮遭受挫折后迷途知返，象征着对于不符合民族理想的追求物质性、背弃精神性、张扬个人性的女性形象的摒弃；在《游击队之家》中，国家独立的挫折和战争残酷的本质使知识分子聚焦于民族理想与个人命运之间的对立。萨拉玛受到男性先驱的影响，忠实于民族话语，通过“身体救国”支持民族大义，符合民族理想对于女性的基本要求。在《失落的心》中，女性作家聚焦于民族运动中女性独有的个体爱欲和性别困境，表现出对于社会性别秩序的进一步体认和服从。苏希通过逃离家庭内部空间，走向社会外部空间，又退回家庭内部空间的心路历程进行身份抉择，彰显出女性在自我建构过程中主观意识的不断增强。

在民族认同抉择期中，知识分子在民族战争如火如荼的背景下反思西方文化，重拾本土传统，一方面从西方文化中进行取舍，另一方面在历史多样性中进行选择，致力于现代民族身份的创造。长篇小说塑造的女性形象也在民族理想的约束下进行身份抉择。阿斯蒂娅放弃主体欲求、卡尔蒂妮重返传统规训、萨拉玛甘愿无私奉献、苏希选择世俗规范，不同程度地体现出女性形象对于西方品质的扬弃和对于本土传统的亲近。在这一过程中，男性再次成为女性的引导者、拯救者和规训者，女性受到男性指引，获得男性拯救，接受男性规训，性别需要让位于民族利益。女性作家通过独特的性别体验揭示出民族与女性之间的矛盾，反映出女性在自我建构过程中的主观抉择和主体意识不断增强。总体而言，在民族危机时期，民族利益超越个人命运与女性诉求，女性形象的主观抉择意识进一步上升，倾向于在民族理想的约束下发挥传统职能、发扬传统品质，一方面为现代民族国家的女性身份规划作出有益的尝试，另一方面预示着印尼民族认同和女性身份的建构与社会历史文化进程息息相关，始终处于动态变化之中。

结　语

忽视或低估西方人与东方人历史的重叠之处，忽视或低估殖民者和被殖民者通过附和或对立的地理、叙述或历史，在文化领域中并存或争斗的互相依赖性，就等于忽视了过去一个世纪世界的核心问题。

——爱德华·赛义德

印尼属于后发现代性国家，建立民族国家和建构现代个人是印尼现代性的基本目标。其中，建立民族国家可被视作引发印尼社会变革的支配性力量，影响制约着印尼现代性的发展方向。在民族主义感召下，印尼社会掀起了轰轰烈烈的民族运动。妇女运动受到民族主义的激励和约束，被纳入民族运动之中，成为民族解放、国家独立的重要有生力量。

建立民族国家的现代性理想要求印尼人民设计新生民族自我身份的意识形态表达，即印度尼西亚民族认同。“民族认同”是对“印度尼西亚民族”内涵的定义，属于现代意义上的文化性身份，被想象成为印尼民族的固有本质。由于印尼现代性进程与印尼从半封建的殖民地社会逐渐成长为具有民族意识的独立国家的历史进程高度重合，所以印尼民族认同是在“民族主义”这种经过想象过程起源的“特殊的文化的人造物”的驱动下，在“西方性”与“本土性”、启蒙现代性与本土传统性之间进行选择取舍的过程中动态建构的，“现代”和“传统”共同构成其内部复杂的张力。

印尼现代文学伴随着印尼现代性进程产生和发展，携带着强烈的社会政治意识和崭新的文学文化观念登上历史舞台，从诞生开始就与社会历史发展的重大思想命题息息相关。印尼现代文学是它所置身的历史语境中社会运动和时代精神的组成部分，是用来投射政治的“民族寓言”，归属于印尼现代性总体工程，必须顺应时代潮流，服务于建设印尼现代民族国家的重大思想命题，不可能单纯局限在审美性和文学性之中。印尼现代文学作为文化变革的重要组成部分，以建构现代民族认同为主要目标，借助个人叙事隐喻民族命运，在“西方”与“东方”、“现代”与“传统”、“西方性”与“印尼性”之间进行选择取舍，一方面是对现代和西方既追求又反思的焦虑，另一方面是对传统和本土既背弃又留恋的情怀，呈现出多元变化的状态。30年代“新作家”时期的“东西方文化论战”就是这种文化理想和文化矛盾的具体表现。印尼民族认同觉醒期、民族认同探索期和民族认同抉择期的文学脉络都与建构现代民族认同的现代性目标具有深刻关联。

在建构现代民族认同的目标驱动下，印尼现代长篇小说中塑造的女性形象一方面从西方文化中进行取舍，另一方面在本土历史多样性中进行选择，呈现出多元变化的样貌。在印尼民族认同觉醒期里，建构现代印尼民族、建立独立印尼国家的理念开始觉醒。在这一时期的长篇小说中，民族主义成为个人启蒙的驱动力量，支持个人反抗封建传统，将个人从家族部族的束缚中解救出来，构成现代民族，主要表达出“反封建”的价值诉求。在这一过程中，知识分子普遍采取调和启蒙现代性和本土传统性的态度，批判封建习俗传统，追求现代个人权利，保持本土哲学内涵，建构现代民族认同。女性形象在民族觉醒的驱动下接受启蒙，发挥民族再生产功能，成为民族觉醒的隐喻。玛丽雅敏经历了现代意识的萌动与启蒙理想的追求；西蒂·努尔巴雅主张在根植传统道德的基础上勇敢追求个人权利，实现男女平等；阿斯娜追随先进男性革故鼎新、引领女性解放；拉比娅从错误的教育中吸取教训，为民族建设保驾护航。总体而言，知识分子将自身文化品格和精神追求寄托在女性形象上，以女性在传统文化中的生存困境作为反传统、反封建的前导和武器，配合男性精英对于女性的改造和传统女性的觉醒完成女性启蒙叙事，符合民族话语对于女性的初步设想。然而，女性启蒙虽然是民族觉醒的隐喻，但女性形象主要担任男性的追随者、陪伴者和辅助者，用来衬托社会变革的主体力量——先进男性完成其反封建的现代叙事，性别解放湮没于个人解放和民族解放的母题之下。

在印尼民族认同探索期里，民族精英主要聚焦于“新文化”的价值塑造，注重在意识形态领域开展新文化设想，探讨“印度尼西亚民族”的构成要素和组成特质。在长篇小说中，现代启蒙思想的影响上升到精神层面，本土传统中的精神至上和神秘主义遭到批判，甚至出现“弃旧图新”的激进倾向。女性形象不再满足于在家庭内部空间里争取个人权利，而是响应民族宏大叙事的号召，步入外部社会，实现自我价值，反映出社会变革的进一步深化。女性作家的出现与女性体验的抒写反拨了压抑女性声音的前现代语境，有助于女性主体意识的觉醒。在文本中，拉斯玛妮摆脱依附、进入社会、实现经济独立；哈密达不仅获得个人自由和经济独立，还将妇女解放与民族解放联系起来；杜蒂在事业与家庭之间找到平衡，与男性并肩携手，共同投身于民族事业之中；蒂妮挣脱情感家庭的枷锁，毅然投身于社会运动之中，用民族事业实现个人价值。总体而言，在民族认同探索期里，现代民族认同中蕴含着更多的现代品质。女性形象摆脱了从属和附庸的传统身份，获得个人主体自由，更加积极地步入社会，担任男性同盟军，参与到塑造新民族、新国家和新文化的宏大叙事中，总体呈现出一种变化的、昂扬的现代性。女性作家出现伊始便自然参与了时代语言的交替，发出了女性独特的声音。男性作家在创作中主动引入自身所持的意识形态，满足探索民族新文化的需求。小说中的女性形象不仅追求自由、步入社会、实现独立，体现出个人解放和女性解放的意义，更与现代民族的发展途径和建设方向紧密相连，符合民族话语对于现代女性的进一步设想和期待，蕴含着现代性别解放的重大意义。民族认同探索期成为建构现代民族认同的重要发展阶段。

在印尼民族认同抉择期里，现代民族话语在国家独立的巅峰状态下遭到西方殖民者的沉重打击，一波三折，举步维艰，主要呈现出“求独立”的行为表征。随着“西方中心论”的瓦解，思想领域里对于西方文化的反思和对于印尼特性的重建日趋明显。民族精英对于民族认同的抉择逐步体现出显著的印尼性。在长篇小说中，建立现代国家和建构现代个人的印尼现代性目标产生对立和矛盾。女性形象在不同程度上放弃个人主体建构，接受民族话语规训，体现出危机时期民族话语对于女性群体的基本要求。阿斯蒂娅追随先进男性，放弃个人诉求，为国无私奉献；卡尔蒂妮追求物质性、背弃精神性，经历挫折后重返传统规范；萨拉玛忠于民族主义，以身体救国，符合危难时期民族理想对于女性的基本要求；苏希经历逃离的心路历程后选择回归世俗，既体现出女性主体意识的增强，也显示出本土影响在女性自我建构中的地位上升。总体而言，在民族认同抉择期中，知识分子致力于现代民族身份的创造，一方面反思西方文化，从中进行取舍，另一方面重塑本土传统，在历史多样性中进行选择。在这一过程中，女性形象也在民族理想的约束下进行身份抉择，表现为女性形象对于西方品质的扬弃和对于本土传统的回归。男性作家将自身激动、困惑和痛苦的心情融入叙事，使男性再次成为女性的引导者、拯救者和规训者。女性作家通过独特的性别体验揭示出民族与女性之间的矛盾，反映出女性在自我建构过程中的主观抉择和主体意识的不断增强。在民族危机的时期，民族利益超越个人命运与女性诉求。女性形象响应民族救亡的需求，倾向于发挥传统职能，发扬传统品质。

综上所述，在建构民族认同的现代性目标下，印尼现代文学长篇小说中的女性形象成为西方文化和本土传统进行博弈的话语场域，女性形象体认、保有和追求的传统或现代品质的过程都属于参与现代文化变革、规划现代民族认同的动态过程，呈现出多元变化的样貌。在民族认同觉醒期的长篇小说文本中，民族觉醒与个人启蒙同向发展，带动女性形象挣脱家族和部族传统，获得启蒙；在民族认同探索期的长篇小说文本中，民族理想激励个人发展，带动女性走出家庭内部空间，步入社会公共空间，实现个人价值和经济独立；在民族认同抉择期的长篇小说文本中，民族危机约束个人诉求，导致女性形象不同程度地放弃个人权利，回归传统性别职能。在这三个阶段中，女性形象一方面响应了民族运动的总体要求，反映出妇女运动的发展潮流，成为投射印尼社会现代性变革的隐喻；另一方面印证了印尼民族认同建构与女性身份设计在社会历史文化的共同作用下呈现出动态变化的开放性样貌。

参考文献

| 中文文献 |

专著编著：

鲍小兰主编：《西方女性主义研究评介》，生活·读书·新知三联书店 1995 年版。

陈顺馨：《中国当代文学中的叙事与性别》，北京大学出版社 1995 年版。

陈顺馨等编：《妇女、民族与女性主义》，中央编译出版社 2004 年版。

程锡麟等：《当代美国小说理论》，外语教学与研究出版社 2001 年版。

丁守和主编：《中国近代启蒙思潮》（下卷），社会科学文献出版社 1991 年版。

古典文艺理论译丛编辑室编：《古典文艺理论译丛第八卷》，人民文学出版社 1963 年版。

荒林：《两性对话》，中国文联出版社 2001 年版。

黄华：《权力，身体与自我——福柯与女性主义文学批评》，北京大学出版社 2005 年版。

蒋孔阳等：《西方美学通史》（第七卷），上海文艺出版社 1999 年版。

李欧梵：《现代性的追求》，人民文学出版社 2010 年版。

李小江：《让女人自己说话：亲历战争》，生活·读书·新知三联书店 2003 年版。

李银河：《女性主义》，山东人民出版社 2005 年版。

李泽厚：《中国现代思想史论》，安徽文艺出版社 1994 年版。

梁立基：《印度尼西亚文学史》，昆仑出版社 2003 年版。

梁英明：《近现代东南亚（1511—1992）》，北京大学出版社 1994 年版。

刘北成：《福柯思想肖像》，北京师范大学出版社 1995 年版。

刘禾：《跨语际实践》，生活·读书·新知三联书店 2002 年版。

罗钢等编：《后殖民主义文化理论》，中国社会科学出版社 1999 年版。

罗钢等编：《文化研究读本》，中国社会科学出版社 2000 年版。

孟华：《比较文学形象学》，北京大学出版社 2001 年版。

孙福生：《印度尼西亚政治史纲》，厦门大学出版社 1989 年版。

唐慧等编：《印度尼西亚概论》，世界图书出版广东有限公司 2012 年版。

汪民安主编：《文化研究关键词》，江苏人民出版社 2007 年版。

王纯菲：《火凤冰栖——中国文学女性主义伦理批评》，辽宁人民出版社 2006 年版。

王逢振等编著：《最新西方文论选》，漓江出版社 1991 年版。

王任叔著，周南京整理：《印度尼西亚近代史（下）》，北京大学出版社 1995 年版。

王向峰主编：《文艺美学辞典》，辽宁大学出版社 1987 年版。

徐贵权：《价值世界的哲学追问与沉思》，中国社会科学出版社 2012 年版。

杨全喜等编著：《印度尼西亚研究》，军事谊文出版社 2009 年版。

尹湘玲主编：《东南亚文学史概论》，世界图书出版公司 2011 年版。

曾军主编：《文化批评教程》，上海大学出版社 2008 年版。

张京媛主编：《新历史主义与文学批评》，北京大学出版社 1993 年版。

张京媛主编：《后殖民理论与文化批评》，北京大学出版社 1999 年版。

张岩冰：《女权主义文论》，山东教育出版社 1998 年版。

周宪等：《论现代和后现代的辩证法》，商务印书馆 2003 年版。

译著：

[澳] 梅·加·李克莱弗斯：《印度尼西亚历史》，周南京译，商务印书馆 1993 年版。

[澳] 史蒂文·德拉克雷：《印度尼西亚史》，郭子林等译，商务印书馆 2014 年版。

[俄] 巴赫金：《巴赫金全集》（第三卷），河北教育出版社 1998 年版。

[俄] 尼古拉·别尔嘉耶夫：《人的奴役与自由》，张百春译，贵州人民出版社 1994 年版。

[德] 奥斯瓦尔德·斯宾格勒：《西方的没落》，齐世荣等译，商务印书馆 2001 年版。

[德] 恩格斯：《家庭、私有制和国家的起源》，人民出版社 1999 年版。

[德] 黑格尔：《美学第三卷》（下册），朱光潜译，商务印书馆 1996 年版。

[法] 米歇尔·福柯：《规训与惩罚》，刘北成等译，生活·读书·新知三联书店 2003 年版。

[法] 米歇尔·福柯：《话语的秩序》，肖涛译，中央编译出版社 2001 年版。

[法] 皮埃尔·布尔迪厄：《男性统治》，刘晖译，中国人民大学出版社 2013 年版。

[荷] 斯宾诺莎：《伦理学》，贺麟译，商务印书馆 1997 年版。

[美] 爱德华·W. 萨义德：《东方学》，王宇根译，生活·读书·新知三联书店 1999 年版。

[美] 本尼迪克特·安德森：《想象的共同体：民族主义的起源与散布》，吴叡人译，上海世纪出版集团 2011 年版。

[美] 波利·扬·艾森卓：《性别与欲望：不受诅咒的潘多拉》，杨广学译，中国社会科学出版社 2003 年版。

[美] 卡罗尔·帕特曼：《性契约》，李朝晖译，社会科学文献出版社 2003 年版。

[美] 拉尔夫·科恩主编：《文学理论的未来》，程锡磷等译，中国社会科学出版社 1993 年版。

[美] 理安·艾斯勒：《圣杯与剑》，程志民译，社会科学文献出版社 2009 年版。

[新] 尼古拉斯·塔林：《剑桥东南亚史》，贺圣达等译，云南人民出版社 2003 年版。

[美] 苏珊·S. 兰瑟：《虚构的权威》，黄必康译，北京大学出版社 2002 年版。

[美] 约翰·F. 卡迪：《战后东南亚史》，姚楠等译，上海译文出版社 1984 年版。

[印尼] 萨努西·巴尼：《印度尼西亚史》，吴世璜译，商务印书馆 1962 年版。

[英] 阿雷恩·鲍尔德温等：《文化研究导论》，陶东风等译，高等教育出版社 2004 年版。

[英] 阿诺德·汤因比：《一个历史学家的宗教观》，晏可佳等译，上海人民出版社 2014 年版。

[英] 埃里克·霍布斯鲍姆：《民族与民族主义》，李金梅译，上海人民出版社 2000 年版。

[英] 丹·乔·艾·霍尔：《东南亚史（古代部分）》，赵嘉文译，云南省历史研究所 1979 年版。

[英] 杜赞奇：《从民族国家拯救历史：民族主义话语与中国现代史研究》，社会科学文献出版社 2003 年版。

[英] 乔治·拉伦：《意识形态与文化身份：现代性和第三世界的在场》，戴从容译，上海教育出版社 2005 年版。

［英］塞尔登：《文学批评理论——从柏拉图到现在》，刘象愚等译，北京大学出版社 2000 年版。

［英］约翰·麦克因斯：《男性的终结》，黄菡等译，江苏人民出版社 2002 年版。

期刊论文：

陈衍德：《从民族解放运动到民族分离浪潮——20 世纪东南亚民族主义的角色转换》，《东南学术》2003 年第 5 期。

陈衍德：《东南亚的民族文化与民族主义》，《东南亚研究》2004 年第 4 期。

樊义红：《〈想象的共同体〉对文学研究的意义探析》，《咸阳师范学院学报》2013 年第 3 期。

胡亚敏：《开放的民族主义——论中国当代文学批评之立场》，《华中师范大学学报》（人文社会科学版）2007 年第 6 期。

黄焕宗：《东南亚宗教在民族解放运动中的地位与作用》，《南洋问题》1986 年第 6 期。

姜余翔：《试析苏加诺纳沙贡思想的形成》，《史学月刊》1987 年第 2 期。

居三元：《禁锢十四年，新著震文坛——评印尼长篇小说〈人世间〉》，《国外文学》1982 年第 1 期。

旷新年：《民族国家想象与中国现代文学》，《文学评论》2003 年第 1 期。

李小江：《亲历战争：让女人自己说话》，《读书》2002 年第 11 期。

梁立基：《印度尼西亚民族觉醒的一面镜子——读〈人世间〉》，《外国文学研究》1982 年第 3 期。

刘思谦：《性别理论与女性文学研究的学科化》，《文艺理论研究》2003 年第 1 期。

马雪雪：《爪哇文化变迁下的潘查希拉解读》，《华中师范大学研究生学报》2015 年第 1 期。

［美］弗雷德里克·杰姆逊：《处于跨国资本主义时代中的第三世界文学》，张京媛译，《当代电影》1989 年第 12 期。

牛宏宝：《现代性/后现代性研究：现状与问题》，《人文杂志》2007 年第 4 期。

唐慧：《略论印尼现代小说的知识分子形象》，《国外文学》2001 年第 1 期。

陶东风：《试论文化批评与文学批评的关系》，《南京大学学报》2004 年第 6 期。

王琼：《民族主义的话语形式与民族认同的重构》，《世界民族》2005 年第 1 期。

王晓路：《西方文论关键词——文化批评》，《外国文学》2014 年第 3 期。

王晓路：《文化批评：为何与何为》，《文艺理论研究》2011 年第 3 期。

王晓路：《种族 / 族性》，《外国文学》2002 年第 6 期。

王新红：《印尼女作家恩哈·迪尼及其长篇小说创作》，《解放军外国语学院学报》2001 年第 2 期。

王宇：《现代性民族国家想象与性别的文化象征——阅读中国现代性与文学关系的另一种路径》，《南京大学学报》2006 年第 1 期。

王宇：《百年文学民族身份建构中的性别象征隐喻》，《南开学报》（哲学社会科学版）2008 年第 6 期。

吴兆汉：《略论印尼二十年代小说创作的成就》，《暨南大学学报》1981 年第 2 期。

吴瑛：《多维视野下的民族主义的诠释——评本尼迪克特·安德森的〈想象的共同体：民族主义起源与散布〉》，《当代亚太》2008 年第 2 期。

杨春时：《现代民族国家与中国新古典主义》，《文艺理论研究》2004 年第 3 期。

杨启光：《二战前印尼原住民的印尼民族观》，《东南亚研究》1989 年第 4 期。

[印尼]孙爱玲：《从赏析印尼游击战题材小说重构红色经典》，《海南师范大学学报》（社会科学版）2008 年第 1 期。

赵敦华：《超越的循环——前现代性、现代性和后现代性的循环关系》，《马克思主义与现实》1994 年第 4 期。

曾薇：《布鲁岛四部曲中后殖民女性主义探究》，《青年文学家》2010 年第 3 期。

张玉安：《印度尼西亚战前浪漫主义小说的特征》，《国外文学》1988 年第 4 期。

邹威华：《族裔散居语境中的“文化身份与文化认同”——以斯图亚特·霍尔为研究对象》，《文化研究》2007 年第 2 期。

学位论文：

程亚丽：《从晚清到五四：女性身体的现代想象、建构与叙事》，博士学位论文，山东师范大学，2007 年。

郭彩侠：《“主体生成”及其现代性想象——中国当代文学成长叙事研究》，博士学位论文，上海大学，2013 年。

郭晓霞：《性别、族群、宗教与文学——妇女主义圣经批评视野下的五四女性文学研究》，博士学位论文，河南大学，2009 年。

雷霖：《现代战争叙事中的女性形象研究（1894－1949）》，博士学位论文，华中师范大学，2013年。

林秀琴：《寻根话语：民族文化认同和反思的现代性》，博士学位论文，福建师范大学，2005年。

刘传霞：《被建构的女性——中国现代文学社会性别研究》，博士学位论文，山东师范大学，2004年。

毛丹武：《现代性中的阶级和民族——左翼文学理论话语的一种考察》，博士学位论文，福建师范大学，2004年。

沈红芳：《女性叙事的共性与个性——论王安忆、铁凝小说创作的契合与差异》，博士学位论文，河南大学，2004年。

孙辉：《批评的文化之路——20世纪末以来文学批评研究》，博士学位论文，暨南大学，2003年。

王林：《中国当代文学宏大叙事中的女性形象书写》，博士学位论文，四川大学，2007年。

杨晶：《从革命女性到女性革命——现代女性革命的女性关怀》，博士学位论文，吉林大学，2006年。

于文秀：《"文化研究"思潮中的反权力话语研究》，博士学位论文，黑龙江大学，2002年。

| 外文文献 |

印尼文：

Abuoel Moeis, *Salah Asoehan(Cetakan 3)*（《错误的教育》）, Jakarta: Balai Poestaka, 1948.

Achdiat Karta Mihardja, *Polemik Kebudayaan*（《文化论战》）, Jakarta: Palai Pustaka, 2008.

Achdiat Karta Mihardja, *Atheis (Cetakan 36)*（《无神论者》）, Jakarta: PT Balai Pustaka, 2004.

Ajip Rosidi, *Ikhtisar Sejarah Sastra Indonesia*（《印度尼西亚文学史大纲》）, Bandung: Binacipta, 1969.

Ajip Rosidi, *Sastra dan Budaya: Kedaerehan dalam Keindonesiaan*（《文学与文化：印

度尼西亚性中的地方性》），Bandung: Pustaka Jaya, 2016.

Anita K. Rustapa, *Antologi biografi pengarang sastra Indonesia 1920-1950*（《1920—1950印度尼西亚文学作家传记选》），Jakarta: Pusat Pembinaan dan Pengembangan Bahasa, Departemen Pendidikan dan Kebudayaan, 1997.

Anita K. Rustapa, *Gagasan tentang wanita dalam novel Layar terkembang dan Pada sebuah kapal*（《小说〈扬帆〉与〈在船上〉中的女性形象》），Jakarta: Balai Pustaka, 1997.

Anita K. Rustapa, *Tokoh wanita dalam novel Indonesia tahun 1920-1980an*（《1920—1980印度尼西亚长篇小说中的女性形象》），Jakarta: Pusat Pembinaan dan Pengembangan Bahasa, 1992.

Armijn Pane, *Belenggu (Cetakan 22)*（《枷锁》），Jakarta: Penerbit Dian Rakyat, 2010.

Augustine Sukarlan, *Perempuan dalam Masa Perjuangan (tahun 1928-1965): Sebuah Analisis melalui Metode "Personal Narratives"*（《战争时代的女性（1928—1965）：基于"个人叙事"理论的分析》），Jakarta: Universitas Indonesia, 1998.

B.P.Situmorang, *Sejarah Sastra Indonesia 1*（《印度尼西亚文学史 1》），Ende: Penerbit Nusa Indah, 1981.

Bakri Siregar, *Sejarah Sastra Indonesia Modern*（《现代印尼文学史》），Jakarta: Akademi Sastera dan Bahasa "Multatuli", 1964.

Christine Doran, *Perempuan dan Nasionalisme Indonesia (Women in Indonesian Nationalism)*（《女性与印度尼西亚民族主义》），Jakarta: Pustaka Argu, 1994.

Djajanegara Soenarjati, *Kritik Sastra Faminis*（《女性主义文学批评》），Jakarta: PT Gramedia Pustaka Utama, 2000.

E. Kristi Poerwandari dan Rahayu Surtiati Hidayat(eds), *Perempuan Indonesia dalam Masyarakat yang Tengah Berubah: 10 Tahun Program Studi Kajian Wanita*（《处于变化社会中的印度尼西亚女性：女性研究的十年》），Jakarta: Program Studi Kajian Wanita, Program Pascasarjana Universitas Indonesia, 2000.

Hamidah, *Kehilangan Mestika (Cetakan 8)*（《失去珍宝》），Jakarta: Balai Pustaka, 2011.

Hanna Rambe, *Mencari makna hidupku*（《寻找生活的意义》），Jakarta: Penerbit Sinar Harapan, 1983.

Hans Bague Jassin, *Kesusastraan Indonesia Modern dalam Kritik dan Essai*（《文学批

评和评论中的现代印度尼西亚文学》）, Jakarta: Gunung Agung, 1955.

Harun Hariwijono, *Konsepsi Tentang Manusia Dalam Kebatinan Jawa*（《爪哇神秘主义对于人的理解》）, Jakarta: Penerbit Sinar Harapan, 1983.

Jakob Sumardjo, *Lintasan Sejarah Sastra Indonesia 1*（《印度尼西亚文学史发展 1》）, Bandung: Citra Aditya Bakti, 1992.

Jakob Sumardjo, *Novel Populer Indonesia*（《印度尼西亚流行小说》）, Yogyakarta: Nur Cahaya, 1982.

Kamala Chandrakirana, *Kita Bersikap, Empat Dasawarsa Kekerasan terhadap Perempuan dalam Perjalanan Berbangsa*（《态度：四十年民族历程中对于女性的压迫》）, Jakarta: Komnas Perempuan, 2009.

Kurniati, *Citra Perempuan dalam Novel Sinden Karya Purwadmadi Admawipurwa Sebuah Tinjauan Kritik Sastra Feminis*（《女性主义文学批评视角下 Purwadmadi Admawipurwa 作品〈哇扬女歌者〉中的女性形象》）, Thesis Universitas Negeri Semarang, 2008.

Marah Rusli, *Sitti Nurbaya (Cetakan 6)*（《西蒂·努尔巴雅》）, Djakarta: Balai Pustaka, 1951.

Merari Siregar, *Azab dan Sengsara (Cetakan 34)*（《多灾多难》）, Jakarta: Balai Pustaka, 2013.

Norhayati Ab. Rahman, *Kajian Perempuan Malaysia-Indonesia Dalam Sastra*（《马来西亚–印度尼西亚文学中的女性研究》）, Jakarta: Yayasan Pustaka Obor Indonesia, 2016.

Nur Sutan Iskandar, *Salah Pilih (Cetakan 33)*（《错误的选择》）, Jakarta: Balai Pustaka, 2013.

Nur Sutan Iskandar, *Tjinta Tanah Air*（《热爱祖国》）, Djakarta: Balai Pustaka, 1953.

Pramoedya Ananta Toer, *Keluarga Gerilja (Cetakan 2)*（《游击队之家》）, Jakarta: P.T. Pembangunan, 1955.

Rizqi Handayani, *Sastra Feminis Indonesia: Dulu dan Kini* (《印度尼西亚女性主义文学：过去和现在》）, Jakarta: Universitas Islam Negeri Syarif Hidayatullah, 2016.

Sapardi Djoko Damono, *Novel Sastra Indonesia Sebelum Perang*（《战前印度尼西亚文学小说》）, Jakarta: Pusat Pembinaan dan Pengembangan Bahasa Departemen Pendidikan dan Kebudayaan, 1979.

Saskia Wieringa, *Kuntilanak Wangi: Organisasi-Organisasi Perempuan Indonesia sesu-*

dah 1950（《1950 年以后的印度尼西亚妇女组织》）, Jakarta: Kalyanamitra, Pusat Komuniasi dan Informasi Perempuan, 1990.

Selasih, *Kalau Tak Untung (Cetakan 20)*（《时运不济》）, Jakarta: PT Balai Pustaka, 2011.

Soebagijo Ilham Notodidjojo, *Perempuan Pengabdi Bangsa*（《为国奉献的女性》）, Jakarta: Penerbit P.T.Gunung Agung, 1985.

Subagio Sastrowardoyo, *Sastra Hindia Belanda dan Kita*（《荷属东印度文学与我们》）, Jakarta: Balai Pustaka, 1990.

Sudiati, *Citra Wanita dalam Novel Saman Karya Ayu Utami Sebuah Kajian Kritik Sastra Feminis*（《女性主义文学批评视角下 Ayu Utami 作品〈萨曼〉中的女性形象》）, Thesis Universitas Negeri Semarang, 2005.

Sukanti Suryochondro, *Potret Pergerakan Perempuan di Indonesia*（《印度尼西亚妇女运动概览》）, Jakarta: C.V. Rajawali bekerja sama dengan Yayasan Ilmu-Ilmu Sosial, 1984.

Sutan Takdir Alisjahbana, *Layar Terkembang*（《扬帆》）, Djakarta: Balai Poestaka, 1963.

Sutan Takdir Alisyahbana, *Puisi Lama*（《旧诗》）, Jakarta: P.T. Pustaka Rakyat, 1961.

Teeuw, Andries, *Pokok dan Tokoh dalam Kesusastraan Indonesia Baru*（《印度尼西亚新文学的主题和人物》）, Djakarta: P.T. Pembangunan, 1952.

Teeuw, Andries, *Sastra Baru Indonesia*（《印度尼西亚新文学》）, Ende: Penerbit Nusa Indah, 1980.

Tita Marlita, *Perempuan Indonesia dalam Masyarakat yang Tengah Berubah*（《处于变化社会之中的印度尼西亚女性》）, Jakarta: Program Studi Kajian Wanita Program Pascasarjana Universitas Indonesia, 2000.

Tita Marlita, *Pergerakan Perempuan Indonesia 1928-1965, Perempuan Indonesia dalam Masyarakat yang Tengah Berubah*（《1928—1965 年印度尼西亚妇女运动：处于变化社会中的印度尼西亚女性》）, Jakarta: Program Studi Kajian Wanita Program Pascasarjana Universitas Indonesia, 2000.

Triani, *Citra Perempuan dalam Keluarga Kajian Novel Tiga Orang Perempuan Karya Maria A. Sardjono: Tinjauan Kritik Sastra Feminis*（《女性主义文学批评视角下 Maria A. Sardjono 作品〈三个女人〉中的家庭女性形象》）, Thesis Universitas Indonesia, 2007.

Yasnur Asri, *Orientasi nilai budaya: tokoh wanita dalam novel Indonesia: warna lokal Minangkabau sebelum dan sesudah perang*（《文化价值观：战前和战后米南加保地方色彩下印尼长篇小说中的女性形象》）, Pusat Pembinaan dan Pengembangan Bahasa, Departemen Pendidikan dan Kebudayaan, 1996.

Yudiyono K. S, *Pengantar Sejarah Sastra Indonesia*（《印度尼西亚文学史概论》）, Jakarta: Grasindo, 2006.

Zubir Usman, *Kesusastraan Baru Indoneisa*（《印度尼西亚新文学》）, Jakarta: Balai Pustaka, 1964.

英文：

Anderson, Benedict, *Imagined Communities: Reflections on the Origin and Spread of Nationalism*, London: Verso, 1983.

Asri, Yasnur, "Women's Struggle toward Gender Unfair: A Case Study in Indonesian Novel", *Linguistics and Literature Studies*, 2014, Vol. 2(7).

Berger, Arthur, *Cultural Criticism: A Primer of Key Conceps*, London: SAGE, 1995.

Bradbury, Malcolm(ed.), *Contemporary Criticsm*, London: Edwars Arnold, 1988.

Butler, Judith, *Bodies that Matter: On the Discursive Limits of "Sex"*, New York: Routledge, 1993.

Departemen Penerangan Republik Indonesia, *The Indonesian Women's Movement: A Chronological Survey of the Women's Movement in Indonesia*, Jakarta: Departemen Penerangan Republik Indonesia, 1964.

Eka Darmaputera, *Pancasila and the Search for Identity and Modernity in Indonesian Society*, Leiden: BRILL, 1988.

Foucault, Michel, *The History of Sexuality* (Vol 1), Harmondsworth: Penguin, 1984.

Gellner, Ernest, *Nations and Nationalism*, New York: Cornell University Press, 1983.

Holt, Claire, *Culture and Politics in Indonesia*, Ithaca and London: Cornell University Press, 1972.

Hearle, Johns Anthony, *Cultural Options and the Role of Tradition: A Collection of Essays on Modern Indonesian and Malaysian Literature*, Canberra: Faculty of Asian Studies in association with the Australian National University Press, 1979.

Hobsbawm, Eric and Ranger, Terence (eds.), *The Invention of Tradition*, Cambridge: Cambridge University Press, 1983.

Jaekson, Stevi (ed.), *Feminist and Sexuality: a Reader*, New York: Columbia University Press, 1996.

Jones, Tod, *Culture, Power, and Authoritarianism in the Indonesian State*, Leiden: Brill. 2013.

Jordan, Glenn, *Cultural Politics: Class, Gender, Race and the Postmodern World*, Oxford: Blackwell, 1994.

Leitch, Vincent B.(ed.), *The Norton Anthology of Theory and Criticism*, New York and London: W. W. Norton & Company, 2001.

Millett, Kate, *Sexual Politics*, New York: Ballantine Books, 1970.

Saukko, Paula, *Doing Research in Cultural Studies: An Introduction to Classical and New Methodological Approaches*, London: Sage Publications, 2003.

Siti Rukiah, *The Fall and the Heart*, translated by John H. McGlynn. Jakarta: The Lontar Foundation, 2010.

Tas, Sal, *Indonesia: The Underdeveloped Freedom*, Derek S. Jordan, New York: Pegasus, 1974.

Teeuw, Andries, *Modern Indonesian Literature I-II*, Berlin: Springer Netherlands, 1967.

Williams, Raymond, *Keywords. A Vocabulary of Culture and Society* (2nd edn), London: Fontana, 1983.

Yong, Iris Marion, "Throwing like A Girl: A Phenomenology of Feminine Body Comportment Motility and Spatiality", *Human Studies*, 1980(3).

后　记

我对于文学的喜爱，始于孩童之时。那时的我，对于字里行间的精妙之处，有所觉察却不能尽悟，总有些隔靴搔痒的遗憾。随着年岁渐长，虽不敢说悟性日佳，但对于文学文本，却总是油然而生出一种亲近之感。由这种亲近而产生的勇气，成就了我选择印度尼西亚现代长篇小说中的女性形象进行解读的初心、信心和决心。

女学者与文学中的女性形象是天然的同盟，总会情不自禁地想拿起女性主义的武器批判男权，而男权无法动摇的现实又不免让人沮丧。能否立足女性形象又跳出女性窠臼，逐渐成为我开展文学解读的基本逻辑。感谢西方文论，让我发现解读现代印尼文学时更为宏大的切入点，那就是由现代性建构的现代民族以及由现代民族激发的现代女性。与中国近代史的发展逻辑相似，由现代性建构的印尼民族也面临着“救亡与启蒙”的双重变奏。救亡是指第三世界国家获得独立的民族运动。近代印尼始终处在外侮殖民的艰难时势下，谋求独立的意愿异常突出，救亡成为印尼的首要任务。启蒙来自西方语境，更多与“个人自由”相关。在印尼的语境中，启蒙的重点在于反封建和求独立，一方面需要引导国民走向独立富强，另一方面需要现代价值来规范国民行为，呈现出特殊的印尼性。从某种意义上说，“救亡”与“启蒙”之间的二元对立意味着“东方”与“西方”、“民族”与“个人”之间的矛盾与冲突，即国家本位与个人解放两种价值观的冲突。而救亡的首要性决定了个人意识只能成为民族意识下的附属观念。这种结构性冲突决定了印尼知识分子在追求个体意义和价值时总会受到民族叙事的牵连和羁绊，民族意识成为统摄个人价值的主题。在这种背景下，受到民族召唤、促动、解救和接纳的女性，与要求女性服从、奉献、追随、忘我的民族，呈现出既和谐又矛盾、既统一又对立的动态关系。女性形象不再仅仅体现出要求两性平等的价值，而是被纳入民族建构的宏大叙事中，以其形象演变投射出印尼民族随时代脉搏而豁然觉醒、勇敢探索和艰难抉择的历史图景。

对于印尼现代长篇小说女性形象的研究，激发了我对于印尼近现代文化思想史的思考及其与中国文化思想史进行对比研究的兴趣。经过不断的探索，我成功申报了 2019 年国家社科基金项目“面向文明对话的中国与东南亚伊斯兰国家文化比较研究”。而这一切的起点，就是印尼现代长篇小说中那一个个鲜活的女性形象和她们多舛的命运。

在当今社会中，女性对于自我人生的掌控日愈有力，在社会中的作用愈发重要。习近平主席指出，妇女是人类文明的开创者、社会进步的推动者，在各行各业书写着不平凡的成就。我们坚信，通过不懈奋斗就能征服理想的高峰。虽然前进的道路并非坦途，但敬爱的师长、热情的朋友和亲爱的家人总会带给我攀登的力量。我要特别感谢支持我走进文学殿堂的导师于在照教授，感谢用睿智和博学为我指明研究方向的陈榕教授，感谢授业恩师吴瑞明教授、杨全喜教授和唐慧教授，感谢给予我莫大支持、肯定和鼓励的张玉安教授和梁敏和教授，感谢所有关心我的师长、同事和朋友，他们的热情帮助让我深深动容，他们的真诚鼓励让我备感温暖。

感谢我的家人们：父母默默付出、不求回报地支持我；先生为支持我撰写书稿和出国留学，承担了照顾教育女儿的重任；女儿伴随我一起进步，鼓舞我克服困难、超越自我。他们始终如一的理解、支持和爱是我最坚实的精神支柱和前进动力。

感谢艰难求索的经历使我获得迎难而上的勇气，树立勇攀高峰的信心，激励我继续努力，勇敢前进，成为更好的自己。

2020 年 10 月 1 日于古都洛阳